庫

怒る富士

上

新田次郎

文藝春秋

怒る富士　上　目次

怒る富士　上

地鳴り

雪になっては困ると佐太郎は思った。今夜のうちに少なくとも沼津あたりまで行かないと追手につかまる心配があった。

雲の動きは急で、雲の動きにつれて明暗の縞《しま》が大地を横切って行った。佐太郎はそっと戸を閉めて外へ出た。寒さが身にしみた。

佐太郎は振り分け荷物を肩にすると、広い庭を忍び足で横切り、門のところまで来て立ち止った。門を開けると門の傍の部屋に寝ている作男を起してしまう心配があった。彼は裏に廻った。屋敷の周囲は築地塀《ついじべい》でかこまれ、その外に狭い堀があった。ここらあたりの名主屋敷の多くはこのような構造になっていた。

佐太郎は裏門から外へ出た。堀には氷が張っていた。堀を渡り、凍《い》てついている畑を横切って小道に出た。空は幾分か明るくなった。

ほっとした。真の闇《やみ》では、いくら馴《な》れた道でも、つるの家まで行くことはできなかった。かがみこんで、空を背景に透かすようにして見るとほぼそのあたりの地形は読めた。急ぎたかったが足もとが不用心で急ぐわけにはゆかなかった。つるとの約束の時刻より遅れたようだった。心配して待っているつるの顔が見える。田圃《たんぼ》と田圃の間の道に出た。富士山から吹きおろして来る寒風が刺すように冷たかった。彼は風に追われるような気持でつるの家の前に立った。

「佐太郎さん」

と小さな声でつるが呼んだ。うずくまっていた黒いものが立上った。佐太郎は闇の中でつるの手を取って、おれだよ佐太郎だと言った。つるの手はびっくりするほど冷たかった。ふるえていた。寒いからだと思った。

家を捨てて駈け落ちする罪悪感におののいているのかもしれない。

「用意はいいいな」

佐太郎はつるの耳元で言った。つるは黙って彼女の足もとに置いてある風呂敷包みを持ち上げた。佐太郎はつるを抱えこむようにしてその場を去ろうとした。二、三歩歩いたところでつるの足が止った。

佐太郎はぎくっとした。いまとなってつるが駈け落ちは嫌だと言い出したら困るなと思った。名主の伜《せがれ》と水呑百姓の娘が結婚するには、どこかに駈け落ちして、一時落ちついてから適当な人を間に立てて、親と交渉するしかないのだ。

「どうしたのだつるさん」

「音が、地の底から音が聞える」

佐太郎もその音には気がついていた。遠い山の音だと思っていたが、いまつるに地の底から音が聞えると言われてみると、たしかにその音は地鳴りのようであった。地鳴りはすぐ止んだ。

佐太郎はつるをうながして歩き出した。今度は前よりもはっきりと音が聞えた。地鳴りは大地の唸《うな》り声のようであり、うめき声のようでもあった。それは今から駈け落ちしようとする二人に対する呪《のろ》いの声のようでもあった。

宝永四年（一七〇七年）十一月二十二日亥《い》の刻（午後十時）。富士山大爆発の前触れの地鳴りの中で、つるは佐太郎にすがりついたまま慄《ふる》えていた。

「また大地震が起るのではないでしょうか」

つるが言った。先月の十月四日に大地震があったばかりだった。四年前の元禄十六年の今日と同じ十一月二十二日の日にも大地震があった。このときつるの家は倒壊した。つるの村では十五軒の家が倒れ七人の人が死んだ。江戸では大地震の後に大火が起きて五万人が死んだ。八人に一人は死んだのだ。

「どんな天変地異が起ろうがおれとつるさんが夫婦になることに変りはない。さあ行こう」

佐太郎はつるの手を強く引いた。だがつるはためらった。駈け落ちにためらったのではない。地鳴りにこだわったのだ。

（富士山が火を噴く前には必ず地鳴りと地震の前触れがある）

と、古くからこの地方には言い伝えられていた。十月四日の大地震の前後にも地鳴りがあった。ここしばらく地鳴りがないと思っていたが、また地鳴りが始まったのは、村の古老が心配しているように、富士山が火を噴く前触れではないだろうか。富士山麓《さんろく》のネズミが群れをなして山をおりて来るのを見たという話もついこの間聞いたばかりだった。

「なにをおびえているのだ。つるさん、大地震が起きようが、富士山が火を噴こうが、捨てた故郷に未練なんかあるものか」

「捨てた故郷ですって……」

「そうだ、おれたちは駈け落ちするのだ。この村にいては添い遂げられないから他国へ逃げようと決めたのではないか」

なにをいまさらと、佐太郎はつるの耳もとで言って聞かせた。つるがすすり泣きを始めた。つるは佐太郎が言った捨てた故郷という言葉に打たれて泣いた。二度とこの村へは帰れないのだと思うとむしょうに涙が出て来るのだ。だが、考えて見ると佐太郎のいうとおりだった。他人《ひと》を間に立てて、親元と交渉しても許されなかったら、二人は一生他国で過さねばならなかった。佐太郎が捨てた故郷と言ったのは嘘ではなかった。捨てた故郷になにが起ろうが関係がなくなるのだ。

「佐太郎さんごめんなさいね、門出に泣いたりして」

二人は歩き出した。地鳴りがした。前よりも大きな地鳴りだったが、つるは足を止めなかった。後を振り返ろうともしなかった。

村のはずれの椎《しい》の木の下まで来たとき、大きな地鳴りとともに大地が突き上げられるように揺れた。天と地との境界線が奇妙に揺れ動いた。大地が引き裂かれるような音がした。遠くでなにかが崩れ落ちる音が続いた。大地が激しく揺れ動いているから歩くことはできなかった。二人はしっかりと抱き合ったままで、この世の終りのように揺れ動く暗黒の大地の上に立っていた。立っておられるのは、二人が互いに支え合っているからだった。恐怖のつぎに絶望感が二人の脳裏を交互に通り過ぎていった。

つるは佐太郎の頑丈《がんじょう》な身体をたのもしく思っていた。倒れるならば一緒。足もとの大地が裂けてその中に落ちこんでも二人は離れまいと思った。激しい地震が去ってほっと一呼吸《いき》つく間もなく、また次の揺れが来た。波のようにおしよせて来る地揺れの中を歩いて行くことはできなかった。

遠くで人の呼び合う声がした。家から外へ逃げ出した人たちの声だった。つるは溜め息をついた。張りつめていた心が地震とともに揺れ動いた。駈け落ちと決った夜になぜ大地震など起ったのだろうか。神もない。仏もない。つるは悲しみの眼を闇に投げた。

闇の中に火がともった。一点の火が丸くふくらんだ。静かな冷たい火の色だと思った。ずっと遠くの火事を夕霧を通して見るような気持だった。その火はかなり高いところに見えた。

「佐太郎さん、あんなところに火が」

佐太郎はつるが指さす方を見た。富士山の中腹あたりに火が見えた。火だろうかと佐太郎は疑った。その火はどちらかというと赤よりも青い火に見えた。火ならなぜ燃え上らないのだろうか。

佐太郎は慄えながらその火を見ているつるの手をしっかりと握りしめた。青い火が突然赤い火に変り、そして消えた。あとは真暗闇となった。その火が消えた瞬間、佐太郎は自分自身の奥深いところで燃えている火が吹き消されたような気がした。再び大地が波を打って揺れた。その地震がおさまっても、大地は静かに揺れていた。

「家へ帰らないといけないわ」

つるが言った。親弟妹《きょうだい》のことが心配だった。家を捨てたつもりの駈け落ちだったけれど、その家が危殆に瀕《ひん》しているのを見捨てるわけにはいかなかった。佐太郎にはつるの気持がよく分った。こうなったらつるの言うとおり引き返さねばならないだろう。

二人は揺れる大地を援《たす》け合いながら走った。佐太郎は、もしつるの家がなんでもなかったら、つるにもう一度駈け落ちをすすめてみるつもりだった。

さっきまで闇の中に立っていたつるの家はそこにはなかった。近所の人が提灯《ちょうちん》をさげて倒れた家を取り囲んでいた。つるの弟の新吉と妹のよねが放心したような顔で立っていた。つるの母が気が狂ったように騒ぎ立てていた。佐太郎は村の人と力を合わせて、倒れた家の梁《はり》の下になっているつるの父親の与兵衛を救い出した。与兵衛は腰のあたりに打撲傷を負っていた。

「つる、どこへ行っていたのだ。おとうさんはお前の身を案じて逃げ出すのが遅れて怪《け》我《が》をしたのだぞ」

母のもんが言った。

つるはただ泣いていた。父親の怪我、家の倒壊、そして、佐太郎との駈け落ちの失敗、すべてを含めて彼女は、この世の中でもっとも不幸な女として泣いた。つるが泣いている間にも余震は続いていた。

一夜に大きな地震が五十数回あった。ほとんど連続的に揺れ続けていた。富士山麓一帯に異変が起きた。山崩れがして、数軒の農家が一度に土砂に埋まったところもあったし、山の斜面が地震とともにけずり取られてしまったところもあった。崩れ落ちた土砂が川をふさいで、そこに池ができた。

多くの家が倒壊した。人々は地震を恐れて屋外に出て一夜を明かした。

夜明け近くなると寒さは一層きびしくなった。夜が白々と明けそめるころになると、余震はいくらか減ったようであった。恐怖の一夜を明かした村人たちは夜が明けるとともにいそがしく走り廻った。それぞれがまず身を守るために狂奔した。

つるの家では、怪我をした与兵衛を近所の家へあずけて、倒れた家の後始末に取りかかった。倒れた家の下から物を持ち出すことから始められた。

佐太郎はつるの家の後始末を手伝っていた。家から迎えが来ても佐太郎は、帰るとは言わなかった。佐太郎とつるとが駈け落ちする途中で地震にあって引き返したということは、朝日が昇るころには村中の人に知れわたっていた。いつもなら、その駈け落ち話で持ちきるところだが、村人にとってこの日ばかりは、駈け落ちにかまっている余裕はなかった。

佐太郎は三度目に迎えに来た家の者に、

「つるさんとの仲はもう切れなくなった。おやじがうんと言わないかぎりおれは家には帰らない」

と言って手こずらせた。つるの母のもんがそれを気にした。もんは佐太郎にひとまず家へ帰ってくれとたのみこんだ。水呑百姓の身になってみれば名主に盾《たて》をついていいことはなかった。田でも取り上げられたら、それこそ生きることはできないのだ。

「つるさんも、おれに帰れと言うのかね」

佐太郎はつるに訊《き》いた。

「どうしようもないでしょう」

つるは涙を浮べて言った。

「ほんとうにどうしようもないのか、どうにもならないのか」

佐太郎はつるの肩を両手でゆすぶりながら怒鳴った。この可愛い眼をした女と別れて家へ帰ったら、もう二度と会えなくなるかもしれない。父の喜左衛門は佐太郎を閉じこめて外へ出さないだろう。

強烈な地震がやって来た。佐太郎は大地がのたうち廻るのを見た。立ってはおられなかった。佐太郎はつると相擁したまま大地に伏した。

大地の底を雷鳴が駈け抜けるような地鳴りがした。

どうやらその地鳴りの源は富士山の方向だった。佐太郎とつるはいつの間にか晴れ上った空の下に静まりかえっている富士山の方に眼をやった。

富士山の中腹あたりに白い柱が立った。富士山の内部からいきなり長大な白い竿《さお》を天に向って突き出したように見えた。その白い竿の先に白い大きな手毬《てまり》のような花が咲いた。

白い竿は、その先に現われた白い手毬状の球体を突き上げながら延びて行った。延びるに従って白い竿は太さをまし、そのいただきにある白い球体もまた膨脹して行った。白い毬は軽く見えた。固体ではなくあきらかに気体であった。白い毬は竿から離れて空中で回転を始めたが、たちまち三つに割れた。球体の形がくずれ、はっきりとそれは煙のかたまりになった。

白い竿は更に高く延び、富士山のいただきをはるかに越えた。竿の先から白い煙の手毬がつぎつぎと空中に舞い上った。白い手毬は、空中にばらまかれると、それぞれが勝手気儘《きまま》に舞を舞い、ぶっつかり合いながら、その形をくずしていった。

それは、白い巨大な竹筒の先から打ち上げられた、白昼の煙花《はなび》のようであった。白い手毬が集合して雲の形を整えて来るようになると、白い竿は、次第に黒ずんで行き、やがて黒い柱になった。

人々は黙って山の饗宴《きょうえん》に見惚《みと》れていた。魅せられたようにどの顔も常の色ではなかった。白い竿と白い毬の曲芸は幻想的であったが、白い竿が黒い竿に変り、竿ではなく、筋張った柱となってからは、人々は恐怖の色を浮べた。

大爆発はそのときに起った。爆裂音はあらゆるものを打ちのめすように強大だった。人々は例外なく鼓膜が破られたと思った。爆裂音と同時に爆風が直立しているものすべてを薙《な》ぎ倒そうとした。佐太郎はつるを掻き抱くようにして大地に身を伏せた。なにが起ったかをたしかめるよりも身を守ることの方が大事だった。

爆裂音に続いて激しい地震が起った。佐太郎はつるを抱いたまま地上を一回転した。顔が空の方に向いたとき、佐太郎は青空を斜めにかすめていく無数の小物体を見た。間もなく異物が彼等の上に降りそそいだ。

富士山は爆発した。黒い噴煙の柱が富士山の高さを越えた。噴煙にかくれて富士山のいただきは見えなかった。噴煙の柱の中央は太陽をまともに見たときのように、真紅に輝いていた。

南無阿弥陀仏《なむあみだぶつ》を唱える者がいた。ただわけもなく奇声を発する者もいた。泣いている者もいた。大地をかきむしるようにして叫んでいる者もいた。両手を高く上げて走り出した者もいた。

「世の終りが来たのだ」

と誰かが言った。

佐太郎とつるはその言葉を聞きながら、世の終りが来たのなら、このままここで二人は死ねるのだと思った。二人はいよいよ固く抱き合った。

宝永四年十一月二十三日四ツ（午前十時）富士山は爆発した。いわゆる宝永の大噴火である。

爆発地点と佐太郎、つるの生地駿河《するが》国駿東《すんとう》郡深沢《ふかざわ》村とは四里半しか離れてはいなかった。

噴火は時間の経過とともにその勢いを増した。爆発音は間断なく続き、黒煙の中に火の玉が飛び交い、雷鳴が轟《とどろ》いた。

「佐太郎さん、家へ帰ってくだされ。あなたは名主さんの跡継ぎ息子さん。親御さんがどんなに心配しておられることか。帰るなら今だ。親御さんの身を案じて帰って来たと言えば、いままでのことは許されるにちがいない」

もんが言った。

「いままでのことは許されてもつるさんと夫婦になることは許してはくれないだろう」

「それは先のことです。お山が火を噴いているというのに夫婦になるならぬなんて言っているときではないでしょう佐太郎さん」

そう言われてみるとたしかにそうだった。

つるとの駈け落ちの途中で地震が来たとき、二人の間の約束ごとはすべて日延べになったのだ。佐太郎はつるに言った

「ひとまず家へ帰る。しかしおれとつるさんは死ぬも生きるも一緒だぞ」

つるは大きく頷《うなず》きながら悲しくあきらめた。

昨夜から今朝にかけての激しい移りかわりの中に動顚《どうてん》もせずどうやら来られたのは傍に佐太郎がいたからだった。その佐太郎がここを去ってしまったとき、なにもかも終りになってしまうのではないだろうか。

「これをかぶって行きなさい」

つるはつぶれた家の下から取り出したざるを佐太郎に渡した。降って来る小石や砂を防ぐにはなにかかぶらなければならなかった。

佐太郎はつるの好意のざるをかぶって村の道を走った。荷車に家財道具や食糧を積みこんでいる家があった。一軒や二軒ではなく軒並みに引っ越しの準備をしていた。佐太郎が通りかかっても見向きもしなかった。

深沢村名主喜左衛門は帰って来た佐太郎を見て怒気を顔に表わして言った。

「どの面下げて帰って来たのか」

「この面下げてさ」

そして佐太郎は母の安否を聞いた。母のけさは佐太郎の声を聞いて出て来て言った。

「水呑百姓の娘なんかと駈け落ちしたからお山が怒ったのだよ。お前には、深良《ふから》村の名

主仙右衛門さんの娘のまつさんをお嫁さんに貰うことに決っているのだよ」

母のけさは佐太郎の嫁のことをまず口にした。母にとっては、大地震よりも、噴火よりも息子の縁談の方が重大なことなのだ。佐太郎はその母が哀れであった。これが名主の妻なのであろう。

「もうそのくらいにして出発しろ、行く先は深良村の仙右衛門さんのところだぞ」

喜左衛門が、牛車に荷を積みこんでいる下男たちに言った。佐太郎は空を見上げた。噴煙は東へ東へと流れていた。南の深良村の方にはまだ青空があった。

噴煙が空を覆うと夜のように暗くなった。爆発と鳴動が続き、火柱が天を突き、火の玉が上空を走り、噴煙の中に雷鳴が轟き、電光が間断なくきらめいていた。

焼け砂が豪雨のような音を立てて降った。景観は見る見るうちに変っていった。

深沢村名主喜左衛門はまず自分の家の主なる家財と食糧を深良村へ疎開するように指示してから、村中を廻って、深良方面へ逃げるように命じた。

「大事なものだけ持って逃げろ、まず生命を守ることが大事だぞ」

喜左衛門は五人組頭にもその旨を伝えた。深沢村から深良村までは三里あった。道は平坦《へいたん》な道であるから逃げるとすればこの方面しかなかった。喜左衛門は噴煙が東へ東へと流れて行くのを見て、このように処置したのである。

少数の人が後に残って多くの人は家を捨てた。持てるだけの物を持ち、牛馬を牽《ひ》いて南へ南へと移動して行った。深良村までは行かずに、一里半ばかり南へ行くと、砂降りはさほど激しくはないから、沼田あたりの知人の家に老人、子供荷物をあずけて、空車を引いて残りの荷物を取りに引き返す者もいた。

夜になると、富士山は赤く燃えて見えた。噴火はいよいよ激しくなり、焼け石の飛礫《つぶて》が降って、家を焼いた。噴火の火と電光に呼応するように、あちこちの村から火の手が上った。

北の方の須走《すばしり》村あたりから上った火の手は翌朝になっても消えなかった。自分の家が焼かれるのを心配して、火の雨が降る中を村に引き返した者が多かった。

佐太郎は喜左衛門の家に雇われている三人の男と深沢村に踏み止まって焼け石の飛礫と戦った。茅葺《かやぶ》き屋根だから、焼け石が落ちて燃え出したら消しようがなかった。彼等は屋根に登って、焼け石が落ちると叩《たた》き落す作業をしていた。

「気をつけろ、火が消えているように見えても焼け砂と焼け石だからな」

佐太郎は、同じ降るなら、焼け石より焼け砂にしてほしかった。

砂は屋根に落ちるまでに火が消えていた。だがかなり温度が高く、いつ発火するか分らないような状態だった。

夜半になって下男の一人が屋根からころがり落ちた。灰で咽喉《のど》をやられはげしくせき込んでいるうちに足を滑らせたのであった。佐太郎は全員を屋根からおろした。これ以上ここに止まることは危険だった。水を飲みに行ったが川の水は焼け砂が浮いていて飲めなかった。

佐太郎はつるのことが心配だった。彼は屋敷の防備を放棄した足でつるの家へ走ったが、そこには人影はなかった。佐太郎は男たちを引き連れて深良村へ逃げた。夜が明けかかっていた。佐太郎は疲れ果てた身体を仙右衛門の家に横たえた。佐太郎と婚約関係にあるまつが心配そうな顔で彼の傍に坐っていた。佐太郎は眼をつぶった。つるはどこへ逃げたのだろうか、怪我をした父親を連れて彼女はこれからどうするのだろうか。

爆発二日目を迎えて噴火は本格化したかに見えた。噴煙も高く上り、焼け砂も遠くまで飛んだ。爆発が激しくなったので、近村には杏《あんず》大の焼け石が降った。もし、噴火と同時に、このような大きな焼け石が広範囲に降ったら山麓の村々は一軒も残らず焼失したであろう。こまかな砂のような灰が降り積った上に、比較的大きな焼け石が降って来たので、前に降った砂は防火の役をした。不幸中の幸いであった。もっとも須走村のように第一日目に全村が焼けてしまったところもあった。

二日目の朝までには富士山の東部約七十カ村の村民たちはほぼ安全地帯まで逃げ延びていた。人々は声もなく、怒る富士を悲しげな眼で眺めていた。

この富士山の爆発当時の模様については幾つかの確かな記録が残っている。富士本宮浅間神社内乗徳院の社僧飽休菴が書いた「大地震富士山焼出之事」の中の一部分を現代文に要約して次に掲げる。

十一月二十三日の午前十時ころであった。富士山の南東方向の八合目あたりから、真白な蹴鞠《けまり》のようなものが飛び出して空中をくるくると舞った。その白い蹴鞠は次第に大きくなり、数も増して、やがて雲となり、富士山の南東の空を覆った。富士山に異変が起ると同時に震動鳴動が続いたので、富士山麓の住民たちは、富士山が崩れ落ちて来るにちがいないと言っておびえた。家を捨てて逃げ出す者もいた。しかし午後二時ころになると上空の西風が強くなったので、噴煙は東へ東へと流れて行って、こちらへ砂が降る心配はなくなった。夜になると凄《すさ》まじい光景が見られた。富士山は大火となり、十丈（約三十メートル）ほどの火の玉〝火山弾〟が上空高く打ち上げられ、近くの山に落ちて、火の粉となって飛散るありさまはただおそろしいばかりであった。一丈（約三メートル）ほどの太刀《たち》の形をした電光がたがいに切りむすぶように見えた。雷鳴は耳を聾《ろう》するばかりであった。戸障子は一晩中鳴り続けていた。富士山が一晩中噴火しているので、富士宮の付近は夜になっても行灯《あんどん》を必要としなかった。

富士本宮（現在の富士宮市）の方向には、焼け石も焼け砂も降らなかったから、恐怖にさらされながらも、すばらしい夜景を見ることができたのである。このとき駿東郡方面は昼でも行灯をつけねばならないほど暗かったというのに、富士本宮方面では行灯が要らないほど明るかったという対照的な事実はまことに興味深いものがあった。爆発地点から富士本宮までの距離は僅《わず》かに四里であった。爆発地点が富士山の東面であったから、山体が防壁となったことと、上空の偏西風が噴出物の多くを東側に吹き飛ばしたのであった。

富士山頂を中心として南西方向にあたる富士本宮の状況はこのようであったが、富士山の北面にあたる富士吉田方面はこの大爆発をどう見たのであろうか。

富士吉田の御師《おし》（富士講の先達）田辺安豊はこの時の様子を長歌にした。その一部を要約する。

二十三日の朝には数え切れないほどの地震があった。午前十一時ごろに、富士山の南の空高く巨大な吊《つ》り鐘のような形をした光り物が現われたと見る間に上空は黒い煙に覆われ、富士山は鳴動し、雷鳴がとどろき電光がきらめいた。こんな状態がずっと続き、夕刻よりは噴火はいよいよ勢いを増し、午後八時ごろには、火の玉〃火山弾〃が空へ向ってさかんに打ち上げられた。恐ろしくて夜も寝られなかった。二十四日になると噴煙はいよいよ多くなった。富士山の東口登山道に当る須走村に焼け石が降って一村ことごとく焼けてしまったと聞いて、吉田では大騒ぎになった。女子供は避難を始めた。二十五日は朝は天気がよかったが昼ころから曇った。御師、神主などは全員、吉田の浅間神社に集まって、山の怒りが静まるように祈願したところ、午後から西風が強くなったので噴煙はことごとく東へ流れ去った。

富士山そのものは浅間神社の御神体であり、木花咲耶《このはなさくや》姫が祭られていた。人々は女神の怒りを静めるためただひたすら祈るしかなかった。

噴煙は上空の西風に乗って東へ東へと流れた。富士山の東山麓駿河国駿東郡五十九カ村、相模《さがみ》国足柄上《あしがらかみ》郡と足柄下郡がもっとも甚大な砂降りの被害にあった。富士山から遠くなるに従って降砂も少なくなり、箱根を越え、小田原を過ぎ、相模平野にかかると降砂の量は一段と減じた。「富士山自焼記」によると、

　大磯より戸塚まで六里のうちは、小砂利ほどの石三、四寸ほど降り積り申《もうし》候《そうろう》。

とある。戸塚から江戸にかけては降砂は更に少なくなっていた。「翁草《おきなぐさ》」による江戸の様子を要約すると、

　宝永四年十一月二十三日午刻時分《ひるのこくじぶん》（正午頃）震動、雷鳴が激しく起った。西より南へかけての空には墨を塗ったような黒雲がたなびき、闇夜のようになった。八ツ時（午後二時）になると鼠色の灰が降り、晩景から夜にかけていよいよ激しく降りしきり、大夕立が来たようだった。どの家も灯りをともした。往来も絶えた。たまたま通行の人がこの砂に触れて目くるめき、怪我などした。砂降ること七、八寸、

所によっては一尺あまりもあったそうだ。翌月から春にかけて江戸の人は一人残らず感冒にかかり、咳嗽《せき》に悩まされた。

かなりくわしく書いてあるが降灰の量だけはおかしい。このとき江戸に降った降灰は約三分（一センチ）だったと言われている。新井白石の「折たく柴の記」には、この日は降灰のために急に暗くなったので燭《しょく》をかかげて講義をしたと書いてある。江戸市民にとっては思いもかけない一大異変であったに違いない。

江戸の降灰

大老柳沢吉保《よしやす》（松平美濃守吉保）は駒込の下《しも》屋敷（六義園《りくぎえん》）に将軍綱吉を迎えた。

およそ二万坪の庭の中に築山、泉水があり、懸崖《けんがい》から流れ落ちる滝の下には金銀宝玉の類が敷きつめられていた。邸内には将軍のための御成り御殿が設けられ、奥の間には、銀の大鉢に紅玉の砂を盛り、金で作った菊の花が植えられていた。

晩年の将軍綱吉は特にきらびやかなものを好んだ。金の菊は綱吉の奉仕に徹しようとしている吉保が考え出したもてなしの一つであった。

「ほう、おそ咲きの菊か見事なものだ」

綱吉はそれを讃《ほ》めた。その日は旧暦の十一月二十三日だから今の暦に直すと十二月十六日である。既に菊が見られる季節ではなかったから、おそ咲きの菊と言ったのである。

「そうだ、今日はこのおそ咲きの菊を歌にしてみようぞ。久しぶりでみなの者を集めるがいい」

綱吉は年に数回吉保の邸にやって来た。多くは、その前日になって、お成りを宣言した。そして吉保の邸に来ると吉保等の側近の者に四書（大学、中庸、論語、孟子）のうち何《いず》れかを取り上げて、その中の一節を講義するように命じたり、五経（易経、詩経、書経、春秋、礼記《らいき》）のうち春秋の一節を取り上げ字句の解釈について若い侍たちに論争させたりした。吉保の嫡子吉里《よしさと》に論語を講義させて、その出来ばえを讃めたのもこの前のお成りのときであった。

吉保は綱吉が歌会を開きたいと言ったとき驚いたような顔をした。

綱吉は吉保の側室染子（飯塚氏）が宝永二年に死んで以来、歌会を開こうと言ったことは一度もなかった。染子が傑出した歌人であり、染子の指導によって吉保邸の女たちの多くが和歌を作った。染子が生きていたころの歌会は品格があり、そして華麗であった。綱吉はこの雰囲気《ふんいき》を好んだ。堅苦しい四書五経の講義のあとで、女たちを交えての歌会は楽しかった。歌会に列してはみたものの歌ができなくて苦心惨憺《さんたん》している家臣どもの顔を見るのも楽しかった。染子は歌作りの苦手な者がいると、その傍にそれとなく近よって行って、ふと唇から洩《も》れたように歌の糸口を与えてやったり、空《そら》読みにことよせて句をつないでやったりした。その染子は三十七歳の若さで死んだ。それ以来綱吉が歌会を開こうと言わなくなったのは、吉保への同情とそして才女をおしむ綱吉自身の気持からであった。染子の居ない歌会など意味はないと綱吉は思っていた。

「はやいものだもう二年になる」

綱吉は吉保に言った。そのひとことで吉保は綱吉の胸中を知った。

「町子もこのごろは少しは上手になったようですから……」

吉保は染子に触れずに側室の町子の名を出した。町子は京都の公卿《くぎょう》大納言正親町公通《おおぎまちきんみち》の妹で染子におとらない佳人であった。

「そうだ町子がいたのう」

綱吉は思い出したように言った。染子にしても町子にしても、その後に続く、春子、梅子、勢世子等三人の側室も歌をよくした。しかし、その三人も染子にはおよばなかった。染子は「胡氏録」を書き残した。そして町子は「松蔭日記」を書いた女である。

吉保の正室定子（曾雌《そし》氏）が来て別室に歌会の用意ができたことを告げた。正室定子は万事つつましく動く女であった。定子も歌人であった。

綱吉は廊下に出た。泉水を越えて築山が見える。

空がよく晴れていた。築山の松のみどりが一段と冴《さ》えていた。綱吉は庭の方から吹き上げて来る風を寒く感じた。季節の移りかわりははやいものだと思った。庭からそらした綱吉の眼を吉保が受け止めた。吉保は綱吉を誘って別室に案内した。そこからも庭が見えた。角度を変えて見ると別の庭を見るようだった。別室には金で作った菊が運ばれて来て床の間に飾られていた。綱吉の座が設けられていた。歌会に出席する女たちは既にそこに来て待っていた。

「おそ咲きの菊という題はどうかな」

綱吉は町子に訊いた。

将軍は堅苦しい殻の中にいた。城内に居ては誰とも自由に話すことはできなかった。大奥にあってさえも、正室側室の間に序列があり、それらの女には多くの侍女たちがまつわりついているので、気軽に口をきくことは謹まねばならなかった。しかし、綱吉が吉保の邸に来たときだけは別であった。ここは趣味の場であった。学問をしたり歌を作るところであった。

大奥の陰険な眼付もないし、うるさい老中たちの眼もなかった。だから、綱吉は好んで吉保の邸に来たのである。お成りは綱吉にとって精神的な保養でもあった。

「おそ咲きの菊と言えば、なにか私自身のことを言われているようでございます」

と町子が言った。

「どうして、どうして、町子は早咲きの菊ではなかったかな」

綱吉の言葉に女たちが笑った。その笑いの中には自由があった。のびのびしたあたたかさがあった。

「将軍様はお口が悪いこと、染子様がおられたら、早速、そのお口の悪いところを歌に作って御覧に入れようものを」

染子は即興歌の名人だった。綱吉が即興歌を所望すると、立ちどころに三つも四つも詠んで見せた。

「そうだ染子がいたら、おそ咲きの菊に自分をなぞらえて詠うであろう。染子はおそ咲きの菊であり、咲いたと思ったらすぐ散った」

綱吉は吉保の方に眼を投げた。吉保はうつむいていた。歌を作っているのではなくなにか考えごとをしているふうであった。

（どうもこのごろの吉保は元気がない）

綱吉はそう思った。

将軍綱吉は吉保のことならなんでも知っていた。綱吉が十九歳、吉保が七歳のとき以来、綱吉は吉保を知っていた。当時綱吉は上州館林《たてばやし》二十五万石に封じられていた。そのころ綱吉は、吉保が非凡な少年であるのを見て自ら経書を教え、学問上の弟子として遇した。それ以来、綱吉と吉保は君臣水魚の交わりを守って来たのである。綱吉の顔にいささかの動揺が起れば、吉保はすぐその真因がなんであるかを察知し、また吉保の顔に不安の影がさせば綱吉はすぐその背後にあるものを看破した。綱吉の行政的思考はそのまま吉保によって実施され、吉保の地位は将軍綱吉に庇護《ひご》されることによって安泰だった。かくして側近政治が成立し、元禄宝永の絢爛《けんらん》たる時代を迎えたのである。

「吉保、どこか具合でも悪いのか」

綱吉の一ことで女たちはしゅんとなった。歌会どころではないと思った。

「いささか頭が重いのでつい……まことにおそれ多いことに存じます」

吉保は、折角お成りになった綱吉に見とがめられたことを後悔した。

しかし彼は嘘は言わなかった。こういうときは正直に答えた方がいいことをよく知っていた。

「頭が重いか、それは困る。それでは歌会は取り止めにしよう。熱でもあるなら、遠慮なく臥《ふ》せるがいいぞ」

「いえ、特にどうということはございません、庭をひとまわりお供をすれば、頭の重いのも今日の青空のように晴れることと思います」

「さようか、それではそちのいうとおりにしよう、歌会はその後だ」

綱吉は気やすく立上って縁側に立つと、

「空が暗くなったようだな」

とひとりごとのようにつぶやいた。吉保は今日の青空のようにと言った手前もあるので外を気にした。たしかにあたりは暗くなっていた。池の上には青空があるのになんとなく暗いのだ。

吉保は綱吉の供をして庭に出た。暗くなって来た原因は西に傾いた太陽を雲がさえ切ったからだった。

築山に登って見ると日は黒い雲に覆いかくされていた。その雲が尋常の雲ではなかった。雲というよりも厚い煙の層と言った方が当っていた。その煙の層ははやい速度で上空を横切ろうとしていた。

「へんな煙だ。どこぞに大火でも起ったのかもしれぬ、見てまいれ」

吉保は家来に命じた。

暗くなり出すと急に暗くなった。青空がまたたくまに煙の層に覆われると、灰のようなものが降り出した。

「西の方角に、黒煙が立ち昇り、その中に電光がきらめいております。おそらく山焼け（噴火）かと存じます」

家来が来て報告した。

綱吉と吉保は同時に西の空へ眼をやった。

「山焼け（噴火）とな、いずれの山が火を噴いたのだ」

吉保は家来に聞いた。

「しかとは分りませぬが、この付近の古老の申しますには、四十年ほど前、浅間山の山焼けのときにも江戸中灰だらけになったことがありますので、おそらく今度も浅間山の山焼けではないかとのことにございます」

四十年ほど前の山焼けというのは寛文九年（一六六九年）の浅間山の大爆発のことをさして言っているのである。

「浅間山の山焼けだとすれば乾《いぬい》（北西）方面から煙が来るであろう」

吉保は変事に対していささかも動揺を示していなかった。

吉保にそう言われた家来は、もう一度確かめて参りますと言ってその場を去った。

「浅間山でないとすればどこかな。そちの思うところを言ってみるがよい」

綱吉は吉保に言った。

「この十月のはじめに、富士山麓にて強い地震《ない》があったと聞いております。あるいは富士の山焼けかと思います」

「富士山が火を噴いたというのか。それは容易ならぬことだ。この邦《くに》の静めともいうべき富士山が怒ったとなると人々の心も乱れるであろう。ほんとうに富士山が火を噴いたのであろうか」

綱吉は西の空を見たまま佇立《ちよりつ》していた。

「上様、たとえ富士山が火を噴き出したとておそるることはございません。富士山の山焼けは珍しいことではございません。たしか永禄の初めにも山焼けがあり、ずっと古いところでは、およそ七百年ばかり前の後一条天皇の御世にも山焼けがあったと聞いております。富士山の山焼けによって世の中が変るようなことはございませんでした」

吉保は学究的な男であった。その学問好きなところを綱吉に認められて側用人に抜擢《ばつてき》され終《つい》には大老まで出世したのである。彼の記憶力は特に勝《すぐ》れていて、一度本で読んだことはけっして忘れなかった。富士山の爆発の年代についても書物で読んだ知識であった。しかし吉保が、最後に富士山の山焼けによって世の中が変るようなことはなかったという一言は、用意周到な吉保らしからぬ言い方であった。その言葉の裏を返せば、世の変転に対して彼自身恐れている証拠でもあった。

世の移り変りを吉保の力ではどうにもできなくなって来ていることを言外に表わした

ものとも思われた。綱吉は既に老いた。いつまでも、綱吉と吉保の連携によって動かせる天下ではなくなって来つつあった。だから吉保は将軍の後継者として、綱吉の兄綱重の子綱豊（家宣《いえのぶ》）を次の将軍として推薦したばかりであった。

「しかし吉保、この富士の山焼けは尋常一様なものではないぞ」

綱吉が言った。夜のように暗くなった空から白い灰が雪のように降っていた。

吉保だけではなく、綱吉もまた世の移り変りと富士山の爆発とを重ね合せて考えていた。まだ富士山が爆発したのだとは誰も確かめてはいなかったが、吉保が富士山が爆発したのだろうと言ったことを綱吉は信じていた。吉保はどちらかというと無口な男であった。その吉保が口に出した言葉には盤石《ばんじやく》の重みがあった。

（富士山が爆発したのか……）

それを頭の中で繰り返していると、綱吉はこれがきっかけとなって将軍としての生涯が終るのではないかというような気がした。

（後継者は綱豊に決めた。しかし綱豊に将軍を譲るつもりはない。まだまだおれは将軍としての座はおりないぞ）

綱吉は心の中でそう叫んでいた。

富士山が爆発したと聞いて、なぜこのような気持になったのか綱吉には自分自身の気持が分らなかった。泰平が長かったのだ。延宝八年（一六八〇年）に将軍となってから、二十七年にもなっている。この長い間吉保は常に綱吉の座右にいた。そして世にいう元禄時代を迎えるに至ったのである。

綱吉は空を見上げた。暗黒は空いっぱいにひろがり将軍と吉保の頭上に覆いかぶさって来たようである。それは容易には払いのけることのできないほど重量感を持ったものに思われた。

「上様、お成り御殿へ」

吉保は綱吉を誘った。将軍をいつまでも降る灰の中に立たせて置くわけにはいかなかった。突然暗くなったので屋内では灯の用意をしていた。歌会の用意はできていたが、女たちもどうしてよいのか迷っていた。町子は歌会もできるし、綱吉が帰還すると言えば、すぐにでも送り出せるように、二面の準備をして待っていた。

綱吉は一度は家の中に入ったが、歌会をする気にはなれなかった。外の暗さは異様であった。

「吉保、帰った方がよいであろうのう」

「ぜひもないこと、日を改めてお成りをお待ち申し上げます」

吉保は綱吉の前に平伏して言った。

「そうだ日を改めて、また来ることにしよう。そのようにしたいものだ。しなくてどうしようぞ」

綱吉はそう言った。吉保の邸へ来ることを止める者はいなかった。来ようと思えば何時でもできた。それなのに、そのようにしたいものだとか、しなくてどうしようぞというようなことを綱吉が言ったのは、綱吉が、またここへ来る機会がむずかしくなるのを予想してのことのように吉保には思われた。

「ひとつきも経てばきっと静かな暖かい日もございましょう」

吉保はそう答えながら、或いは綱吉をこの邸へ迎えることはもうないのではないかと思った。その理由はなにもなかった。ただ吉保は日をさえぎって一瞬にして夜にしてしまった天の摂理の前に、自分がいかに小さい者であるかを感じていた。天変地異の前に、将来を否定的に考えようとしている今日の自分はいささか取り乱しているのではあるまいか。吉保は足もとを見詰めた。


綱吉が急に帰ることになったから柳沢邸の主なる者は外に出て将軍綱吉の駕籠《かご》を見送った。駕籠の屋根に降灰が一枚の紙を置いたように積っていた。

綱吉等の一行を見送ったあと吉保は直ちに神田の本邸へ帰ることを家来たちに告げた。一度本邸へ落ちついてこの降灰の情況を調べ、場合によっては臨時の登城も止むを得ないだろうと考えた。いま彼にとって必要なことは、この降灰の源を知ることだった。

（きのうの夕刻からしばしば地震があった。あれも富士山の噴火の前兆だったかもしれない）

吉保はそんなことを考えていた。吉保が駒込の下屋敷を出るときは降灰の量はかなり多くなっていた。家人たちは一人残らず落ち着きを無くしていた。町子が女たちを叱《しか》っている声が一段と高く聞えた。庭園は灰に覆われていた。泉水には灰が浮いていた。

吉保の乗った駕籠は夜のように暗い町の中を提灯《ちょうちん》をつけて急いだ。本邸につくと、家臣たちが吉保の帰りを待っていた。どの顔も不安げであった。

「灰降りについて注進に来た者はないか」

吉保はまずそのことを口にした。異変があれば、現地から早馬で知らせがある筈《はず》であった。これだけの異変を知らん顔をしている領主はあろう筈がなかった。吉保は何等の注進もなかったと答える家臣たちに不審の眼を向けた。

吉保は荻生徂徠《おぎゅうそらい》を呼んだ。儒者荻生徂徠は元禄九年以来、柳沢家に召し抱えられており、当時五百石を与えられていた。

「この天変地異についてなんと考えるか」

吉保は徂徠に問うた。

「天変地異は人によって起るものではありません。人とは無関係でございます。しかし、天変地異を利用して得をしたり損をしたりするのは人間でございます。古来、天変地異に際しては、思いもかけないような人が思いもかけないことをするものでございます。天変地異は、確かに人の心も変えるものでございます」

徂徠はそう言って言葉を切った。

「天変地異の源はどこぞと思うか」

という吉保の質問に対して徂徠はいささかも遅滞することなく、

「おそらく富士山の山焼けと思います。小田原あたりにお訊《たず》ねになればお分りになることと存じます」

小田原と徂徠が言ったとき、吉保は小田原城主大久保加賀守忠増《ただます》の顔を思い出した。大久保忠増は宝永二年に老中になったばかりであった。富士山が爆発したとなれば、富士山麓の足柄上郡足柄下郡、駿河国駿東郡などに所領を持っている大久保忠増の江戸屋敷へ現地から早馬が来るであろう。だとすれば、老中大久保忠増から大老の吉保のところへ報告があるのは当然のこと。小田原あたりに訊けと荻生徂徠が言ったことはこのへんの事情に触れたのだなと思った。

「人をやって調べさせようか」

吉保は不安な気持をそのまま徂徠に言った。

「それもよいでしょう。しかし、ことは既に起ってしまいました。江戸でこれだけの灰が降るとすれば、富士山麓の村々はたいへんな被害を受けているでしょう。後始末をどうなされるかを今のうちに考えて置かれる必要がございます」

徂徠は言いたいことを言ってしまったあとで、

「いずれそのうち注進は必ず参ります」

と言って下って行った。

吉保は邸内くまなく灯火で照らし、門には大提灯をかかげてことに備えた。気の利いた家臣が飛脚問屋に走って、情報を集めて来て吉保に報告した。

「東海道方面から戻って来た飛脚の話を総合すると、どうやら山焼けは、富士山のようでございます。だが、いままでのところ、江戸に近づくにしたがって灰降りの量が少なくなるということだけしか分ってはおりませぬ」

吉保はその家臣の適切なる処置を讃め、引き続き飛脚問屋、飛脚屋へ人をやって新しい情報を得るように命じた。

夕刻になると人通りは絶えた。江戸市民は白い灰の降る屋根の下で恐怖におびえていた。

吉保は家人を屋根に登らせて、遠く富士山の方向を監視させた。

「電光が見えます。ほとんど切れ目がなく、輝き続けております」

吉保がその報告を聞いている途中で軽い地震があった。門外で人の声がした。

吉保は待っていたものがとうとう来たなと思った。老中大久保加賀守忠増が富士山爆発の最も新しい情報を持って駈けつけて来たに違いない。大久保加賀守でなければ、富士山麓に僅かながら領地を持っている、大久保長門守か稲葉紀伊守ではないかと思った。

しかしその予想ははずれた。夜中注進に及んだのは思いもよらぬ人物であった。

「大目付《おおめつけ》折井淡路守様火急の御用事でお越しになられました」

と聞いたとき吉保はなにか胸の中に温かいものを感じた。やはり折井正辰《まさたつ》は来てくれたのかという気持だった。折井正辰は柳沢吉保と同じように先祖が武田の支族で、甲斐《かい》国北巨摩《こま》郡武川衆の出身であった。元禄十四年に吉保が大老格待遇を許されて、事実上幕府を動かす力を持ったとき大目付に抜擢された人であり、吉保の腹心の一人であった。

「夜分に御迷惑かと思いましたが火急のことゆえ駈けつけました」

と正辰は言った。吉保には、気のせいか正辰の語尾がいくらかふるえているように思われてならなかった。

「して、富士の山焼けの模様は」

吉保は、ついぞ彼が見せたことのないような性急さで訊いた。

「小田原からの早馬の注進によりますと、富士山が突然山焼けを始めたのは四ツ頃（午前十時頃）とのことで、箱根より見たところによると地震、鳴動、爆発音が続き、噴煙は天に沖《ちゅう》するかに見え、火の玉が乱舞し、すさまじい光景とのこと。また噴煙は上空の西風に吹きとばされ東へ東へと流されておりますから、富士山東側山麓は降砂によって埋め尽されるのではないかということでございます」

折井正辰は一気に言った。

「降砂とな」

「小田原あたりは焼け砂が降っております。灰が降っているのは江戸に入ってからでございます」

「砂が降っているのか」

吉保は降砂という字を頭の中に書いて見た、字は書けたが、その情景は想像することはできなかった。

「はやばやとよく知らせてくれた。そちの手の者には殊勝な心掛けの者がおるとみえる」

吉保は、小田原から江戸までの十六里を馬で走りつづけて第一報をもたらした者の功を讃めた。

「山焼けは一度始まると容易にはおさまらぬものと心得ておりますので、直ちに現地へ人をやり、くわしいことが分り次第報告するように手配いたしました」

折井正辰は後の処置に触れてから、このようなことは自分のすることではないように思うけれど、他の場合と違っているのでできるかぎりの手を尽してみたいと言った。

大目付は大名たちの監察機関であった。

もっぱら大名を対象としての仕事であって、このような突発事件を大目付が報告して来ることは、いささか筋違いであった。正辰はそのことを言っているのであった。

「さよう本来ならば小田原藩から公式な報告があるべきところだ」

吉保はやや不満げに言った。

「大久保家ではあまりのことにて、呆然《ぼうぜん》自失の状態にいるのでございましょう」

「だが大久保家にも人はおろう」

「それはおります。特に大久保家では心太い家来を多く抱えこんでおります」

心太い家来と正辰が言ったので吉保は一瞬大きな眼を光らせてその意味を読み取ろうとした。

「心太い家来がいるならば、こういう場合まずなにをすべきかを主人に進言する筈ではないか」

「呆然自失の態を装って時をかせぐという手もございます。大名は、ときに臨んでいろいろのふりをいたします。実際に呆然自失する場合もあるし、そう見せかけることもあります。その裏まで見透《みとお》すのが、大目付の役でございます」

正辰の言葉の中には大久保加賀守を警戒する様子が窺《うかが》われていた。老中大久保忠増について正辰はなにか摑《つか》んでいるのであろうか。吉保は正辰の次の言葉を待った。

小田原藩主大久保忠増は、後期小田原大久保藩二代目の当主であった。

徳川家康は関東入国に際して、三河以来の重臣大久保忠世を、旧北条氏の居城であった小田原城主とした。彼が小田原大久保藩の始祖であった。家康は箱根を目の前にした重要地点を重臣に守らせたのである。ところが、忠世の子忠隣《ただちか》は家康の怒りに触れて改易となり所領が没収された。慶長十九年（一六一四年）のことであった。

当時老中筆頭の大久保忠隣をその座からつき落したのは老中本多正純《まさずみ》の陰謀だと言う説もある。世の中が安定して戦争がなくなったので、闘争心を内部に向けての幕閣間の勢力争いだったと見るのが正しいであろう。

小田原大久保藩が改易となってから小田原藩の領主は頻繁《ひんぱん》に交替した。そして貞享《じょうきょう》三年（一六八六年）になって、再び忠隣の孫の大久保忠朝《ただとも》が小田原藩に戻って来たのである。七十二年ぶりであった。ここに後期小田原大久保藩が成立し、幕末まで続いたのである。忠朝は事実上後期小田原大久保藩十一万石の基礎を固めた人であった。忠朝は十九年間老中職を務めた。当時、老中は家柄によってほぼ決められていた。凡庸な男でも老中職の家系に生れたならばやがては老中になるものと多くの人は考えていた。そこに徳川幕府の弱さがあった。老中とは大臣である。大臣の世襲は弊害が起る。将軍綱吉が老中制度を認めながらも、その制度を嫌って、柳沢吉保に破格な待遇を与えて側近政治を推進したのは、能のない男でも老中職の家柄に生れた者ならば老中になれるという因習に挑戦《ちょうせん》したかったからである。また将軍綱吉が老中制度を嫌ったもう一つの重大な原因は、前将軍家綱が死んだとき、時の大老酒井忠清をはじめとして多くの老中たちが綱吉を将軍に迎えることに反対して、鎌倉幕府の故知にならって宮《みや》将軍を迎えようとする動きがあったからである。

綱吉は将軍となると同時に老中をことごとく変えた。残ったのは大久保忠朝と堀田正《まさ》俊《とし》の二人であった。二人は宮将軍説に反対したからであった。大久保忠朝は綱吉に静かにつかえた。柳沢吉保の権力が急速に増大して来ても、それを抑えようとはしなかった。徳川家の譜代の重臣たちは、それを歯がゆく思っていた。あの成り上り者をなんとか蹴落して、徳川家直系譜代の重臣だけの幕閣を作ろうという動きの中に新しく補任されたのが忠朝の子の大久保忠増《ただます》であった。

大久保加賀守忠増が老中になったのは宝永二年九月二十一日であった。同じ日付で井上河内守正岑《まさみね》も老中になった。

吉保はこの二人の新しい老中の出現に対してことさら反対はしなかった。吉保は、常に敵を作らないことに心をくだいていた。だが、この二人が幕閣に入ったことは吉保の心になにかしらの暗い影を落したことは確かであった。

吉保は大目付の折井正辰が、大目付の役は大名の裏の裏まで見透すことだと言ったことに言いしれぬ不安を感じた。

「なにか思い当るふしでもあるのか」

「いえ今のところなにもございません、ただなにかしらよからぬ予感がいたします。ことを起そうとする者たちにとっては、手がかりが大事です。いい手がかりさえ摑めば、あとは意外にことは滑らかに運ぶものです。だから……」

と言って折井正辰は口をつぐんだ。

(だから、直系譜代重臣派に結束のきっかけを与えてはならないのです。富士山の爆発はその手がかりになるおそれがあるような気がしてなりません)

折井正辰はそう言いたいのだなと吉保は思った。

(富士山の爆発を手がかりとして、現在の側近制度に戦いを挑《いど》んで来るその旗手が大久保忠増だと正辰は言いたいのだろうか)

ばかなと吉保は頭の中でそれを否定した。忠増は父忠朝よりは更に温和な人間に見えた。なにごとも将軍の言うとおりに穏便にことを運ぶのが忠朝だった。吉保が勘定吟味方荻原《おぎわら》彦次郎に進言させた金銀貨の改鋳案に対しても反対はしなかった。荻原彦次郎を勘定頭に取り立て、更に勘定奉行に抜擢しようとした時も特に反対はしなかった。老中筆頭に長らく忠朝がいたことは吉保にとってまことに有難いことであった。

忠朝はおだやかな眼をしていた。めったなことでは声を荒らげるようなことはなかった。その点、無口で人に抗《あらが》うことの嫌いな吉保とはうまがあった。しかし、その忠朝も、その細い眼の隅から時折鋭い視線を吉保に投げることがあった。

（将軍家お気に入りの側用人《そばようにん》のことだ。まずまずたいていのことは黙っていよう。しかし度をはずれたことは許さないぞ）

忠朝の眼はそう言っているように見えた。

その忠朝が老中を辞してから七年目に、老中となった忠増もまた父忠朝とよく似た眼付きをしていた。評定所においてもねむそうな眼をして黙って控えている場合が多かった。他人に対してはにこやかに微笑し、丁寧に言葉の一つ一つを選びながら話すような人物だった。その忠増の眼の中には忠朝のように隠された鋭い視線は感じられなかった。

（あの毒にも薬にもならないように見える老中大久保忠増がなにかを画策しているとすれば容易ならぬことだ）

吉保はそう思った。摑みどころのない人間ほど恐ろしい者はないのだ。

「とにかくこれからはお互いに特に心を寄せ合って行かねばならないようだな」

吉保が正辰にそのように話している時、第二の訪問客があった。勘定奉行荻原重秀（彦次郎）であった。

「おお、やっぱり来たか」

吉保は喜色を顔に出して言った。荻原重秀も、甲斐の出身で、武田の支族であった。この重秀を三百石勘定方吟味役から勘定奉行に取り立てたのは吉保であった。大老柳沢吉保、大目付折井正辰、そして勘定奉行荻原重秀、武田の血を引くこの三人が事実上幕府を動かしている原動力であった。

荻原重秀は遠慮なくものを言う男だった。声が大きく張りがあった。頭の回転が速く、他人が半分も言わない間に話を理解した。だから重秀が、吉保と正辰の座に加わると、まるで、重秀一人がしゃべっているように聞えた。

「富士山が爆発したからと言ってなにも、恐れたり、慌《あわ》てたりすることはありませぬ、自然の力がいかに偉大であるかを見せつけられた後には、人の力が自然の力におとらないほど勝れていることを見せつけてやればいいのです。降砂がなんです。そんなものは取り除けばいいではありませんか」

重秀はこともなげに言った。

降砂の量がどのくらいかまだ誰も知ってはいなかったし、それを取り除かねば田畑の収穫が無くなるなどということまで思い至っていないうちに、重秀は、そのことを口にしたのであった。吉保も正辰も重秀の洞察力《どうさつりょく》の深さに舌を巻いた。

幕府の金櫃《かねびつ》は四代将軍家綱の時代で底をついていた。綱吉が五代将軍となった時、日光東照宮に参詣《さんけい》に行く費用がないほど、幕府の懐ろは苦しくなっていた。その財政を建て直す一つの手段として、重秀は、従来の金貨を改鋳し質を落すことによって増量をはかった。幕府の基礎がかたまり、平和が続き、国民全体が貨幣を中心とした流通機構に馴れて来るとともに、生活水準も上った。

重秀としてはその時代に合うような政策をやったのである。

「その降砂が、除いても除いても除き切れないほど多量なものであったならばどうなされるつもりです」

正辰が訊いた。

「手に負えないものと分ったら、その地は捨てるしかないでしょう。しかし、おそらくそういうことはないでしょう。金さえかけたらたいていのことはなんとかなる。もっとも金をかけるについては、その金をかけるだけの価値があればの話です」

重秀は自信ありげに言った。

「どっちにしても金がかかることですな」

正辰のその心配に対して重秀はたいして気にも止めないような顔で、

「金を作り出す方法はいくらでもあります。そんなことを心配することは毛頭ありません。それよりも問題は、後始末を誰がやるかということです」

後始末と重秀に言われて、吉保と正辰は更に驚いた顔をした。この男はどこまで先を考えているのであろうか。

「後始末は伊奈半左衛門忠順《ただのぶ》にたのむよりしようがないでしょうね。日本広しといえども伊奈忠順を置いては、大自然の偉力と戦う智恵と力を持ち合せている者はいないでしょう」

荻原重秀はそこで一息ついて結論のようなことを言った。

「富士山の山焼けは十日は続くでしょう。問題はその後ですな」

重秀は吉保に対して念を押すように言った。

駿府の三支配

関東郡代伊奈半左衛門忠順は武蔵《むさし》国足立《あだち》郡神根村赤芝《あかしば》山の関東郡代陣屋（現在埼玉県川口市）の庭で突然暗くなった空を見上げていた。八ツ下り（午後三時）、夕刻にはまだ間があった。

太陽が赤黒く濁っていた。それは血のにおいを感じさせるような不気味な色であった。ただの雲ではなく、雲のように見えるなにかであった。江戸の方は暗黒だった。その暗さは急速にこちらへ近づいて来る。

忠順の周囲にいる家臣たちも、陣屋の中に住んでいる家臣たちの家族も突然のできごとに驚いていた。しかし東の空にはまだ明るさが幾分残っているし、突然空が曇ったからと言って大騒ぎをすることもないので、なんだろう、この寒いのに雷雨でも来るのだろうか、もしかしたら江戸に大火が起ったのではないかなどと語り合っていた。大火にしてはそれほど風は強くはなかったが、その日は朝から小枝が揺れるほどの西風が吹いていた。冬になると例年吹く風で特に珍しいことではなかった。

「どうも様子がおかしい。高いところに登って様子を見てまいれ」

と伊奈忠順は家来に命じた。

雲は陣屋の庭に立っている忠順の頭上を通り越そうとしていた。

赤芝山の陣屋は八町歩の広さがあり、周囲に堀を巡らせていた。赤芝山と言っても山ではなく強いて言うならば台地であった。台地の森林を切り開いて作った陣屋であった。台地の高さだけの堀の深さがあり、堀には水が満ちあふれていた。

陣屋内の木々はほとんど葉を落していた。陣屋の一角にある山王神社の境内のカシの木の繁みが、黒々と見えていた。

雲が頭上を横切ったと思う間もなく白い灰が降って来た。それが空から降って来たものだとは誰も思っていなかった。何処《どこ》からか風によって運ばれて来たもののようだった。

忠順は手の平を開いてその灰を受けた。一つ、二つ、三つ、その灰はただの灰とどこか違っていた。なにかしらの重みを感じさせるようなこまかい灰であり、吹けばどことも知れず飛んで行ってしまうような、片々とした灰ではなかった。平面的な灰ではなく、どちらかというと灰の粒であった。

「不思議な灰だ」

忠順はひとりごとを言いながら、指先につばをつけて手の平の灰をこすった。

ざらざらとした抵抗感が残った。植物性の灰ならばつばに溶けてしまうのに、その灰はほとんど形を変えなかった。

「これは山焼けの灰だ」

忠順の声には確信があった。そしてその声の中には緊迫感があった。家臣たちは忠順のまわりに集まって、それぞれが手の平を開いて空から降ってくる灰を受け、それにつばをつけた指先でこすって、山焼けの実感を確かめようとしていた。

「山焼けと申されますと、いずれの山が火を噴いたのでございましょうか」

家老の椎《しい》勘兵衛がおそるおそる訊ねた。天日を遮るほどの灰を降らせる山焼けが起ったとなると大変なことだと思った。

「灰が西の方から風に乗って来たのだとすれば富士ではないかと思う。富士山の近くには先月の四日に大地震があった。昨夜来の地震もまたこの灰降りに関係があるかもしれぬ」

忠順はそう答えると、灰のついた手の平をはたいて、

「馬の支度をせい」

と命じた。

「すぐ江戸のお邸へお帰りですか」

勘兵衛は忠順の顔色を窺《うかが》うように訊いた。

「あとは、そちたちに頼む。よろしいようにして置いてくれ」

忠順は、赤芝山陣屋の一角にある八幡神社に石碑を寄進するためにこの地に来ていた。その碑は既にでき上っていて、それをこれから八幡神社の社前に運んで行って建て、神官を呼んで祭事を行なおうとしていたところであった。家老の椎勘兵衛が、すぐ江戸へ帰るのかと訊いたのは、せめて、予定どおり行事だけはすませた方がよいのではないかと言ったのである。

「勘兵衛、これが一大事とは見えないか、八幡神社に石碑を寄進するのは私事であり、江戸へ帰るのは公事につくためだと考えるがどうか」

忠順は四十を過ぎたばかりの働きざかりであった。一にも二にも仕事を先に考えている彼にとっては、灰降りという異変があった以上いそいで江戸の役宅に帰るのは当然のことと考えていた。だが家老には家老の言い分があった。江戸に発《た》つにしても、なにかしら今日の行事に区切りをつけて行って貰いたかった。そうしないと陣屋をあずかる家老にとっては部下に示しがつかなくなる。

「では、八幡宮に詣でて至急江戸へ帰らねばならなくなったことを報告なされ、あわせて今後のことを祈願なされてはいかがでしょうか」

椎勘兵衛は忠順の顔をじっと見詰めて言った。

「八幡宮に参拝をするだけの余裕もないようでは、将来のことが思いやられるというのであろう。よしよし参拝だけはすませて行こう」

忠順は勘兵衛の顔を立てた。彼はその足で八幡神社へ行って祈った。眼をつぶると風の音がした。この風が西から降灰を運んで来るのだと思った。

(神よ、この忠順に力を与えたまえ、たとえ富士山が火を噴いて日本中を灰にしたとしても、この忠順の力によってその灰を取り除かせ給えかし)

忠順はそう祈願した。拝礼が終ってから、すぐ忠順は大きな矛盾を感じた。八幡神社に奉納した石碑は、伊奈家の繁栄を祈るものであった。富士山の降灰とはなんの関係もないことであった。降灰が富士山の噴火によるものだという確証も未だにないのだ。

伊奈忠順は馬に乗ってからも八幡神社の前で祈った自分の気持を考えていた。その時、彼自身の気持に偽りがあったのではない。彼が八幡神社の前に立ったときには、

(突然変異が起ったようですので江戸の役宅へ帰ります。石碑寄進のお祭りごともせず帰ることをお許し下さい。これも関東郡代という役目の上の帰宅でございます。どうかお許し下さい。尚今後の伊奈家の繁栄をお願い申し上げます)

と祈ろうと思っていた。それが八幡神社の前に額《ぬか》ずき柏手《かしわで》を打って眼をつぶった時に、たとえ日本中が富士山の降灰で埋まってもなどという、とんでもないことを祈願したのだ。自分でも分からないほどの心の飛躍であった。

江戸に近くなるにしたがって降灰の量は多くなった。向い風とともに吹きつけて来る灰が眼にしみた。灰を吸いこむと、咳《せき》が出た。乗馬もこの灰に苦しんだ。

乗馬は時々立ち止って、腹に波を打たせて灰にむせんだ。馬をそれ以上走らせることはできなかった。彼の後に続く家来たちも、降灰には処置なしの顔であった。

江戸に入ると、忠順は馬を降りて、家来に引かせた。生類憐《しょうるいあわれ》みの命が出ている現在、馬を酷使したというような告げ口をされたら困るからであった。彼の後に続く家来たちも忠順にならって馬を降りた。江戸の町はひっそりとしていた。彼等一行は夜のように暗い町の中を弓張り提灯を先に立てて歩いた。

忠順は、そのころまでに、降灰の源は富士山に違いないという確信を固めていた。

関東郡代の伊奈家は、あらゆる代官職の中で最高の家柄であった。関東郡代の支配地は四十万石に達していた。所領は赤芝山陣屋付近に一万石を与えられていたけれど、その実力においては大名をしのぎ、関東郡代の地位は勘定奉行に比肩するほどのものであった。事実、伊奈家歴代の郡代の中には関東郡代と勘定奉行を兼務した者もいた。関東郡代は世襲であり忠順は五代目であった。

嫡宗伊奈忠次が徳川家康に仕えるようになって以来、代々伊奈家は武略の家柄というよりも実務的政治家の色彩を備えていた。

東京湾に流れこんでいる利根川の方向を変えて銚子《ちょうし》に落すことによって、江戸の水害を防ぐとともに関東平野に新しく水路を作りそれまで六十万石だった収穫高を一挙に百二十万石にしたのも、伊奈忠次であった。伊奈家は、土木事業家であり、土木技術家の総元締めと言ってもよいほどの技術的内容を備えていた。伊奈忠順が八幡神社に祈った内容については伊奈家の血がそうさせたのであった。

もし、富士山が大爆発して降灰の被害が出たとすれば、その後始末ができるのは自分しかないということを忠順は直感したのである。しかし、この時点では被害についてはまだなにも分ってはいなかった。

関東郡代の邸は馬喰町《ばくろちょう》（現在東京都中央区）にあった。南側に土手をへだてて川岸《かし》があった。ほぼ三角形をした七千坪の敷地の中に、家臣等の住宅にかこまれて郡代邸があった。北側は馬喰町馬場をへだてて町家と接していた。

忠順を用人の左川儀右衛門が待っていた。

「大目付折井淡路守さまよりお使者がありまして、夜になってもかまわぬから、帰ったら直ぐ来るようにとのことでございます」

既に夜になっていた。夜になってもかまわぬから来いというのはよほどのことだと忠順は思った。

「この降灰についてのお訊ねであろうか」

忠順はやや不安であった。降灰について問われても答えられるものはなに一つとしてなかった。

「おそらくそのことだと思いまして、できるだけのことは調べて置きました」

左川儀右衛門は降灰が始まるとともに、人を諸方にやって情報を集めさせた。江戸への入り口の品川から大森あたりまで人をやって東海道を下って来る人たちの話を集めた。儀右衛門はそれをまとめて箇条書きにして忠順に渡した。

「富士山の山焼けであることは確かなことで、富士山に近いところはかなりの砂が降っている模様でございます。江戸においては降灰による被害は今のところ出ておりません」

それだけでも分ったことが忠順にとっては嬉しかった。

忠順は急いで旅装を解き服装を改めた。大目付のところへ行くのに失礼があってはならなかった。それに大目付折井正辰は忠順の岳父《がくふ》でもあった。忠順の正室縁子《えんこ》は折井正辰の娘であった。縁子を忠順の正室にと取り持ったのは柳沢吉保であった。

折井正辰の娘縁子は一時柳沢吉保の養女として柳沢邸にいたことがあった。山名信濃守と結婚するために吉保の養女としたのである。当時折井正辰はまだ大目付ではなかった。ところが、婚約が整って間もなく、山名信濃守が金貨改鋳を批判したことが将軍綱吉の怒りに触れて蟄居《ちっきょ》を命ぜられた。このため、縁子との婚約は解消となった。縁子は実父の折井正辰のもとに帰った。縁子とはなんの関係もないできごとだったが、娘心を傷つけたことは事実だった。十二年前の元禄八年のことだった。吉保はこの縁子と父正辰の気持を汲《く》んで縁子を伊奈忠順に世話したのである。そのころ忠順は正室長谷《はせ》三位《さんみ》範《のり》昌《まさ》の妹のおゆうを亡くしていた。縁子は忠順と結婚してほっとした。一男一女があった。

「なにか父に伝えることはないか」

忠順は縁子に訊いた。

「子供たちはみな元気だとお伝え下さいませ」

縁子は余計なことは言わなかった。

折井淡路守正辰は伊奈忠順を迎え入れるとまず富士山の山焼けについてのその後入った情報を伝えた。

「箱根より向うの様子はほとんど分らないが、容易ならぬ事態になりつつあることだけは間違いがない」

と正辰は言った。それだけのことを言いたくてわざわざ呼びよせたのではないことを忠順はよく知っていたから、忠順は正辰の話の切れ目を待って、言った。

「で、火急の用事というのはなにごとでございましょうか」

「或いはことと次第によっては、そこもとに出て貰わねばならないことになるやもしれない、そのことを伝えて置きたかったのだ」

ことと次第によってはという意味がよく分らないから訊いたが正辰はそれには答えずに富士の山焼けとは全然違ったことを話し出した。

「小田原城主の大久保家が神君の怒りに触れて改易になったことを知っておるであろう。その大久保家も大久保忠隣が神君の時代になって再び小田原に返り咲いた。現在の老中大久保忠増はその後を継いだ人だ」

正辰は言葉を切った。これからなにを言おうとしているのか忠順に考える余裕を与えようとしているふうであった。

「しばらく幕閣から遠ざかっていた大久保家が幕府の枢要な地位に坐った場合、おおよそなにをするかは想像できよう。権力だ、まず権力を持ちたいと願うだろう」

正辰はそれ以上のことは言わなかった。あとは推量にまかせようとするかのようであった。大久保忠増が権力の座につきたいという気持を具体的に表現するとすれば、側近政治をやっている柳沢一派の追放である。そこを考えよと正辰は婿の忠順に言ったのである。

「富士の山焼けによって富士山麓から小田原にかけての村落はすべて灰で埋まりつつあるということだ。そうなった場合小田原藩はいかなる処置を取るだろうか。そのことについてそこもとの意見を聞きたい」

毎年のように大水害の被害が各地で起った。そういう天災の際の後始末について関東郡代は幕府の諮問を受ける慣例になっていた。

忠順は災害が始まったその日の夕刻に諮問を受けたのである。正辰は大久保忠増を強く意識していた。忠増の機先を制するには一刻も早くこの問題に取り組むことだと思っていた。

「もし富士の山焼けがこのまま十日も続き富士山麓が砂で埋まり、当分収穫不可能ということになれば、領主は、おそらく所領地を幕府に返上し、その代りの土地を求めることになるでしょう」

忠順はためらわずに言った。それに似たような例はないではなかった。

「なに所領地を返上するとな？」

正辰の顔色が変った。

小田原藩主大久保加賀守忠増の上屋敷は馬場先門《ばばさきもん》にあった。阿部豊後守《ぶんごのかみ》の上屋敷と隣り合っていて、大久保加賀守の屋敷に向って左には通称小田原門があり、西御丸との境をなしていた。

大久保加賀守の屋敷には一晩中灯がついていた。夜が更けると降灰はいよいよ激しくなり、江戸市中は死のように暗かった。その中を、小田原からの注進が半刻（一時間）置きに届いた。

新しい使者が現われるたびに、邸内は騒然となり、しばらくして静かになったころ、また次の使者が来た。

大久保忠増は寝なかった。本領地が降灰で埋まりつつあるというのに寝てはおられなかった。情報は悲観的なものが多かった。富士山麓の十カ村が灰をかぶって全滅したとか、焼け石に打たれて死んだ人の死体が酒匂川《さかわ》を流れ下って来たというような報告が入った。それらの多くはすこぶるあやしいものであったが、一応公式報告として記録された。

忠増は夜明け前にしばらく寝て、朝食を取るとすぐ登城してまず老中筆頭の土屋相模守《さがみのかみ》政直に会って富士の山焼けについて報告した。政直は貞享《じょうきょう》四年以来二十年間も老中職にあった。老中職に止まっているというだけで、毒にも薬にもならない人柄だった。

老中小笠原佐渡守長重は宝永二年に、秋元但馬守喬知《たじまのかみたかとも》、稲葉丹後守正往《まさゆき》の二人は宝永四年の八月に退き、現在老中としては土屋政直、大久保忠増の他に井上河内守正岑が居るだけであった。老中が三人しかいないということは、幕府の二百六十余年の歴史の中でそう珍しいことではなかったが、この年は柳沢時代の頂点とも言われるころであったから、特に老中の数が少なかったのであろう。

忠増と全く同じく宝永二年九月二十一日の日付で老中になった井上河内守正岑は忠増から富士山の山焼けの模様を聞くと、

「さぞお困りのことでしょう。できるだけのことをしてさし上げたい」

と言って忠増をなぐさめた。

忠増は大老柳沢吉保の登城を待って、

「昨夜のうちに報告申し上げようと思いましたが、何分にもくわしい事情が分りませんので、今朝まで待ちました」

と前置きして、小田原から富士山麓にかけての被害の状況を詳しく報告した。落ち着いた様子で、いささかも動揺の色を見せなかった。

「山焼けはいっこうに衰える様子もないし、風の方向が変る様子もない。このまま灰が降り積ったらたいへんなことになるであろう」

吉保は、被害がほとんど大久保忠増の領内に限られている点を大いに同情して言った。

「山焼けばかりは手がつけようがございません。ただ、成り行きを待つばかりでございます」

忠増は静かな口調で言った。日は高く昇っている筈なのにまだ夜が明け切らないように暗かった。吉保は忠増の落ち着き払った態度になにか空恐ろしいものを感じた。

江戸市民が、降灰の原因が富士山の噴火であることを知ったのは、噴火が始まった翌日ないし翌々日であった。富士山の爆発と同時に箱根の峠を越す者がなくなったので、三島と小田原には旅人が充満した。箱根の関所あたりは拳《こぶし》大の焼け石が降るとか、切り餅の形をした真赤な焼け石が飛んで来るとか、焼け石に打たれて死んだ人が多くてその取り片づけもまだできていないなどという流言《りゅうげん》が飛んだ。

だが、その箱根も爆発三日目にはいつもと変りがないように人が往来した。旅人の中には焼け砂を恐れて道中笠を二重にかぶって歩く者がいた。

小田原から箱根にかかると、真近に噴煙が見え、おびただしい砂が降った。

富士山は時々、大音響を発して、爆発し、火山弾を四囲に吹き飛ばすので、箱根峠の通行は危険であった。だが、箱根の関所が閉じられたという記録がないから、生命には危険のない程度の降砂だったと推定される。

小田原藩は、できるかぎりの手を尽して被害状況を集めて江戸藩邸に報告していた。

「富士山麓七十カ村の住民は飲む水がなくて困っておる様子です」

と、柳沢吉保から報告を受けた将軍綱吉は、そうか、水さえ飲めないのか、不憫《ふびん》よなあと嘆息した。飲む水がないのではなかった。どの川も焼け砂で埋まり、川の水を飲むことができなくなったのである。井戸の水は飲めた。

「水がないのだから食べるものもないだろう」

生類憐みの令を出した綱吉だったから、被害地の住民にはひどく同情した。将軍は大久保忠増を呼んでそのことを直接訊ねた。

「藩米のあるかぎりはこれを放出して、窮民を救う手配をいたしてございます。けれどもこのまま焼け砂が降りつづき、富士山麓の百カ村あまりの領民ことごとくが窮乏するようになった場合は小田原藩だけの手には負えなくなるものと考えられます。御賢察のほどをお願い申し上げます」

忠増は老中であった。だから将軍にこのような直截《ちよくせつ》的な発言ができたのである。

「そうだろう、百カ村の農民ことごとくが焼け出されては、小田原の米だけでは足りないだろう。そうだ。駿府《すんぷ》の米蔵から運んでやればいいではないか、駿府からなら富士は近い」

綱吉が言った。将軍はいつでも勝手なことが言える身分だった。ふと駿府のことが思い浮んだから口に出したまでのことだった。近いと言っても、富士山麓から駿府（現在の静岡）までは十五里あった。

「駿府代官は誰か」

と綱吉は続いて吉保に訊いた。

駿府代官能勢《のせ》権兵衛は駿府紺屋町の代官屋敷で富士の山焼けを眺めていた。十一月二十三日朝大地震とともに富士山は火を噴いた。この大地震によって、駿河の近くの海浜には津波が起きた。被害はそれほど大きなものではなかった。

火を噴く富士山は駿府からよく見えた。噴煙が空高く上ったときに、駿府の人たちはもしかするとその噴煙がこっちへ来るかも知れないと心配したが、間もなく煙は東へ東へと流れ去り、駿府の方向に流れて来るおそれは全くなくなった。

夜になると、富士山の七合目から八合目あたりにかけて赤い火が見えた。眼を射るような強い輝きを持った火であった。電光や、飛び交う火山弾の景観は美しかった。恐ろしいという気持より、珍しいものが見えるというので、駿府の人たちはほとんど外に出て焼け山見物をやった。一夜明けてから富士東山麓の被害情況が少しずつ分って来ると、もし風が変って砂がこちらへ降って来たらと心配する者もあったが、このころの季節に強い東風が吹くことはまずあり得ないから、大部分の者は安心した気持でいた。

能勢権兵衛は富士山が火を噴き始めてから三日目に見舞いの者を小田原藩にやったらどうだろうかと用人に相談した。被害が起きている駿東郡は駿府代官の支配地ではなかった。しかし駿府代官としては隣接地の天変地異を黙って見ていることはできなかった。

駿府には駿府城代と駿府町奉行と駿府代官の三人の支配階級がいた。幕府の直轄地であるから老中の下部機関としてそれぞれ独立して仕事をしていた。駿府城代が駿府代官や駿府町奉行に命令を下すということはなかった。

三者は眼と鼻の先に役宅をかまえていながら、実質的にはなんの交渉もなかった。この支配階級の三者の鼎立《ていりつ》は、三者が互いに牽制《けんせい》し合うことによって、大きな過失を防ごうという幕府の方針であった。人呼んでこれを駿府の三支配と言った。

能勢権兵衛が小田原藩に見舞いの者を送ろうとしていることは、その日のうちに駿府城代青山信濃守幸豊と駿府町奉行水野小左衛門の知るところとなった。代官屋敷の中に町奉行と通じている者がいた。

「どうも今度の代官はこの地のしきたりを知らぬらしい」

青山幸豊はその話を聞いてつぶやいた。青山幸豊は元禄九年（一六九六年）以来十一年この地にいた。水野小左衛門は元禄十三年以来七年間在職していた。共にこの地の事情に精通していた。

青山幸豊が口にしたしきたりというのは、なにか新しいことをする場合は、城代、町奉行、代官の三者間で連絡してから行なうという約束のことである。幕府が駿府に三支配を置いて互いに牽制させようとしたのに対して三者が考え出した裏工作であった。そうすればお互いにぼろを出さずにすむからである。

「能勢権兵衛という代官はよほどものごとの分らぬ奴だな、着任来、ろくな挨拶もしてないのに、また、そのような、われ等をだし抜くようなことをしようと言うのか」

駿府町奉行水野小左衛門は能勢権兵衛が家来を小田原へやろうとしていると聞いて眉《み》間《けん》に深い縦皺《たてじわ》を作って言った。ろくな挨拶もしてないというのは、駿府城代、駿府町奉行及び、その両者に属する主だった者を代官邸に呼んで着任の挨拶を兼ねたもてなしをしていないということであった。

駿府城代は駿府城を守るのがその役目である。屋敷は城内の二の丸にあった。多人数を招待できるような広い屋敷でもなし、またそんな余裕はなかった。駿府町奉行は、大手門の前に役邸があったが、これも城代邸同様に常識的な広さしかなかったし、禄高千五百石では人を招待する余裕はなかった。

駿府代官だけは紺屋町の一角に三千坪の屋敷を構えていた。屋敷内には大名屋敷にもおとらぬ立派な庭があった。

駿府代官は七万石を支配していた。従って、少し頭を使えば、多少の金を浮かすことができた。しかしその金で私腹を肥やせば切腹を命ぜられるから、彼等は浮かした金を代官屋敷に掛けた。そして、その広大な屋敷に、駿府城代と駿府町奉行、そして江戸から定期的にやって来る駿府目付を招待した。代官が交替する度に庭は整備され、家は増築された。

この駿府代官の華麗な庭のことは幕府の要路に居るもので知らぬものはなかった。この庭を背景にした招宴も、半ば公認されていた。しきたりというものは恐ろしいものであった。

能勢権兵衛は駿府代官としてこの地に着任したとき、前任者から、しきたりについてこまかく教えられた。そうしなければ身が持ちませんと言われていた。能勢権兵衛はそれを聞き棄《ず》てにした。

（そのような悪い因習を引き継ぐ必要は毫《ごう》もない）

と思っていた。彼は、新任の挨拶に、駿府城代と駿府町奉行のところへ廻ったが、いずれ日を改めて云々《うんぬん》のしきたりの言葉はついに口にしなかったのである。

「駿府代官が小田原藩へ見舞いを出すというならば、われわれも考えねばならないでしょう」

水野小左衛門は駿府城代の青山幸豊を訪ねて言った。

「そういうことになりますかな、お互いに面倒なことだ」

青山幸豊はいかにも面倒でならないという顔をした。駿府の三支配のうち代官だけがいい顔をしたらあとの者は困る。しかし小田原まで人を出すのも面倒なことだと思った。

「この件については拙者に万事おまかせいただきたい。よろしいでしょうかな」

水野小左衛門は青山幸豊に対しておさえつけるような言葉を吐いた。万事と言われて顔を上げた青山幸豊に水野小左衛門が言った。

「機先を制すればよいでしょう」

駿府代官能勢権兵衛の用人山岡郡太夫は十一月二十八日に家来三人をつれて小田原城におもむいて、駿府代官能勢権兵衛の書状を家老真田《さなだ》六右衛門君春に提出した。真田六右衛門は信濃の真田家の血を引く者であったが、大坂夏の陣以来零落していたのを大久保忠朝が肥前唐津《からつ》藩主であったころ、六両三人扶持《ぶち》の足軽として採用した。六右衛門はそれ以来非凡な才能を認められて出世し、元禄十六年の大地震の後、大損害を受けた小田原城復興に際しての功績が買われて家老職になった人である。宝永四年には禄高二千三百石、藩中最高禄の家老となった。

真田六右衛門は駿府代官能勢権兵衛の書状を読んで、

「わざわざ御見舞いくだされて有難うございます。まだこのように灰が降っている最中で今後どのようなことになるやら、わかりませんが駿河の駿東部は駿府御支配地とも接しているところですので今後なにかと御迷惑をかけることもあるかと存じますが、よろしくお願い申し上げます」

そう口頭で挨拶したあとで、

「駿府からはさきほど駿府城代青山信濃守様、また駿府町奉行水野小左衛門様からもお見舞いの御使者をいただいたばかりです。御丁重な御挨拶痛み入ります」

と言った。真田六右衛門は事実をそのとおり述べたのであったが、山岡郡太夫は、駿府城代と駿府町奉行に先を越されたのが、自分の落度のように感じた。帰ってこのとおりのことを報告するのは、なにかしら気がとがめた。山岡郡太夫は、

「ここまで来たのですから、もっとも被害の多い駿東郡の諸村をお見舞いして帰りたいがお許しいただけるでしょうか」

と言った。たとえ、幕府直轄地の駿府代官の名を以てしても、他領に立ち入ることはよほどのことがなければできないことであった。災害が起きたから見舞いに行きたいと

いうのはたしかに旨《うま》い口実だったが、小田原藩にとっては迷惑千万なことであった。

「御好意は重々感謝いたしますが、なにぶんにもこのありさま、御案内しようにも案内させる者もございません。ましてもしお怪我でもされたら、たいへんなことになります。災害地へ近づくことはおことわり申し上げます」

真田六右衛門ははっきりとことわった。

山岡郡太夫は強いては言わず、道中で見たり聞いたりしたことだけをまとめて駿府に帰った。

「なに、見舞いの使者を城代と町奉行が先に出したとな」

山岡郡太夫の報告を聞いて能勢権兵衛は色をなした。

「三者間のしきたりがどうのこうのと言っておきながら、彼等自らそれを破っているのではないか、けしからん」

能勢権兵衛は出し抜かれたということはまだ気がついていなかった。権兵衛は怒りの眼を駿府城に投げた。駿府城には富士山爆発以来、連日連夜見張番が立って、富士山の山焼けの情況を看視していた。噴火が始まって七日にもなるのに噴煙はいっこうおとろえようとはしなかった。

十一月二十二日に大地震を起し二十三日に噴火をはじめた富士山はその勢力を弱めようとはせず、実に十六日間にわたって活動を続け、十二月九日の申《さる》の刻（午後四時）になって噴火を休止した。この間比較的活動が弱かったと推定されるのは、十二月の五日、六日、七日の三日だけであった。この十六日間の気象の情況を見ると、十二月の五日に南風が吹いた以外はずっと西風が吹いていた。

五日に南風が吹いたというのは西から低気圧が近づいて来た証拠であった。この五日、六日あたりを除いて連日晴れており、冬期季節風が吹きすさび、降灰はことごとく東側へ流されたのである。

噴火が終った時点において、各被害村から届けられた降砂の厚さは次の通りであった。

駿東郡においては、

須走村、一丈余。棚頭村、四尺四寸。大御神村、五尺。上野村、四尺三寸。上野新田、四尺一寸。中日向村、四尺五寸。用沢村、四尺五寸。藤曲村、三尺六寸。中島村、三尺六寸。生土村、三尺五寸。湯船村、三尺六寸。柳島村、三尺六寸。菅沼村、三尺五寸。吉久保村、三尺五寸。阿多野新田、三尺六寸。

口では三尺とたやすく言えるけれど、一メートルも降り積った砂は処置のしようがなかった。それは灰ではなく大豆大から、鶏卵大の軽石を交えた砂であった。それが、山と言わず野と言わず、田畑と言わず、屋根と言わず一様に降り積ったのであった。そこは死の世界であった。生きるものはなに一つとして見出すことはできなかった。なにもかも灰に覆われ、川のありかさえ分らなかった。

駿河側のこの惨状に対して、相模国足柄上郡では多いところで二尺、噴火口から遠ざかるに従って被害は少なくなり一尺ほどとなった。小田原付近は一尺ないし四、五寸という程度だったが、小田原よりずっと東にある鎌倉郡藤沢では八、九寸ないし二尺降ったと報告されている。

これは藤沢が、降灰の主流方向に当っていたからである。

この降砂被害の範囲を地図に示すと、南は富士山と真鶴《まなづる》崎を結ぶ線と、北は同じく富士山と相模原（相模原市）を結ぶ線に含まれる扇形地帯であった。降灰になると、その及ぼすところは富士山の東部一帯から関東平野全面に及んでいる。

現地における惨状は次々と小田原から大久保加賀守忠増の江戸藩邸へ報告された。小田原藩の江戸詰の重役たちがほとんど色を失っている中で、忠増だけは泰然自若としていた。暗さなどいささかもなく、むしろ平常よりも活発に家臣を指図していた。

水呑百姓

富士山は噴火を始めてから十六日間活動を続けた。この間山麓《さんろく》の農民はなにをしていたのであろうか。これについては、現在神奈川県山北町堂山、鈴木隆造氏宅に貴重な文献が残っている。鈴木隆造氏が「足柄乃文化」第四号に紹介したところによると、宝永噴火当時の鈴木家の当主は八代目理左衛門（後に五郎兵衛と改称）であり、山北村の名主を務めていた。資料は原稿用紙に書き直すと三十枚もあったというから、かなりのものであった。噴火直後の山麓農民の動きを知るのに絶好の資料であった。

その一部を現代文に書き直して載せる。

小田原の御城主が大久保加賀守様の時のことである。宝永四年十一月二十三日四ツ時（午前十時）より、大地がひっくりかえるかとも思われるようなすさまじい地震と共に富士山が噴火を始めた。それから数日間は噴煙の中で雷が鳴り続け、昼間だというのに曇った夜のように暗く、人は勿論《もちろん》のこと牛馬や鳥やその他の生類《しょうるい》などは、たちどころに命が絶えるかと、肝を冷やしていた。噴火が始まって以来十二月八日の朝まで十六日間も、砂は昼夜休みなく降り続いた。最初降った小石をも含めて降砂の深さを測って見ると、富士山麓は深いところで一丈四、五尺、浅いところでも三、四尺あった。足柄上郡の中山家通りは三、四尺ないし二尺七、八寸、山北村の砂の深さは一尺九寸より二尺一、二寸であった。田畑、野山一面が砂場と化して、百姓共がたいへん困っているので河村山北、河村岸、河村向原の三カ村にて一通の御注進状をしたためて、地方御代官様へさし出すことにした。

以上は注進状ではなく、注進状をなぜ地方御代官に出さねばならなかったかという理由を書き留めたものである。なかなかの名文である。

おそらく、名主理左衛門がしたためたのだろうが、文章から見たこの人はたいへん学問があった人のように思われる。

この前書《まえがき》の中に「人は申すにおよばず牛馬諸鳥生類のぶん、たちまち一命すたるかと肝を消し候」という中に、生類という字が出て来るところに当時の生類憐みの令が、いかに地方にまで強く浸透していたかを窺《うかが》い知ることができる。また、注進状を地方御代官様へ出すと書いてあるが、当時このあたりは小田原藩の支配下であったから、地方御代官というのは、小田原藩の代官をさしているのは間違いない。いきなり、小田原藩なり、江戸の本邸などへ注進せず、取り敢えず、彼等農民の上部にいる地方代官に被害状況を出したのは当然の処置である。

当時の地方代官は大西覚右衛門と青木仁右衛門であった。山北地方の名主が両人に当てた注進書を要約するとつぎのとおりである。

去る十一月二十三日の地震と共に富士山が噴火して以来、石や砂が大量に降って田畑を埋め尽してしまったので、麦及び種物類は全滅してしまいました。砂が降る最中も各村々で砂を掃きのけようとしましたが、とても掃きのけることのできる量ではございませんでした。現在の様子だと田畑の開発を自力ですることはできません。

いままでは、年貢はお米で収め、不足分は山で取れた萱《かや》や薪《たきぎ》などを里へ持って行って売ってお金に替えて上納金として収めておりましたが、この度の降砂のため山へ入る道もなくなりました。また砂に埋もれた田畑など売買することもできないから、働きたくても働くことができなくなりました。山に近い者の家は砂の下に埋まり、住むところはなく、呑み水も無い有様でございます。ほんとうに人も馬も困り果てています。このような状態ですから扶役《ふえき》もできかねます。どうぞお推察くださ い。従来、漆《うるし》を上納していましたが、それもできなくなりました。しようがないから他領で働く口があれば、村の者をそっちへ口減らしのために出してやろうと思っています。このことも、おゆるしくださるようにお願い申し上げます。また、当地方の畑は今年の夏の間に何度か御注進申し上げたように病虫害が発生したので、ほとんど雑穀の収穫はなく、取れたものは菜と大根ばかりですので、間もなく農民は飢えに苦しむことになるでしょう。右のように村々はたいへん困窮しております。この度、被災地を御見分いただきましたとおり、今日も尚、砂は降り続いていて、さっぱり止む様子はありません、降砂はいよいよその厚さを増して行くものと思われますので、今後も又御見分にお出で下さるようにお願い申し上げます。

おそらくこの文章は小田原藩の地方代官大西覚右衛門と青木仁右衛門が、噴火の最中に現地視察に来たとき手渡したものと思われる。農民はその異常な量の降砂を見て、やがて迫って来る飢餓を予測していた。この文書は施政者に対して、早急に救助に乗り出して貰いたいことを要請するとともに代官等が見分を終った段階で、

一、被害地は当分農耕不可能である。
一、収入の道はいっさい絶えた。
一、今年の夏は雑穀が不作であった。米は年貢として出してしまってない。飢えは

目前に迫っている。
一、村には扶役に出る余裕はない。
一、これからは、口減らしのために他国へ出るしかない。

などという情況を役人に認めさせるために提出したものである。二人の地方代官は、現状を見ているから、この文書に書いてあることは嘘とは言えない。現地見分の役人がこの文書を受取れば一応この内容を認めたことになる。名主理左衛門はそこまで考えて、この文書を提出したのであろう。

被害状況を小田原藩地方代官に注進したのは足柄上郡の山北村ばかりではなかった。被害を受けた村々の名主のほとんどは書き付けを以て注進したり、或いは口上を以て注進した。降砂中の段階では多くの村々が協同して注進訴願するところまでは至っていなかった。

駿東郡深沢村の名主喜左衛門も一家そろって、深良村名主仙右衛門のところへ避難はしたが、そこでのうのうと降砂の止むのを待っているわけにはいかなかった。

喜左衛門はまず、深沢村村民がどうなっているかを確かめることから手をつけた。名主である以上当然なすべきことであった。

喜左衛門は縁故をたどって深良村へ逃げて来た同じ村の者を集めて、深沢村村民の行方をたしかめさせた。

「おれも村の人たちを探しに行く」

佐太郎は父に言った。そうだ、お前もそうして貰おうかと喜左衛門が言おうとする前に、喜左衛門の妻のけさが口を出した。

「佐太郎、お前は村の人の消息をたしかめに行くなどと口ではうまいことを言ってはいるが、ほんとうはつるを探しに行くのだろう」

けさが、そう言うのに、喜左衛門はそれを否定するわけには行かなかった。

「佐太郎、お前は他の村々の名主の在所を訪ねてくれぬか、このようなことになったからには一人や二人の力ではどうにもならぬ、被害を蒙《こうむ》った村々が寄り合ってことに当らねばならないのだ」

ことに当るという一言が佐太郎の心を強く打った。容易ならぬことがその前途によこたわっていそうであった。

「つまり村と村の連絡に当れということですか」

喜左衛門は大きく頷《うなず》いた。

佐太郎は砂の降る村々を歩いた。どんなに砂が降っても、家から離れようとしない人がいた。また一時的に近村へ逃げたが、家のことが心配になって帰って来て、砂を取り除いている者もいた。そういう人たちに名主の行方を訊くとその避難先が分る場合が多かった。やはり、村は名主を中心として生きていた。こういう場合も、名主と村民との絆《きずな》は切れてはいなかった。

川や井戸が砂に埋まって容易に水を得ることができないから、佐太郎は竹筒に入れて来た水を飲み、炒《い》り米《ごめ》をかじりながら、村々を歩いた。須走村に近づくほど降砂の量は多くなっていた。道も田も畑も一面に砂が降り積っているし、噴煙に太陽が隠されて夜のように暗いから彼はしばしば道に迷った。降ったばかりの砂は熱く総体的にふかふかしていて歩くと草鞋《わらじ》を履いた彼の足が脛《すね》のあたりまでもぐりこむことがあった。一日にそう遠くまで行くことはできなかった。

佐太郎は五日間、歩き廻って、どうやら、駿東郡被害村五十九カ村の名主の所在地とほぼその被害状況を摑《つか》んだ。被害村五十九カ村のうち二十六カ村の名主は、砂が降り続いている村へ引き返していた。

佐太郎はつるの消息を知りたかった。つるの消息を知るには、つるの家の近くの者に会って聞いて見るより仕方がなかった。あの日別れる時ひとことでいいからつる一家の落ち行く先を聞いて置けばよかったと思ったが、もはやどうすることもできなかった。

佐太郎は父喜左衛門の言いつけ通りにあちこちの名主のところに連絡に行ったが、各村の名主からは被害状況を地方代官に届け出た段階のものが多く、具体的な救助方の願い出をした者は少なかった。噴火はまだ続いていた。先のことはまったく分らないで途方に暮れているというのが真相であった。

佐太郎は他村を廻った帰りに深沢村の自宅に寄った。なるべく家の近くを通ったら立寄れと父に言われたからであった。

佐太郎の家の屋根は噴火が始まって数日後に砂おろしをしたけれど、その後降り積った砂が二尺ほどにもなっていた。門は開いたままになっていたが、ここしばらくは人が入った足跡はなかった。家の周囲を一廻りして、蔵の前に来たとき、彼はそこに足跡を見つけた。

どうやら米蔵を開けて、米を背負って逃げたものと思われた。賊は一人と推定された。盗んだ米は一斗か二斗ではなかろうかと、砂の中に残された足跡の深さから想像した。

村にはここ何十年来盗賊が現われたことはなかった。幕府の方針で相互看視が徹底したから村の中で悪いことはできないような社会構造になっていた。村の者が名主の蔵から米を盗み出すなどということは想像されなかった。他の村から米を盗みに来たのだろうか。米蔵には簡単な鍵はかかっているけれど、開けようと思えばそうむずかしいことはなかった。

佐太郎が足跡を見詰めている前で、足跡は降砂に埋もれてゆく。

（たった今盗み出したところだな）

と佐太郎は思った。こういう際、米を盗む者の心が憎らしかった。彼は、その足跡を追った。

米を叺《かます》に二斗ほど入れて背負った男は深い砂の中で喘《あえ》いでいた。米は盗んだものの、腹が減って力が出ないのであろう。

「おい」

と、うしろから佐太郎が声を掛けると、相手は足を止めた。止ったたまましばらく考えているようだった。男はやっとうしろをふり向いた。そして叺を背負ったまま焼け砂の中にへたへたと坐った。同じ村の利吉という水呑百姓であった。老いた両親を抱えていた。小さい子供が五人もいた。

利吉は砂の中に坐って両手を合わせて佐太郎を拝んだ。ひとことも言わなかった。利吉の頰に伝い落ちる涙に降る砂が交り合っていた。利吉はそれを拭おうともしなかった。

「人に訊《き》かれたらおれに貰ったと言えよ、二度とだまって他人の蔵を開けるようなことはするな」

佐太郎はその場を去った。

喜左衛門一家は焼け砂の降る中を深沢村へ帰った。噴火が始まってから十二日目であった。これ以上、深良村の名主仙右衛門の宅に厄介になることが心苦しかったことと、佐太郎の調査によって他村の名主で、焼け砂の降る村へ帰っている者が意外に多いことを知ったからであった。

喜左衛門が深沢村へ帰ると、名主様が帰ったというので、逃げた村の者も続々と帰って来た。逃げずに残っていたごく少数の者も、名主が帰ったというので挨拶に来た。それらの者の多くはその日暮しの水呑百姓であった。貯えの食糧もごく少なく、冬は日雇いに出たり山仕事に出ている者が多かった。それ等の者が職を失ったからたちまち家族もろとも飢えに瀕《ひん》したのである。

「私たちは大根の乾葉《ひば》に雑穀を少々ばかりまぜて粥《かゆ》を作り、それをすすってどうやら生きておりますが、このあと、砂が十日も降り続いたら、食べるものはなくなります。どうしたらいいでしょうか」

そう言われても、名主には答えようがなかった。砂がいつ降り止むやら、誰にも予想がつかぬことだった。

「砂降りは間も無く終る。そうなったら、全力を挙げて、砂掃き砂除《の》けをすることだ。まず砂の下から麦畑を助け出さないとならない。困っている者はお前たちばかりではない」

喜左衛門はそんな言いのがれをしながらも、焼け砂の下で麦が生きているかどうかを危うんでいた。

「これは天災だ。お上もきっとお救け下さるだろう。名主たちが寄り合って小田原のお役所へお願いに出るつもりだ」

そんなことも言ってみた。

しかし、目前に飢えをひかえている者に対しては名主としても放って置くわけには行かなかった。

「こういう場合は村中で助け合って行かないとどうにもならない。組頭、百姓代を呼んで相談して、なんとかしよう」

喜左衛門は苦しい答え方をした。結局は米を持っている者が無い者に出してやるより仕方がないと思った。

利吉は末席に坐っていたが最後まで一言もしゃべらずに黙っていた。彼等が帰るとき利吉は佐太郎を見掛けて傍に来て囁《ささや》くように言った。

「この間はありがとうございました。御恩は一生忘れません。それから与兵衛一家のことですが、与兵衛の女房もんの伯母が沼津におりますので、一家はそこをたよって行ったと聞きました」

利吉は佐太郎がつるの行方を探していることを知って、その情報を知らせてくれたのだ。

「沼津だと？　沼津のどこだ？」

「そこまでは分りません。そのうち砂降りが終ったら一度はきっと帰って来るでしょう」

利吉は申しわけなさそうに言った。

喜左衛門が深沢村に帰った直後に代官手代が三人そろって見分に来た。

「砂が深くて、馬に乗って歩くことができない」

代官手代は、降砂によって道がなくなったことがまるで村人の責任のように言った。

喜左衛門は代官手代を招じ入れると、村の主だった者に集まるように使いを出した。

村の主なる者は名主宅の庭に坐って、代官手代の言葉を待った。

喜左衛門が、

「村の主なるものが集まっておりますのでなにとぞありがたいお言葉を賜わるようお願い申し上げます」

　というと代官手代は縁側に出て立ったままで言った。

「このたびの山焼けについては、まことに気の毒なことだと思っている。いま名主喜左衛門から、免税のことや、お救《たす》け米のことなど聞いたが、それについては帰り次第上司に報告するつもりである。けっして悪いようには計らわないであろう。ところで、今回の見分に際して思いついたことをひとこと言って置く。見分して廻ってみると、各自が砂掃き砂除けに懸命であるが、自分の家のまわりのみの砂除けに熱心で天下の公道はそのままにしてある。これはいったいどういうことか。天下の公道が、三尺も四尺も砂が積っていたならば、代官殿が見分に来ようと思っても来ることができない。まず、公道の砂を取り除くようにみなの者に申しつける」

　代官手代はそれだけ言うとすぐ帰り支度をはじめた。代官手代たちに喜左衛門が、深沢村は砂の深さは四尺ばかりでございますが奥地へ入ると、五尺、六尺はおろか一丈も砂が降り積ったところがございます。どうか御見分のほどお願い申しますというと、そうかと言っただけで行こうとはしなかった。どうやら砂の深さに恐れをなしたようであった。

「お役所など当てにしてはおられない。まるでおれたちのことなんか念頭にないではないか」

と不平を洩《も》らす者がいたが喜左衛門はそれをなだめて言った。

「こんなことで腹を立てていてどうする。これから先は死ぬほど腹が立つことが何度もあるだろう。その覚悟でいるがいいぞ」

喜左衛門は先を見越していた。これだけの災害が起きたからには、百姓は命がけで、お上の袖にすがらねば見殺しにされるかもしれない。喜左衛門は、まだ降り続いている天を仰いで嘆いた。

飲み水は井戸に頼った。井戸のない家は、井戸のある家から貰い水をした。

砂除け作業はまず家の周囲から始められた。ほとんどの農家は庭先が畑になっていて、そこに、蔬菜《そさい》類などを作っていた。砂を除くとすれば、まず庭から庭先の畑にかけての作業ということになるのだが、困ったことはその砂の捨て場所であった。一面に三尺から四尺近く降り積った砂をいったいどこへ捨てたらよいであろうか。

十二月の五日ごろから噴火活動は弱くなり、それまで昼間でも夜のように暗かったが、六日の日には一時的に太陽の姿を見ることができるようになった。そして十二月九日の申《さる》の刻（午後四時）ごろになってそれまで降り続いていた焼け砂降りがぴたりと止んだ。

人々はいっせいに富士山の方向を見た。富士山は夕暮れ空の下に厳然としていた。その富士山の七合目あたりに新しい赤い山が姿を見せていた。その赤い山から焼け山の跡を明らかにするかのように白い噴煙を上げていた。

人々は異様な顔をして富士山と富士山の頂上直下に出た瘤《こぶ》を眺めていた。ひとことも声を発する者とてなかった。十六日間に亘って砂を降らして、人々を恐怖の底につき落し、今後どうしていいか見込みも立たないようにしてしまった非情な山はそこに一筋の白い煙を残してしずまり返っていた。

「山焼けは終った」

と喜左衛門が言った。一時的な休止ではなく、二度と火を噴いては貰いたくなかった。それはすべての人々の心であった。

山焼けは終った、山焼けは終った、と人々は口々に叫んだ。それは喜びであるべきだったが、嬉しそうな表情もなかった。噴火は終ったけれど、それで人々は生きることを保障されたのではなかった。彼等と砂との戦いが待っていた。堆積《たいせき》した降砂の下から彼等の土地を取り戻さないかぎり彼等は生きることができないのである。日は間もなく暮れた。人々は、長いこと見なかった夜空を仰ぎ見た。

翌朝、日が出ると、富士山頂直下に現出した赤い山がはっきり見えた。総体的に富士山の形は変ってはいなかったが、富士山に瘤ができたようで見映えはいいものではなかった。

噴火が止み、降砂がなくなると同時に村人たちは本格的に働き出した。そして村内での争いはその日のうちに起った。砂の捨て場所についてであった。

農民たちは、なんとかして麦を生かしたかった。焼け砂の下になって、ほとんど望みはないように見えたが、砂さえ除去すれば、幾分かの収穫は得られるように思われた。

富士山麓駿東郡地方はどの村もよく似た地形をしていた。富士山という巨大な山塊から流れ落ちて来る水によって、山麓には無数な溝ができ、溝はやがて沢になった。沢と沢の間の斜面が畑地になったのである。畑地の砂を除去するとすればその捨て場所は沢以外になかった。ところがその沢にも所有権はあった。他人の土地にやたらに砂を捨てるわけにはゆかなかった。ではいったいどこへ捨てたらよいであろうか。川に捨てると田の用水に困ることになる。

沢は傾斜が急で日当りも悪く、大雨のたびに出水があるので畑にも造林にも向かなかった。そのかわり、沢は堆肥用の採草地や牛馬の飼料の採草地として活用していた。苅《かり》敷場《しきば》と呼んでいるところもあった。それぞれ私有権又は入会権《いりあい》を持っていた。沢の両側に田畑を持っている農民たちが入会権を持っている場合は、申し合せてその沢を砂捨場とすれば、どこからも文句が出ることはなかったが、そのような例は稀で、実際は長年の間に、沢の入会権、私有権はこまかく分割され、しかも入り乱れていた。沢の入会権を他村が所有していることさえあった。

一面に降り積った砂を見て、誰しも、その砂の捨場所を求めた。自分の所有地に適当な砂捨場さえあれば、あとは労力次第で田畑の砂を除くことができると考えた。沢の他に砂捨場として考えられるのは空地である。

「勝手に砂を捨てて貰ってはこまる。ここはおれの土地だ」

空地に砂を捨てようとしている百姓がとがめられた。

「いかにも此処《ここ》はおめえ様の土地だが、ここは今のところ空地になっている。こういう非常の場合だから空地に砂を捨てさせて貰うより仕方はあるまい」

文句を言われた百姓は開き直ったようなものの言い方をした。

このような論争が各所に起きた。深沢村ばかりではなく、駿東郡五十九カ村の被害村すべてが当面した問題であった。

各村の名主は横の連絡を取り合いながら、次のように取り決めた。

一、空地や沢はその所有主が誰のものであっても村共通の砂捨場とすること。
一、村で砂捨場と決めた以外の土地へ無断で砂を捨ててはならないこと。
一、砂捨場となったところは、村中の力で砂をならして将来持ち主に返すこと。

これ以外に砂の山を処理する方法はなかった。

富士山が噴火している間は十六日間一滴の雨も降らなかった。毎日毎日強い西風が吹いていたのに、噴火が終って三日目には大雪が降った。更に四日ばかり置いてみぞれまじりの雨が降った。

焼け砂は軽くて運びやすかったが、一度水を吸い込むとどうにもしようがないほど重くなった。被害村の人たちは、天のむごい仕打ちを恨んだ。

「なぜ、おれたちばかりをこのように苦しめるのだろうか」

雪が降り雨が降り、また雪が降って、石のように固くなった砂を掘り起して、畚《もっこ》に筵《むしろ》を敷きそれに砂を入れて運び出し、牛車や荷車を利用して砂捨場まで運ぶ仕事が続いた。誰も彼も必死であった。麦を助けなければ餓死する。お上や他人のことを頼りにしてはおられなかった。だが、村人たちもその仕事に取り掛ってひと月も経たない間に、その仕事が容易でないことを知った。思い通りに仕事がはかどらないからであった。麦を助けることはほとんど絶望となった。

当時の砂除け作業の進捗《しんちょく》状況を知るための資料が御殿場市大堰《おおぜき》区に保存されている。当時このあたりは駿東郡御厨《みくりや》大堰村と言った。この大堰村の文書によると、砂の厚さはおおよそ三尺であったが、この砂除け作業は、田畑の砂除け、用水路の砂除け、砂捨場の地ならし等各種の作業があり、それぞれその作業内容により難易があったが、比較的工事がしやすいところで、一坪の砂を完全に除くのに、一人半は掛った。困難な作業になると一坪に三人半の手数が掛ったと記録されている。

地上に三尺降り積った砂も、いざこれを完全除去するにはまず砂を掘り起し、道路まで運び出し、砂捨場まで持って行って捨て、それをならすという手間を総合すると一人、一日がかりで一坪の砂を除去するのがやっとのことであった。

当時五段百姓と言えば中流の百姓である。その五段百姓を例に取ってみよう。五段を坪数に直すと千五百坪になる。一年三百六十五日、一日も休まずにこの砂除け作業に掛ったとしても、五段歩の田畑の砂を除くには四年と四十日の歳月を要することになる。

このくらいの計算は誰にもできた。問題はこの間の生活である。食べ物が四年間分あれば、この計算は成り立つ。しかし農民の多くは次の年の取り入れまで食いつなぐのがせいいっぱいであった。封建制が敷かれ世の中は平和になって、戦乱はなくなったけれど、支配者による貢税の徴収は、「農民は生かさず殺さず」という施政方針によって搾取され続けていた。

噴火のあった年の暮になって、各村の水呑百姓がまず飢餓に追いつめられた。

当時の為政者は同じ人間にやたらと格差をつけようとした。同じ農民の間にさえいつの間にか格差ができていた。名主―組頭（字頭《あざがしら》）―百姓代―五人組の順列があり、この他に水呑百姓がいた。宝永噴火の厖大《ぼうだい》な資料の中にも名主の願書の中に水呑という言葉がさかんに出て来る。水呑百姓というのは、貧農を軽蔑《けいべつ》した言葉ではなく、公式文書に書かれているところを見るとそのまま通用していた言葉と思われる。

被害村の多くに郷倉《ごうくら》があった。非常救済米を貯蔵して置く倉であった。村役人が管理して、非常の際、藩の命令によって開けることになっていた。だが、この郷倉も、打ち続く凶年で蔵の中は空であった。

深沢村名主喜左衛門は飢えに迫った者を救う緊急手段として、食糧の余裕がある家に水呑百姓を割りふって砂除け作業をさせて、その代償として食べ物を与えた。

喜左衛門のところには利吉が働きに来た。利吉は浅黒い顔で、眼ばかりぎらぎら輝かせている男だった。

「いつまでこういうことが続くのでしょうか」

利吉は佐太郎に言った。もはや生活に疲れ果てた顔だった。年の暮になると、飢餓は怒濤《どとう》のように押し寄せて来た。お上の救いの手を黙って待っていれば一村夏を待たずして餓死することははっきりして来た。

佐太郎は父喜左衛門の用事で他村との連絡に当った。どの村の名主も、如何《いか》にしてお上を動かすか、その方法について考えていた。三村、五村、十一カ村と村々の名主が連署して救助の申請をしたが、お上からはなんの返事もなかった。

「五十九カ村が一丸となってお上に当らねば、お上は動かないだろう」

それが多くの名主の意見であった。

佐太郎がそれらの意見を取りまとめて帰宅した夕刻、利吉が門で彼を待っていた。

「つるさんが一昨日来ました」

と言った。

「そしていまどこにいる」

佐太郎は父への返事を後にしてでも、つるに会いたかった。

「今朝方、早く沼津に帰りました」

利吉の返事には力がなかった。

つるは沼津から弟の新吉をつれて村の様子を見に来た。予想した以上の惨状を見て、彼女は途方に暮れていた。水呑百姓たちは既にその日の糧に困り果てていた。こういう状態のところへ、身体の不自由な父を連れて帰って来ても一族が飢えに泣くことは明らかだった。つるはすべてを見て取って、そのまま沼津に帰ったのである。

「佐太郎さんにはくれぐれもよろしくとつるさんは言っていました」

利吉は、間もなく佐太郎は帰って来るから会って行くように言ったが、つるは頑として聞かなかった。

「私がつるさんに、佐太郎さんに会って行くように強いてすすめると、つるさんは、もうなにもかもおしまいだと言って泣くのです」

利吉は言った。なにもかもおしまいだというつるの言葉の中には佐太郎をこれまでになく不安にするものがあった。つるの一身上になにか変化があったのではないだろうか。

「つるさんが世話になっている沼津の家の人たちは彼女たちに親切にしてくれているだろうか」

佐太郎はそのことがなによりも心配だった。

「沼津といっても、千本松原というところの漁師の家だそうです。いい人たちだから、食べることに不自由はないと言っていましたが……」

利吉は、そう言ってあとを濁した。

「そのほかにつるさんはなにか言わなかったか」

「佐太郎さんに私の後を追わないで下さいと伝えてほしいと……」

利吉はあとが言えなかった。

「ばかな、つるさんはなんてばかな女《ひと》だ」

佐太郎は一日の違いでつるに会えなかったことを悔いた。会ってさえいたら、腕ずくでもつるを引き留めたものを。佐太郎の眼にくやし涙が浮んだ。

一揆でない一揆

小田原藩は富士山噴火と同時に被害地に人をやって情況を調べたり、地方代官や地方代官手代などを被災地にやって被害地の見分に当らせた。江戸にいる小田原藩主大久保加賀守忠増は柳田九左衛門に意を含めて、藩主名代として現地に派遣し、被害地を見分させた。この期日ははっきりしていないが、噴火の終った直後のことのように思われる。山北の名主理左衛門はこの時の使者柳田九左衛門の口上をそのまま記録して後世に残した。

富士山の噴火に際し、被害地の農民に対して殿様よりの御言葉があった。その時の江戸御役人柳田九左衛門様の口上の覚え書は次のとおりである。

富士山が噴火して石や砂が降った様子は、つぎつぎと小田原藩を経て江戸の殿様のところへ報告された。殿様は一日中そのことばかり心配しておられた。人民は勿論のこと牛馬にいたるまで飢えて死ぬようなことはないだろうかと、たびたび口に出されるほどだった。この天災のために家を失った者は路頭に立って露に打たれてはいないだろうか。少しばかりの縁をたよって他の領内へ逃げた者もあるだろう。このように難渋している者には、領内に小屋を掛けて収容するか、小田原へ引き取って、牛馬に至るまで飢えて死ぬようなことのないように致したい。このように殿様は言われていた。我々はこの殿様の有難い御言葉を持って村々を廻っている。このように殿様は大慈悲心を持っておられるから困ったことがあったら直ぐ申し出るがよい。とにかく百姓を救ける方針は決っておるのだから、この上は何事にも油断のないように一所懸命働くように、名主、組頭の者共は村中の者にこのことを伝えるよう、きつく申しつける。元禄十六年の大地震以来、凶作が連続して百姓が困窮していることはかねてから殿様のお耳に達している。その上、又今度のような災害を受けたのだからまことに気の毒なことだと殿様は申しておられる。この上は、かねてから言い渡してあるように、殿様の御正道の筋と、御慈悲とをよくよく考え合せて、この二つを固く守ることが大切であることを心得て置くように。(山北鈴木文書意訳)

この柳田九左衛門という男はよほどの曲者《くせもの》だったらしい。殿様が農民のことを一日中考えているとか、困った者は小田原へ呼んでやりたいなどとうまいことを長々としゃべったあとで、最後にほんのちょっぴり、御正道の筋を守ることが大切であると結んでいる。この御正道の筋というのはなんであったか、はっきり書いたものはない。他の文書との関連から、御正道の筋というのは、自力開発せよという意味であったことが明瞭《めいりょう》である。

何時の世でも役人というものは、口先ばかりで実のあることは言わないものである。柳田九左衛門が被害各村で殿様のありがたきおぼしめしを押し売りしながら、実質的には自力開発を命令して歩いたのは被害村民の怒りを買った。

「口ではなんだって言える。われわれの欲しいものは食べ物だ。殿様が口先ばかりの御慈悲をいくら賜わったところで、お慈悲で腹はいっぱいにならない。名主殿は、こんな出まかせをよく黙って聞いていたものだ」

まず、組頭、百姓代などから文句が出た。一般百姓はさらに怒りをこめて名主のところに領主に対して救助を強く訴えるように迫った。

山北村名主理左衛門は、柳田九左衛門が被害村を廻っている間に三カ村名義で窮状をうったえる書き付けを提出した。

富士山の山焼けで焼け石や焼け砂が降り積って百姓共が途方に暮れているところに、田畑は自力で開発せよという命令が出されました。村々では百姓代が寄り合って、砂を除去する見積りを致しましたが、とにかく、今度のことは前例にない天変地異であり、とても自力で降砂を除去して田畑を開発することはできないという結論に達しました。元禄十六年の大地震、宝永三年の大出水、そして今夏の台風の被害に次いでの今度の災害で、麦作は絶望となってしまった今、百姓は飢えて死ぬのを待つばかりになっております。このような状態で自力開発など思いもよらぬことでございます。この際、殿様の大慈悲にて御救いなされてくださるようにお願い申し上げます。(山北鈴木文書意訳)

この願書は切迫した農民の気持がかなり正確に現わされている。これと同じような願書が、各被害村から提出されたであろう。

柳田九左衛門の被害地見分と自力開発の口上伝達は各被害村の指導者たちをいたく刺戟した。被害の多い駿東郡は五十九カ村の名主が共同して救助請願運動を起すことを誓い合い、足柄上郡は百四カ村が共同して、小田原藩に請願願いを出すことに決った。

宝永五年一月三日、駿東郡深沢村に駿東郡被害村五十九カ村の名主が集まった。相談するつもりで寄り集まったのだが、結論はほとんど最初から決っていた。

「窮状を殿様にうったえるには書き付けでは駄目だ。五十九カ村の名主が揃って小田原のお城へでかけてお届けの上、その足で江戸の殿様のところへ行ってお願い申そう」

その悲痛の叫び声はほとんど同時に各名主たちの口から出た。そうだ、そうだと各名主が賛成の声を上げているところへ、足柄上郡の中之名村から使いがやって来て言った。

「本日、足柄上郡百四カ村の名主が中之名村へ寄り集まって合議した結果、明四日には百四カ村の名主が揃って小田原へ出頭し、次第によっては江戸へ行くことに決りました。駿東郡の皆様たちはいかになされるおつもりか御返事をいただきたい」

同じ取り決めが、駿東郡と足柄上郡で同時に成立したということは偶然であったというよりも必然であったと考えるのが至当であろう。この事実は駿東郡五十九カ村の名主たちを力づけた。

「われら駿東郡五十九カ村も全く同じことをしようと思っていたところです。われ等名主たちは明朝暗いうちに出発して中之名村へ向います。どうぞ御一緒に小田原へでも江戸へでもお連れ下さい、と名主様たちにお伝え下さい」

深沢村名主喜左衛門が駿東郡の名主を代表して言った。使いの者は、何回も頷《うなず》いて、その足ですぐ帰って行った。

「さてみなさま、それではこれにて……」

と喜左衛門が閉会を告げようとすると、しばらく待って下さいと言って立上った者があった。五十九カ村の名主が集まっての寄り合いだから、大きな声をしないとみんなに聞えなかった。しかし、よほどのことでないと寄り合いの席上で立ってものを言う者はいなかった。立ってものを言うことは多くの場合、相手にいいがかりをつけるか、よほど緊急なことを口にする場合の他はなかった。

立上ったのは用沢村の名主伊右衛門であった。

「喜左衛門さん、名主だけ五十九人が行くだけで間に合いましょうか、足柄上郡百四カ村の名主と合わせて総勢百六十三人、小田原へ出頭して、窮状を訴え、なにとぞお救け下さいと言ったところで、自力開発は藩の方針だ。お前たち名主はさっさと帰って村の者を指揮して砂除けに当れと怒鳴られたら、そのまますごすご帰るしかないでしょう。強いて江戸の殿様にお願いに参上すると言ったら、無礼者の一言のもとに牢屋《ろうや》へぶちこまれるのが落ちじゃあないでしょうか」

用沢村伊右衛門は叫ぶように言うと更に先を続けた。

「この深沢村あたりは砂の厚さは三尺あまりだが、わが用沢村は四尺五寸から五尺の深さだ。とても自力開発などできるわけがない。それよりもなによりも明日食べるものが無くなって死ぬのを待つばかりの者が幾人もいる。もう一刻も待てない。飢えて死ぬくらいなら、小田原でも江戸でもいいから出て行って、冥土《めいど》の土産にひとあばれしたいという者がいっぱいおる」

伊右衛門はそこでじろりと一座を見渡して一段と声を高めて言った。

「どの名主どのも飢えてはいない。他人は死んでも自分は飢えて死ぬなどと考えている名主どのは一人もおらないようだ。そういう顔で、役人の前に出れば、役人はまだまだ百姓には余力があると見做《みな》すだろう。この窮状を救って貰うには、小田原や江戸にいって、百姓のことなんかなにも知らない、偉いお役人たちに、飢えに迫った百姓の顔はどんなものか見せてやるしかないと思う」

「一揆《いっき》を起そうというのか、一揆の主謀者は磔《はりつけ》だぞ伊右衛門さん」

そう叫んだ名主がいた。

「村の者が全部飢え死にしても、名主だけは生きられると思っている人は別だ。わしは違う。名主というものは生きるも死ぬも村の者と一緒だと思っている。どうせ死ぬなら、飢えて死ぬより磔にあって死ぬ方が楽だと思っている」

伊右衛門はそうやりかえして置いて、すぐ言葉をついだ。

「だが、わしは、鍬《くわ》や鎌《かま》を持っての百姓一揆を起そうと言っているのではない。そういう物騒な物はいっさい持たせず、ただ蓑笠《みのかさ》だけつけた百姓共の有志を連れて行ってやろうと思っている」

伊右衛門はそこまで言って坐った。会場は寺の広間であったが、五十九人の名主が寄るといっぱいになる。名主の申し合せが秘密会ではないのだから、熱心な組頭や百姓代が若干傍聴していた。それらのうち二、三人の者が伊右衛門の話を聞くとすぐ外へ飛び出して行った。

名主の寄り合いは伊右衛門の発言によって騒然となった。あっちこっちで議論が始まった。伊右衛門の説に反対する者より賛成する者の方が次第に多くなって行った。

「私は伊右衛門さんの意見に賛成だ。名主以外の村の者が、名主だけにはまかしては置けないと言って、あとをついて来るならば追い返すわけには行かないだろう。どうせそういうことになるなら、初めっからそのつもりでかかった方がいい。お上でも人数が多ければ多いほど本気になって取り合ってくれるだろう」

吉久保村の名主八兵衛が言った。

名主も五十九人いると、色々の考え方をする者がいた。総じて若い名主は伊右衛門や八兵衛の説に賛成だったが老いた名主たちは大挙して押しかけることが一揆と見做されることを心配していた。

寺の庭に深沢村の者が集まって来た。それらの者が大声でしゃべり出したので寺の本堂で議論をしていた名主たちも障子を開けて外を見た。寺の庭には百人ほどの人が集まっていた。

百姓富三郎が前に出て言った。

「おらが村の名主様に申し上げます。われわれ百姓共はこのままここで餓死するよりも、小田原か江戸まで行って死のうということになりました。名主様には迷惑は掛けません。おれたちは勝手に後からついて行きます」

深沢村名主喜左衛門は富三郎の申し出を黙って聞いていた。一時晴れていた空が曇って小雪がちらついていた。

「よし、お前たちにも一緒に行って貰おう。ただし、どんなことがあっても乱暴だけはして貰っては困る。それから、村中出てしまったら後が困る。それに江戸までとなると長い旅になる。大勢は行けぬ。この村からは、私のほか三十人の人を出したい」

喜左衛門は一村で三十人としても五十九カ村で二千人近い人数になることを頭の中で計算していた。

深沢村喜左衛門が取った処置は当を得ていた。各村の名主も、喜左衛門の処置のようにしようと口に出して言った。

「喜左衛門さん、ありがたいことだ。ではここでもう一度はっきりとしめくくってくださらぬか」

用沢村の名主伊右衛門が顔を赤くして言った。

「明朝明け次第五十九カ村の名主は足柄上郡中之名村へ向って発つ。小田原から場合によっては江戸へ行く用意をして置くこと。各村が繰り出す人数については、わが深沢村の三十人を標準として夫々《それぞれ》の村の戸数できめる。その人達の食糧は各村で負担する。繰り出す人選については名主がきめる」

喜左衛門は言い終ってから、用沢村の伊右衛門をふり返って、なにかつけ加えることはないかと言った。

「喜左衛門さんの言われたとおりでよいと思うが、繰り出す人選については、老人より若い人の方がいいと思う。われわれは得物はなにも持って行かない。こんな場合、たよりになるのは若い人たちの達者な口だ。口だけが武器になる」

伊右衛門はそう言って名主たちの顔を見廻した。多くの名主は頷いていた。

名主たちは話が終ると急いでそれぞれの村へ帰って行った。

喜左衛門は、明朝小田原へ行く人選に取り掛る前に、佐太郎に「人数を繰り出す」件を足柄上郡の名主衆に知らせる用件を言いつけた。

佐太郎が山北村の名主理左衛門のところについたのは深夜であった。佐太郎は戸を叩《たた》いて家人を起した。

囲炉裏《いろり》に粗朶《そだ》がくべられ、赤い火が燃え上った。

「この寒い夜道をさぞかしお疲れになったでしょう。さあさあ、熱い物を召し上ってくださいまし」

名主理左衛門の妻が味噌粥《みそがゆ》をすすめた。四里の焼け砂道は佐太郎にはつらかったが、駿東郡五十九カ村のためだと思うと、寒いことも、心細いこともなかった。佐太郎は、姿勢を正して父の伝言を述べた。

「そうですか、やはり」

と理左衛門は言った。やはりというのが気になるから聞くと、

「そちらへ使いを出した後で、同じようなことがこちらでも起きまして、およそ、三千人近い人数を繰り出すことが、夕べになってきまりました。このことをお知らせしようと思っていましたが、決ったのが夜になってのことなので明けたら早速と思っておりました。先を越されてまことに恐縮です」

と理左衛門は頭を下げた。郡は違っていても人々の考えることは全く同じであった。すべては二郡が心を合わせたように運んでいた。

「で、佐太郎さんあなたは」

「ここに一夜泊めていただいて、明日は父たちと行動を共にします」

佐太郎はきっぱり言った。


宝永五年の一月四日、まだ夜が明け切らないうちに駿東郡の被害各村の辻には二十人三十人と人が集まり、一同揃ったところで名主を先頭にして足柄上郡に向って出発した。見送る者にも見送られる者にも声はなく、ただ悲痛感だけがみなぎっていた。

出発に先だって駿東郡五十九カ村の名主は連名で地方代官あて、小田原へ窮状を訴えに出向き、次第によっては江戸まで行って上訴する旨の書き付けを送った。

地方代官は急ぎこのことを小田原へ知らせると共に、なんとかして農民たちを慰撫《いぶ》しようと努めたがもはや地方代官の力ではいかんともしがたいところまで来ていた。駿東郡五十九カ村の名主と百姓たちが小田原に向って出発したという報は、その日の朝のうちに隣村の知るところとなった。半刻ほど間を置いて早馬が二騎箱根の峠に向った。一騎は大目付折井淡路守正辰の命を受けて駿東郡の農民たちの動きを見守っていた同心であり、もう一騎は目付河野勘右衛門の命によって派遣されていた伊賀衆の一人であった。

両騎はその日のうちに江戸に入り、駿東郡五十九カ村の百姓が大挙して小田原に向ったことを報告した。

河野勘右衛門は伊賀衆の報告を受けると直ちに老中大久保加賀守忠増のところに伺候

した。

老中大久保忠増は富士山に噴火が起ると同時に目付河野勘右衛門を呼んで、現地の状況を探索し、報告するように命じたのである。自領の地方代官を通じての報告は遅いし、自己の失態を隠すために嘘の報告も間々あることを知っている大久保忠増は、富士山噴火という大事に対して特に河野勘右衛門を起用したのである。

河野勘右衛門は伊賀衆の報告を書き取って大久保忠増に提出した。

「五十九カ村の名主はそれぞれ、二十名ないし三十名の若手の百姓を率いて足柄上郡に向い、今日中に足柄百四カ村の者と合流して、明日中には小田原へ向うというのだな」

忠増は河野勘右衛門に念を押すように言った。

「そのとおりにございます。彼等は、身に蓑笠をつけ、食糧を背負っているだけで、一揆のように、武器に類する物は持ってはおらない様子にございます」

「だから一揆ではないと申すのか」

忠増は不快げに言った。だが、すぐもとどおりのおだやかな顔に返って、御苦労であったと河野勘右衛門をねぎらった。

大久保加賀守忠増は翌一月五日、いつものとおり登城した。

その日は常になく柳沢吉保が早く登城していた。吉保は大久保加賀守忠増を呼んで言った。

「加賀守殿、富士山の山焼けで砂地と化してしまった御領地の百姓は随分と難渋していることであろう。実は上様《うえさま》もそのことを痛く心配されておられる。これはまだ上様には申し上げてはないことだが、被害地が広すぎて、貴藩だけの手に負えないようなことになれば、幕府としても至急手を打たねばならないと思っている。貴殿になにか所存でもあらばお聞かせ願いたいのだが」

吉保はいつものとおり、静かな口調でやんわりと言った。その柔軟な言葉の中に鋭い棘《とげ》が隠されているようであった。

「おぼしめしかたじけなく存じます。わが藩も全力を上げて被害地の農民を救済しようと心掛けております。自領である限りにおいて、わが藩の力を尽してやるつもりでございます。どうしてもわが藩の手に負えないということになれば、その時はその時のこと、よろしくお願い申し上げます」

大久保忠増は悠々《ゆうゆう》とした態度で答えた。顔に微笑まで浮べていた。忠増の顔にはいささかの緊急感も困惑もなかった。

「さようか、貴藩の力でやれるところまでやってみようと言うのは、まことに殊勝なる御心掛け。しかし、いくら、貴殿が百姓たちのことを思って慈悲心をかけられても、なにかのはずみで百姓共が一揆の真似《まね》ごとのようなことでも始めると後々が面倒になる。その辺のところはよくよくお考えになって、貴藩の手に余るとみたらそのことをお申し出されるように。この度の山焼けは前例のないような一大天災であるから、上様にもお願いして、貴藩の体面の立つようにしたいと思っておる」

柳沢吉保はそう言いながら大久保忠増の眼をじっと見詰めた。

「ありがたいお言葉充分に考えさせていただきます」

忠増は吉保に向って頭を下げた。吉保の視線を逃れた瞬間、忠増は柳沢吉保は、既に富士山麓で一揆に近いことが起りつつあることを知っているのだなと思った。（このまま被害地をそっくり幕府に返地して別の土地を求むれば、小田原藩は柳沢政権に屈伏することになるのだ。そうはしたくない。できるかぎりあの被害地を持ちこたえるのだ。長く持ちこたえておればおるほど被害地は荒れ果てる。幕府の力をもってしてもどうにもこうにも手がつけられないようになったところで幕府に返地するのだ。幕府は返地されたもののその救済策にたちまち窮し、柳沢側近政治は地に墜ちるだろう）

大久保忠増はゆっくりと頭を上げた。

吉保は、忠増にそれ以上のことは言わなかった。忠増が幕府の援助をことわった以上、彼の思うとおりさせてみるより仕方がないと思った。吉保は殊勝だと忠増を讃めたが忠増が小田原藩自体で災害の後始末をやろうという腹には裏があるなと睨《にら》んでいた。

（大目付折井正辰からの報告によると、被害村の百姓一揆はいまごろ小田原におしかけているであろう。当然このことは、忠増の耳にも入っている筈だ。それなのに彼は、もし一揆でも起きたらと水を向けたが別に驚いたふうは見せなかった。いったい忠増の心の底にはなにがあるであろうか）

吉保は忠増とそこで別れたが、一刻後には上の間で再び顔を合わせることになっているのを思い出した。

（そうだそこで、この問題を出してみよう。忠増はどう出て来るであろうか）

吉保は、そう考えながら長い廊下を歩いていた。

その日の上の間での議題になったものは、三件あったが、各《いず》れも大した議題ではなく、老中大久保忠増の裁断によって決着した。

吉保がさて、この辺で富士山の山焼けの問題を持ち出そうかと思っていると、その場に列席していた勘定奉行中山出雲守時春が口を開いた。

「近ごろ耳にするところによると富士山、山焼けの被害は甚大なるものがあり、小田原藩十一万三千石中、五万六千石に相当するところが焼け砂に埋まったとのこと、小田原藩は去る元禄十六年の地震で大被害を蒙《こうむ》っていることでもあるから、幕府としても、小田原藩に対してしかるべき援助をしなければならないと思う」

中山時春はもったいぶった顔で言った。

吉保は中山時春の顔を見た。十一万三千石中、五万六千石に相当する領地が降砂に埋まったと、こまかい数字を上げたところが、吉保の注意を引いたのである。この数字は正しかった。吉保が、折井正辰に調査させた数字と一致していた。中山時春はいったいその数字をどこで知ったのであろうか。吉保は大久保忠増の顔を見た。

（そうだ。その被害の実数値を一番よく知っているのは、小田原藩だ。中山時春は小田原藩に聞いたのであろう。すると彼の発言の目的はなんであろうか）

中山出雲守時春が発言すると、その場に出席する者のことごとくが、小田原藩に対して同情的な言葉を述べた。

「元禄十六年の前例もあるから至急見舞金を小田原藩へ下げわたすのがよろしかろう」

「それよりも、小田原藩の被害地五万六千石を幕府へ返地して替地を下げわたすことを考えた方がいいのではないか」

などという発言があった。

富士山の降砂の被害が甚大で、その被害地は当分作物はできないだろうという噂は江戸市中にまでひろがっていた。

(結局、小田原藩は被害地を返地して、替地を貰い、被害地は幕府の手によって救済することになるだろう)

と諸大名の間で噂されていた。中山時春の発言はこのような時になされたのであったが、当の小田原藩主、大久保忠増は自分の意見を一言も言わなかった。自分のことだから言い難《にく》いということもあったが、彼は固く沈黙を守っていた。

「加賀守殿はいかが考えておられるかな」

吉保はとうとうしびれを切らせて訊いた。

「私の考えは、さきほども申し上げましたようにいささかも変ってはおりません。まずもって、小田原藩自身の手によってことに当り、力尽きたる場合は、幕府の力にすがりたいと思っています」

忠増ははっきり言った。

そこには記録係がいる。国家の重要事を論じているのだから、いい加減なことは言えない。忠増の発言は、一応幕府の援助を拒絶した形になった。

大目付折井正辰の眉間《みけん》がぴくりと動いた。そこに列席する奉行たちも意外だという表情をしていた。

「小田原藩自身の手によってことに当ると申されても、それはなかなかむずかしいことでしょう」

と勘定奉行の中山時春が言った。

「むずかしいがやらねばならぬ、このような場合は、まず被害地の者どもが自力復旧、自力開発の気持にならねば、復旧はできない。他人の力をたよっていたのでは、何時まで経っても同じこと。それにまた、このようなことで後世に悪例を残したくもない」

忠増は強いことを言った。

吉保は大きく頷いた。忠増と中山時春とは事前に打ち合せがしてあったなと思った。中山時春の口を借りて、問題を提起し、評議の席において、小田原藩主、大久保忠増は幕府の援助をはっきりと拒絶したのである。

（いったい、忠増はなぜあのようなことを言ったのであろうか……）

吉保はそこまで考えて、はっとした。

（忠増は災害地を盾にして、おれと戦うつもりなのであろうか。災害地の情勢が手のつけられないように悪化してから幕府に渡し、これを足掛りとしてこの吉保を大老の座から引きずりおろす手段とするのではなかろうか）

「加賀守殿、失礼だが、としはおいくつだったかな」

上の間を出たところで吉保は大久保忠増に訊いた。

「美濃守殿がとしをお訊ねになるとは思いもかけぬこと、たしか拙者の方が二つばかり馬齢を重ねている筈」

忠増はそう言って笑った。

「そうかな、拙者のほうが二つ三つ、としを取っているかと思ったが、どうも、人間、としを気にするようになってはだめですな」

吉保は忠増の笑いに誘われたように笑いながら、五十三歳の忠増と五十一歳の自分との二歳の年齢のへだたりを比較してみた。忠増はつやつやした顔をしていた。白髪など一本もない。声も若いし、腰つき、歩き方も若者のようである。吉保は、その忠増に少なからざる恐怖を覚えた。

（たしかに忠増は若い。二つ年上なのに、おれよりずっと年下の感じだ。忠増があの若さをひっさげて真正面からぶっつかって来た場合はどう受けたらよいであろうか）

将軍がおれにはついている。吉保の心の中でそういうものがあった。しかし、その将軍も老いた。気が弱くなって来ている。以前のようになにからなにまでうまく行くとは限らない。

（これはちょっと面倒なことになるかもしれないぞ）

吉保はそう思った。

大久保忠増が馬場先門の藩邸に帰ると、小田原から早馬がついていた。

「駿東郡、足柄上郡の名主合わせて百六十三名、それに百姓およそ五千人が被害地の救済を口にしながら小田原に向っております」

その報告に忠増は顔色一つ変えなかった。伊賀衆の情報より一日も遅れていた。おそらく、家老の真田六右衛門は農民たちを食い止める自信があったから早馬を直ぐ出さなかったのだろう。報告が一日遅れたということは、上訴の百姓群を食い止めることができなくなった証拠だ。

「全力を上げて百姓共の上訴を食い止めよ、場合によっては百姓共の要求を入れてやれ、一度に多くを聞いてやらずに、少しずつ聞いてやるのだ。とにかくなだめすかせて、村へ退散させることだ。小田原までならまだいいが、小田原から、更に江戸へ向って来るようなことになると、小田原藩の面目にもかかわることになる。至急、食い止め策を考えよ」

忠増は家臣たちに命じた。

中奥《なかおく》で、大見得を切ったばかりである。その直後に、百姓が一揆化したということになると、柳沢吉保の側近派に嗤《わら》われることになる。いずれ災害地は返地しなければならない。それまでにはやれることだけはやって置かねばならない。まだ返地は早い。

「どうしても持ちこたえるのだ」

忠増は家臣に言った。家臣は持ちこたえるという言葉を百姓共を小田原より先によこさないように持ちこたえよと言ったのだと解した。

江戸藩邸と小田原との間を早馬がしきりに往復した。

虚々実々

百姓たちの不穏な動きを最も憂慮したのは、小田原藩家老の真田六右衛門君春であった。

四日の早朝、駿東郡五十九カ村の名主と百姓が小田原へ向って出発したという報と、足柄上郡百四カ村がこれに合流する動きがあることを知ると、真田六右衛門はまず心利いたる家来数人を派遣して慰撫に努めるよう命じた。

「いかなることがあっても百姓どもを小田原へ寄こしてはならない。百姓共が大挙して小田原へ出頭したという報が幕府の要路の方々に知れるとお家の一大事となる」

真田六右衛門は声を高くして言った。

主家小田原藩の一大事であるばかりでなく、小田原藩にて禄を食《は》んでいる武士階級にとっても一大事であった。

真田六右衛門はまさかこんなに早く百姓共が動き出すとは思っていなかった。砂降りがおさまってまだ一カ月とは経っていなかった。六両三人扶持《ぶち》の足軽から身を起して小田原藩の筆頭家老にまでなった人物だから、下情にも通じていた。百姓はどんな小さな災害が起きても、それを盾にして年貢の減免を願い出るものである。大きな被害が起きれば、それだけ声を大きくするのは当然である。そういう場合百姓は必ず飢えを口にする。しかし、村中の米をたたき出せば、次の収穫期まではなんとかなるのが例になっていた。名主、組頭、百姓代などの持米を全部投げ出させるのだ。そうすることによって百姓たちの力を平均化することが農民を統治するこつであると考えていた。だから、彼は藩主の忠増に対して、災害は予想以上にひどいけれど、藩としては農民たちの自力開発を基盤として、政策をすすめるように意見具申をした結果が藩主の名代柳田九左衛門の被害地巡視になって現われたのであった。

情報はつぎつぎと入って来た。百姓たちの怒りの根底にあるものは、柳田九左衛門の言行にあるらしいことが、次第に明白になるに従って真田六右衛門の顔は蒼《あお》くなっていった。百姓一揆となればこれまで営々と築き上げて来た自分の過去はすべて水泡《すいほう》となる。

六右衛門はなんとかして、百姓たちを慰撫しようとした。

「とにかく、彼等を小田原へよこさないことだ。一日、二日と経てば彼等の気も静まって来るであろう。そこへ、いくらかなりとも、餌《えさ》を与えるのだ。そして、最後はおどかしてでも彼等を村々へ帰らせることだ」

六右衛門は家来たちを、かわるがわる使者として百姓たちのところへやって、悪いようにはしないから、小田原へ出るのは待てと言わせた。

真田六右衛門は一方で百姓たちを慰撫しながら一方では、もし彼等が小田原へ来た場合にどうすべきかを考えていた。

駿東郡五十九カ村の名主とおよそ二千人に近い百姓が足柄上郡についたのは一月四日の昼近くであった。足柄上郡の百四カ村の名主と百姓およそ三千数百人が勢揃いをして彼等を待ち受けていた。

小田原から急を聞いて、つぎつぎと役人がやって来て大声で叫んだ。

「お前たちのいうことはよくわかる。しかし小田原へ押しかけてしまったら、お前たちは一揆と見做され、罪人になる。交渉しようにもできなくなる。六日まで待て、それまでには必ず、お前たちに有利な達しがある筈である。われらを信じてくれ。必ず六日までにはよい返事を持ってくる。それにお前たちはあまりにも人数が多すぎる。これだけの人間が小田原へ入りこんだら、小田原町民が迷惑する。なにぶんの沙汰《さた》があるまで、この付近の村々に分散して待て」

既に四日の午後になっていた。役人がなにを言おうとその日のうちに小田原へ行くのは無理だから百姓たちは、付近の村々に分散して泊った。

明けて五日、夜が明けると共に、百姓たちの一部が行動を起した。名主たちがなだめても聞かなかった。

「出先の役人の舌先三寸にだまされてなるものか」

百姓たちの一部が動き出すと、それに合流する者が続々と出た。

小田原藩の家老真田六右衛門はもはや百姓たちの行動をさえぎることができないと見て、江戸に早馬を立て、藩主の処置を乞《こ》うた。

百姓たちに先を越されてしまった名主たちは止むなく五日の午後出発し、百姓たちを追い越したところで一泊し、翌六日を期して小田原へ乗り込むことにした。

六日に小田原に乗り込んだ名主たちは、揃って小田原城に向った。城からは槍《やり》を持った騎馬隊が出て、百姓たち五千数百人は、小田原の町へ入ることを阻止された。

「ただいま、お前たちの代表の名主たちが御重役と談合しておる。終るまでここにて控えよ」

騎馬武者たちは口々に怒鳴って歩いた。百姓たちはうらめしそうな眼で騎馬隊を見ているだけで一言も言わなかった。

七日の朝が明けた。騎馬隊が警戒をゆるめている夜の間に百姓たちは警戒線を突破して酒匂《さかわ》から国府津《こうづ》に入りこんでいた。

小田原城で、名主と談合していた真田六右衛門は急を聞くと、重臣や名主たちを連れて国府津におもむいた。

「十日まで待て、十日になれば、江戸から殿様直々の御言葉を持った使者が来ることになっている。それまで待て」

小田原藩士が馬上から大声で真田六右衛門の言葉を伝えると、百姓たちの中からすぐ応答があった。

「おれたちは口先ではだまされないぞ。今度ばかりは命がけで出掛けて来たのだ。江戸へ行って直接殿様の言葉を聞くまでは退くことができないのだ」

一揆五千数百名が大挙して江戸へ向おうとしているという情報は、それまでたいしたことはないとたかをくくっていた小田原藩江戸藩邸の重役たちの度胆を抜いた。富士山の噴火が終ってまだ一カ月とは経たないうちにこのような騒動になろうとは誰も予期していなかった。それだけ、百姓たちの実相を摑《つか》んでいなかったのである。

（食べる物がないと言っても、名主や組頭や百姓代などの家には半年ぐらいの貯えはある筈、それを水呑百姓たちにならして与えるようにしていたら、半年や一年は持つだろう）

というのが地方代官の推量で、重役たちもその上申を信用していた。いつの世にも、農民は食糧を隠していると考えていたのが、どうやら今度だけは当てがはずれたようであった。

百姓一揆が起ればその主謀者が処罰されることはよく知られている事実であった。しかし百姓一揆が起るような政治を行なった藩もまた罪を着なければならなかった。関係役人は追放、遠島になり、藩主は国替えになるのが例になっていた。

小田原藩の藩主大久保忠増がたとえ老中職であったとしても、一揆が発生して、そのままで済むことはあり得なかった。そんなことをすれば、諸国大名が承知しない。

小田原藩は全力を挙げて一揆になることを食い止める策を立てねばならなかった。

江戸を眼ざす百姓たちが国府津を出発しようとしていると、小田原から馬を飛ばしてやって来た重役たち数名が、

「待てよ者ども、有難きおぼしめしが出たぞ」

と叫びながら百姓たちの先頭を制した。行進はその言葉で止った。小田原からかけつけた名主が呼び集められて、その有難いおぼしめしを聞かされ、それぞれ自分の村の百姓どものところへ行って、有難いおぼしめしの趣旨を伝えた。

「今回の災害によってその日の食べ物に困っている者に対しては、今日より当分の間、一日につき男は米五合、女は米二合を支給する。尚、それ以上のお救けについては追って江戸の殿様の御指示を待って、よいようにするから、ひとまず村へ帰れ。大勢して領内を出て江戸へ向うことになると、殿様も迷惑されることになるから、ここのところをよくわきまえて引き揚げてくれ。尚今回のことについてはいっさい科人《とがにん》は出さないことを約束する」

名主からこの趣旨を知らされた農民たちからは次々と質問が出た。今日より当分の間お救け米を支給するというけれど、その当分というのは何時までのことかという質問が多かった。

「これについては、われら名主たちも口を揃えて、御役人に訊いたが、当分の間という

のはしばらくの間という意味で、いつまでという期限はないと言われるのだ。だが、いくらなんでも三日や五日で打ち切るということはあるまい」と名主たちは自信なさそうに答えた。そうこうしているうちに七日の日は暮れた。彼等は四日に家を出ていた。持参して来た食糧も心細い。江戸は遠かった。

その夜名主たちと百姓代表との話し合いがなされた。四日にことを起して以来、各村から押し出して来た百姓の中にもそれぞれ代表者がきまっていた。百姓に対して指導的地位にいた名主たちの集団は、この場では百姓連に追いまくられていた。百姓連は死をふまえて行動していた。藩主と百姓との中間地帯で生きながらえようなどと考えている名主は百姓代表にこっぴどく痛めつけられた。

深沢村から参加した百姓の中からは代表が二名出た。富三郎と佐太郎であった。名主の倅《せがれ》でありながら水呑百姓の娘に恋をして駈け落ちしようとまでした佐太郎は村においては先覚者の一人と見做されていた。

二人を前にして喜左衛門が言った。

「役人様たちの言われるには、五千も六千もの人数が江戸へ出向くということは、小田原藩にとってたいへんなことになるから、思い止まってくれないか、そのかわり、われわれ名主が揃って江戸へ行くことは許すということだ。お救け米を当分の間支給するという件については、現在、藩米がどのくらいあるか、お救け米を受ける人がどのくらいいるかによって決めることだが、取り敢えず一カ月間は保障しようというのだ。一カ月ではどうにもならぬ、砂除けが終って作物が取れるまで、たとえその時期が何年先になろうと、お救け米を頂戴《ちょうだい》しないと生きて行けないし、砂除け作業だって、自力では限りがある。やはり藩から復興の資金をいただかないかぎりはできない相談だ。問題はお救け米と砂除け金の支給だ。われわれ名主はこの二点だけはなんとしても殿様に認めて貰わねばならない。そのために江戸へ行く。みなの者は、このまま村へ帰って待っていて貰えないか」

喜左衛門は富三郎と佐太郎に言った。

「名主どのの言われることはわかりましたが、このように、お上が折れて来たのは、われわれ、五千五百人の力があってこそです。われわれから名主どののたちが離れてしまったら、もはや、向うの思うがままにあやつられることになると思います。やはり、われわれはついて行った方がいいのではないでしょうか」

富三郎はなかなか帰るとは言わなかった。佐太郎が口を出した。

「どうも役人のやり方はおかしい、こっちの出方次第で少しずつ飴《あめ》をしゃぶらせるようなことをする。だからわれわれが一緒について行った方がいいとは思いますが、持って来た食べ物にも限りがあるし、江戸へついたら野宿というわけにも行かないでしょう。五千五百人が江戸へ行くのはしばらく見合せて、そのかわり、小田原に坐りこんで、相手がどう出るか監視したらどうかと思います。役人たちは、われわれが退散すれば、前言をひるがえして名主たちを牢にぶちこむなどということを考えるかもしれません。当分は眼は放せません」

佐太郎は先を見ていた。

喜左衛門は佐太郎たちの言ったことをそのまま名主たちのところに持ち出した。同じような案を他の村からも出す者があった。

名主たちの意向は喜左衛門が出した案に決った。

一月八日名主たちは江戸へ向って出発した。南湖高砂のあたりまで来ると、江戸の藩主名代として高槻《たかつき》勘助が十人ばかりの藩士を引き連れて江戸からやって来るのに会った。

高槻勘助は名主たちを集めて、藩主の言葉として次の二点を披露《ひろう》した。

一、富士山山焼けの際、藩主名代として、災害地に派遣した柳田九左衛門の言動について取調べたるところ、不届きの点が多々あった。柳田九左衛門が自力開発を口にしたのは、領民を力づけるためであって、他意はない。尚柳田九左衛門は二度と、災害地へ派遣するようなことはないから安心せよ。
一、殿様はこの度の災害の激しいのをお聞きになって、被災地へ救済米を支給することに決定した。

「以上のようにお殿様の有難いお言葉があったから、もはやお前等は江戸へ行く要はない、すぐそれぞれの村へ立帰れ」

高槻勘助の態度は高姿勢であった。当然、この二条件を示せば農民たちは退散するものと思っているようであった。

「有難いお言葉ですが、一応みんなで相談いたしますから、しばらく御猶予を下さいますように」

足柄上郡山北村の名主理左衛門と駿東郡深沢村名主喜左衛門が名主を代表して言上した。

江戸から来た役人たちは名主たちの答えが出るまで高砂の茶屋に入って休憩した。

名主たちは道はずれの畑の中で会議を開いた。そのあたりの畑にも砂は一尺ほど積っていた。その上が雪で覆われていた。

「なにもわれわれは柳田九左衛門様の言ったことに腹を立てて、此処《ここ》まで出て来たのではない。お上に窮状を理解して貰いお救けいただきたいがためだ。口先だけのお救け米では信用できない。何俵のお救け米を下さるか、はっきり聞いて置こうではないか、そうでもしないと小田原で待っている村の者に合わせる顔がない」

これがおおかたの名主の意見であった。

名主理左衛門と名主喜左衛門は高砂茶屋で休息している役人たちの一行の前に出て一礼すると、理左衛門が言った。

「われわれ名主一同は、おおせられたとおりにしようと思っておりますが、何分にも、小田原に五千五百人もの百姓どもが、お救け米はいつ貰えるか、砂除けのお救け金はいつ出るのかと首を長くして待っております。ただ、お救け米がいただけると言ったところで承知する相手ではございません。なにとぞ、お救け米の俵数を御明示下さいますようにお願いいたします」

高槻勘助は一瞬顔をこわばらせたが、ややあって言った。

「殿様は二万俵の米をお救け米として、下し置かれると言っておられる。分ったか。分ったら、はやく小田原へ帰って、百姓どもを取りまとめて村へ帰れ」

お言葉ではございますがと、深沢村名主喜左衛門は高槻勘助の言葉をさえぎってから、ゆっくりとしゃべり出した。

「われわれ災害地の百姓どもはしばしば書き付けを以てお願い申し上げたとおり、お願いの筋は二つございます。一つは御救け米であり、一つは砂除け金の御下げ渡しの儀にございます。お救け米二万俵は有難く頂戴いたしますが、砂除け金の御下げ渡しについて上申したお返事はどうなっておるのでございましょうや」

「そのことについては、現在いろいろと、その金の出所について苦心しているところである。もうしばらく待てば、よい返事が得られるであろう」

高槻勘助はそこでまた一つ、威嚇《いかく》的な声でも張り上げようとするかのように胸をそらせた。

「さようでございますか、それならば、われ等名主どもは、このまま旅を続けましょう。おそらく江戸へつくまでには、お返事がいただけるでしょうし、途中でお返事がいただけなければ、直々御殿様にお目にかかって、お言葉をいただきたいと思っております。このまま、帰ったところで、小田原に待っている、百姓共が承知する筈がありませんので、そのようにさせていただきます」

深沢村名主喜左衛門がそう言って頭を下げると、山北村名主理左衛門もそれにならって頭を下げた。

「おのれ無礼者め、われ等を何と心得ているのだ」

高槻勘助は刀の柄に手を掛けて怒鳴った。周囲の者がおしとどめた。

（切れるなら切って見ろ、名主を切ったら、ただではすまないぞ）

理左衛門にも喜左衛門にもその心づもりがあるから、高槻勘助の恫喝《どうかつ》には屈しなかった。

「では勝手にするがいい。だが、あとでどのようなことが起ろうと責任は持たないぞ」

高槻勘助は言った。

名主たちはその夜は藤沢まで行って泊った。

名主たちが藤沢に泊っている間に、江戸と小田原では更に細かな打ち合せがなされた。

翌朝一行が藤沢を出て一里ほど歩いたところで、江戸から馬で駈けつけた小田原藩年寄役加納郷助が名主等に江戸の殿様の言葉として次のように伝えた。

「江戸の殿様はお前たちのことを非常に心配しておられる。名主たちが打ち揃って江戸へ出発したということも聞かれてたいへん心配しておられる。砂除け金についてもずいぶんと無理算段せられて、二万七千両を御心掛けあそばされることになった。これだけあれば村々の開発もできるだろう。お前たちは村に帰って地方御役所と相談しながら田畑の開発に努めるようにせよ」

二万七千両を砂除け金として下げ渡すということは名主にとって有難いことであった。一同はその言葉を聞いて平伏した。中には涙をこぼしている者もいた。彼等はうずくような勝利感に酔っていた。

名主たちは藤沢から廻れ右をして小田原へ帰った。待っていた百姓たちが口々に首尾を訊いた。各村の名主はそれぞれ自分の村の者に、お救け米二万俵と砂除け金二万七千両をいただくことになったと告げた。百姓たちの口から感嘆の声が洩れた。

佐太郎と富三郎は喜左衛門からその話を聞いたが、二人共顔を見合せただけで嬉しそうな顔を見せなかった。

「お救け米二万俵と言い、砂除け金二万七千両と言い、それはお役人の口から出た言葉であって、殿様のお墨つきではない。どうもこの話は最初からおかしい。なにかわれわれはだまされているような気がしてならない。ここのところを名主のみなさんでもう一度相談して、御苦労さまだが小田原のお役所に出頭し、いままでお役人が口で言われたことを書状に書いて出して、それに間違いないという、確認の証印を貰って来たらどうだろうか」

佐太郎が言った。

「佐太郎さんのいうとおりだ。その確認の印が貰えぬかぎり、われわれは小田原から一歩も動かないつもりだ」

富三郎が言った。そして佐太郎と富三郎は、まるで戦いに勝ったような顔をしている各村々の百姓たちのところを廻って、けっして安心できないことを告げた。

引き揚げの用意をしていた各村の百姓たちも佐太郎と富三郎に言われると、急に熱が醒《さ》めた顔になった。

「そう言えば話がうますぎると思った」

農民たちは立ちかけた腰をおろした。

名主喜左衛門は名主理左衛門と相談して、早速、いままでの交渉結果を文書にまとめて、それに承認印をいただきたいと小田原藩の役人に提出した。

役人たちからはなんの返事もなかった。そして一月十二日になって、役人から名主代表に呼出しがあった。

喜左衛門と理左衛門は二郡の名主を代表して出頭した。

その席には小田原藩の重役がずらりと並んでいた。地方代官まで出席していた。

加納郷助が口を開いた。

「そちたちが提出した書類は読んだが、一カ所だけ大事なところが違っている。そこを書き改めて来ないかぎり認証印を押すわけにはいかない。その方たちの出した書類によると殿様が砂除け金二万七千両をお心懸けあそばされていると申し伝えたところを砂除け金二万七千両をお下げ渡しになるものと誤解しているようである。心懸けるとは見積っているという意味である。つまりそれだけの予算を立てているということで、下げ渡す金額について言及したのではない」

山北村鈴木文書によると、このとき加納郷助が発言した内容は次のようになっている。

この度、砂降り申し候《そうろう》ところに砂掃《すなはき》金二万七千両と有之《これあり》候は、砂掃取の勘定積《つも》りに候と申聞かせ候。

【注】積《つも》りとは現在でいうところの見積りである。

砂除け金二万七千両を下げ渡すと言明したその言葉を書類にして持って行って、認証を受けようとすると、実はその二万七千両は見積り額であって下げわたす金ではないと逃げ口上を打ったあたり、当時の役人の老獪《ろうかい》なやり口が窺われる。前言を平気でひるがえすあたり現代の高級官僚とどこか似通ったところがある。

理左衛門と喜左衛門は唖然《あぜん》として加納郷助の顔を見た。もはや、これ以上役人たちと談合しても無理だと思った。

「私たちがお聞きしたところによると、砂除け金として二万七千両心懸けてあるから地方役所とよく相談して開発に当れと言われました。二万七千両が見積り額であって、下付金ではないとなると、百姓どもは黙ってはいないでしょう。こうなったらわれら一同はこれから江戸へ行ってお殿様のお袖に直接おすがりするよりいたし方ないものと思います」

理左衛門と喜左衛門は憤然と退出して、待っていた百姓たちにこのことを告げた。

各村の名主を初めとして五千五百人の百姓たちは失望と怒りに狂ったように叫び声を上げた。これからお城に押し寄せようという者もいた。気の早い者は、その辺の棒をかかえこんだり、石をふところに入れた。

各村の名主は必死になって百姓たちをなだめた。

「いまここで暴動でも起したら、それこそ家族もろとも飢え死にしなければならないことになる。こらえてくれ、おれたちが江戸へ行って帰って来るまで待ってくれ」

と、名主たちは口々に叫んだ。

名主たちはその夜のうちに小田原を出発して江戸へ向った。

名主たちが出発すると、彼等を監視するかのように小田原藩の役人が数名ついて来た。江戸へは急げば一日で行ける行程だったが、彼等は途中でしばしば引き止められて、江戸行きは中止して小田原へ帰るようにすすめられた。彼等を呼び止めてなだめたりすかしたりしたのはほとんどが江戸から駈けつけて来た小田原藩の役人であった。彼等はなんとかして名主たちが江戸へ行くのを阻止しようとしているようであった。

「なんと言われようとも、実質的な救助策をお明示くださらない限りはわれらの決心には変りありません」

名主たちも強硬であった。ここまで来たら、もう犠牲者の出ることは覚悟をしていた。

「どうやら江戸を見て死ぬということになりそうですな」

理左衛門が喜左衛門に言った。

「同じ江戸を見て死ぬなら、花の咲くころの江戸が見たかった」

喜左衛門が言った。

名主一行が品川に着いたのは一月十三日であった。少し遅れて家老真田六右衛門が出府して藩邸に入った。

江戸藩邸から次々と人が来て、藩主の命があるまで品川にて待機せよと申し渡された。藩主が名主たちと会うかどうかについてはなんの沙汰もなかった。

一月十四日になって、年寄役加納郷助が来て、名主たちを品川正徳寺に呼び集めて次のように言い渡した。

「殿様は、名主ども百六十三名が、藩命も待たずに勝手に出府したことについてたいへん立腹されている。かねてから殿様は、このたびの災害について心痛せられているのにもかかわらず、名主どもが先に立って騒ぎを起したことについて許すことはできないと言っておられる。百六十三名の名主どもをことごとく縛って牢へ入れよとおおせられた。われわれが、殿様にお願いして、やがて名主どもも非を自覚して国許へたち帰るでしょうから、二、三日の御猶予をお願いしたいと申し上げた。お前たちがこのまま、まだ分らないことを言っておると牢屋に入れられることになる。よく考えて置け」

加納郷助は居丈高になってそれだけ言うとさっさと帰って行った。加納郷助の後をついで藩の重役が入れかわり立ちかわって、名主たちに江戸を退散することをすすめた。名主たちは誰一人として動く者はなかった。

十五日になって、小田原藩筆頭家老の真田六右衛門が藩主名代として正徳寺に現われた。

真田六右衛門は藩主大久保忠増の名代として来たことを名主たちに告げたあとで、静かに口を開いた。

「殿様は、お前たちのやり方について、一度は激怒なされたが、悲惨な災害地の実情をお聞きになって、さきに約束なされた二万俵のお救け米の他、砂除け金については、不足の分は殿様が家宝の正宗の大刀まで手放して金に替えて砂除け金にしたいと言っておられる。又殿様は災害地のことを思って、式服（狩衣）の布衣《ひえ》も一着、食事もお料理なしという節約を実施しておられる。降砂地を復旧するには、百姓たちの自力ではとうていできないことだし、二万両や三万両の金を下付したところで元通りになるものでもあるまい。完全に砂を除けてもと通りにするには、すべて藩費でやらねばならないだろう。向う何年かかるか分らないが砂除けは藩費でやるつもりだ。しかし藩費には限りがあるから、不足分は、藩主が、百姓たちにかわって幕府にお願いして、砂除け金を出して貰い、完全復旧を計ることにした。そのように決ったから、みなの者は安心して帰るがよい。以上が殿様のお言葉である。小田原藩家老真田六右衛門が殿様のお言葉として伝える以上嘘いつわりはない。神かけて、嘘いつわりはないことを申し添えて置く」

真田六右衛門は諄々《じゅんじゅん》と説いた。名主たちの質問に対しても嚙《か》んで含めるように答えた。砂除け金の金額は、いますぐには決められないほど莫大《ばくだい》であるし、小田原藩だけではどうにもならないから、その件について、殿様は既に幕府に対して働きかけをなされておられる。これ以上殿様の心にそむくようなことはしてくれるな。いま自分が言ったことに対してはいつでも責任を取るつもりだ。お前たちが、口実書きを作り認証しろと言えばそうしてやってもよい。とまで言った。

名主たちは真田六右衛門の言葉に魅了された。彼の言葉には誠実があり、嘘はないように思われた。それまで会った役人や重役たちとは比較にならなかった。

「今度のことは藩の運命をかけてのことである。藩の運命と民百姓とは生きるも死ぬも同じである。藩が生きて、民が死ぬこともないし、その逆もあり得ない」

真田六右衛門はそんなことも言った。

名主たちは、真田六右衛門が帰った後で協議した。どうやら小田原藩は幕府と交渉を始めたらしい。もしそうだとすれば、名主たちが大挙して出府して、長逗留《ながとうりゅう》するのも、自藩の足を引っ張ることになる。ここのところは確認書だけを貰って小田原へ帰ろうということになった。

名主たちが確認書を提出しようとする前に、藩の書き役が、真田六右衛門の口実を筆記し、それに真田六右衛門が認印をおした書類を名主たちのところに持って来た。幕府と交渉中のことは明記してなかった以外はほとんど満足すべきものであった。

名主たちは十五日に江戸を出発して、十六日には小田原に帰った。待っていた百姓たちは、その成果を喜んだ。

名主と百姓たちがそれぞれの村へ帰ると、小田原の役所から下付米二万俵の分配について名主たちで相談して、その割当案を出せという命令があった。

被害の多い村ほどお救け米は多く支給されるべきであった。その原則はどの名主も承知したが、ではその比率をどうするかについてはなかなか意見がまとまらなかった。降砂の量に比例して配給するという単純な考えではすませられなかった。

「いっそのことお役人におまかせしよう」

という者があったがそれではと地方代官所の役人が一案を出すと、名主から直ぐ反対が出るという始末であった。

しかし一月の終りになってどうやらお救け米の割当が終ったので名主たちは地方代官所に出頭して砂除け金のことを訊いた。役人たちはもう少し待てというばかりではっきりした期日を示さなかった。

「どうもおかしい。われわれはあの真田六右衛門の白髪頭と舌先三寸にだまされたのではなかろうか」

名主たちの中に動揺が起ると、それはすぐ百姓たちに伝わった。不穏な空気になった。

名主たちの寄り合いで一人が発言した。

「品川でのあの御家老様の言い分はきれいすぎるではないか、殿様がお宝物の正宗の刀を売ったとか、布衣一着しかないなどということはまるで作り話のようだ」

この正宗の名刀については、山北村鈴木文書には次のように書いてある。

殿様、お宝物正宗の御太刀《おんたち》をお売り、御ひえ一つにお成りあそばされ、朝夕のお膳《ぜん》も御料理なしにて召し上がられ候。

裏の裏

相州足柄上郡百四カ村と駿州駿東郡五十九カ村の名主たちが出府した経過は大目付折井正辰の手の者によってことこまかに調査され、逐一、大老柳沢吉保と勘定奉行荻原重秀に知らされた。

小田原藩の家老真田六右衛門が、出府した名主どもを品川の寺に集めて、

(殿様はお家の宝物である正宗の大刀をお売りになって難民の救済に当てると言っておられる)

と話したということを折井正辰から聞いた勘定奉行の荻原重秀は声を上げて笑った。

「そんな子供だましのようなことを言って百姓どもがだまされると思っているのか、真田六右衛門という男もたいした器ではないわい」

荻原重秀は真田六右衛門のやり方を一笑に付して置いて、改めて折井正辰に訊《き》いた。

「それにしても、小田原藩の力ではもうどうにもならないところに来ている。加賀守(大久保忠増)殿はほんものの一揆が起る直前になって、被災地を幕府へ返地したいと言って来るに違いない。その時期をそこもとは何時ごろと見られるか」

「さよう、あと一カ月……いやおそらく、半月以内には、何等かの意思表示があるものと思われますが……」

折井正辰は現地において、救助米の割当が終った現在、再び砂除け金下げ渡しについて百姓たちが騒ぎ出しそうな空気であることを伝えた。そして更に、

「小田原藩は、名主たちに一度は砂除け金として二万七千両をやろうと言って置きながら、いざとなると言を左右にして砂除け金を出すことを渋っている。これを見ても小田原藩は本腰を入れて被災地救済に当るつもりがないと見てよいでしょう。小田原藩は米二万俵を盾にしてうまく身をかわそうとしているのです。二万俵でも出したことには間違いありません。やれるだけやったという口実にもなります」

それからと、折井正辰は少し声を落して、

「加賀守殿は、被災地を幕府に返地するに当っては必ずやその代替地を要求されるでしょう」

「おそらく、そういうことになるだろうな、小田原藩にして見れば、富士の山焼けによって失った六万石を黙ってあきらめる筈はない。小田原藩ならずとも、どの藩だって、

その立場になればそういうだろう」

荻原重秀は折井正辰の言葉を押えて置いて、

「問題は、その後だ。被災地が幕府のものとなった場合、加賀守殿は、完全なる老中の立場として被災地対策に乗り出すだろう。潜在領主であり同時に老中としてあの被災地にどのような手立てを取るか。われらも美濃守殿も油断できないことになるやもしれない」

荻原重秀は周囲を見廻して言った。美濃守殿というのは、将軍綱吉から松平の姓を賜わった、松平美濃守吉保、即ち柳沢吉保のことであった。

勘定奉行荻原重秀は急に暗くなった部屋の中に向き合っている大目付折井正辰に元気を出せと言ってやりたかった。その日の朝五ツ刻（八時）に奏者番《そうしゃばん》、留守居、勘定奉行、町奉行、寺社奉行、作事奉行、普請奉行、高家《こうけ》などが続々と登城して来たときには、大目付折井正辰の顔にはいささかも暗いかげはなかった。その彼が今はひどく疲れて見える。七ツ刻（午後四時）にもなると疲労が顔に出て来るのかもしれないが、疲労というよりもなにか心配ごとがあるように思われてならなかった。

「なにかまだ言い足らないことがあるようだな」

荻原重秀が言った。

「今朝ほど、河野勘右衛門殿が、上の御用部屋に加賀守殿をお訪ねになってしばらく話しこんでおられました」

「御目付が老中を訪ねても別におかしいことはないではないか」

重秀はそう言って直ぐ、おかしいことでないのに、大目付の折井正辰が眼をつけたのはそれだけの理由があってのことだろうと思った。

「河野勘右衛門殿は伊賀衆を使って、富士山麓の被災地を調べ、勘定奉行の中山出雲守時春殿、老中大久保加賀守殿へ通報しております」

「出雲守殿に……さて」

と重秀は首をひねった。勘定奉行は一人ではない。幕府の財政と訴訟事を一人ではとてもこなせないから手分けしてやっている。中山出雲守時春が、富士山の山焼けに注目してそれを調べさせるのはいっこうに差し支えないが、なぜ河野勘右衛門を使ったのだろう。目付役は何人かいる。

「それで」

と荻原重秀はその先を折井正辰に聞いた。

「おそらく加賀守殿は自藩よりの報告だけではもの足りず、伊賀衆を使っての現地調査を兼ねて、出雲守殿に何等かの献策をさせるための準備と思われます」

なるほどと荻原重秀は頷いた。

二人の勘定奉行のうち荻原重秀は柳沢吉保の陣営にいることがはっきりしているから、大久保忠増はもう一人の勘定奉行、中山時春を使って、被災地に対して何等かの処置を取ろうとしているのかもしれない。重秀は正辰にやや性急な言葉を吐いた。

「被災地を返地するための下準備にしては念が入りすぎているではないか」

「まことに念が入り過ぎております。けっして油断はできませぬ」

「恐れることはないが、動きには気をつけねばなるまい」

荻原重秀は正辰を正視した。気をつけろというのは中山出雲守等の動きを監視せよとのことであった。

江戸城馬場《ばば》先《さき》門の老中大久保藩邸と小田原城との間を頻繁《ひんぱん》に人が往き来した。被災地の農民の動きはことこまかに知らされ、それに対する策が連日協議されていた。

「二万俵の米では被災地の農民の生命を一カ月かせいぜい二カ月、生き延びさせることしかできません。この救助米を食いつくした時がもっともおそろしい時です。彼等は以前に増して激しい要求を突きつけて来るでしょう。今度こそ一揆に発展するおそれがあります」

小田原藩の重臣たちは藩主忠増に対して口を揃えて返地の手続きを一刻も早く取るように進言した。

「分っておる。しかしまだその時期ではない。いま手放せば、小田原藩は被災地になんらの策をほどこさなかったというそしりを受けることになる。また、幕府に返地するにしてもその下地ができてはおらぬ」

忠増が返地する下地と言った一言は重臣たちの顔を硬直させた。返地する下地というのは返地する前の下工作であった。忠増が勘定奉行中山出雲守時春、目付役の河野勘右衛門を通じてなにかしていることはわかっているが、なんのために二人を使うのか重臣たちの中には未だに忠増の真意を知ることのできない者がいた。

長らく忠増のもとに仕えている筆頭家老の真田六右衛門は、忠増が、中山時春と河野勘右衛門を使って、柳沢派に拮抗《きっこう》しようとしていることを知っていた。返地する下地とは、返地した土地そのものが、柳沢派の命取りになるような客観的条件を備えるようにして置くことだと解釈していた。

「返地する下地について申し上げたいことがございます」

それまで黙っていた六右衛門がはじめて口を開いた。

忠増は六右衛門に向って顎《あご》を引いた。思うがままのことを言って見よという態度だった。

「返地する前に、幕府の眼力ある者を被災地へ派遣して、正式に見分させて置いた方がよいではないかと思います」

「眼力ある者というと？」

忠増は心持ち首を傾けた。はてなという顔であった。

「眼力ある者というのは、民政に通じ、治水、開田、開発に明るく、なによりも百姓の心をよく知っている者ということになります。それには、天下広しといえども、関東郡代、伊奈半左衛門殿以外には人はないと思います。伊奈家は、初代伊奈備前守忠次以来、民政については右に出る者がないほどの家柄、おそらく、このたび、被災地が返地された場合も、あとの処理に当る者は伊奈半左衛門殿以外にないと存じます。だからこそ、今のうちに、伊奈半左衛門殿を現地に派遣して置くことが必要かと存じます」

真田六右衛門の話を半ばまで聞いた忠増は、

「なるほど、先んずれば人を制すというのだな」

と言った。

「それに伊奈半左衛門殿を公式見分役として派遣するもう一つの理由は、伊奈殿の正室は大目付折井正辰殿の娘であることを考慮しなければなりますまい」

真田六右衛門の発言に重臣たちは、不審な顔をした。それだけでは六右衛門の言わんとすることが分らないのである。

「つまり、甲州党の口の一つを、予《あらかじ》め押えて置けというのだな」

忠増が言った。忠増はすべてを読み取った。柳沢吉保、荻原重秀、折井正辰の三人は、遠く武田信玄につながる甲州武士であり、その三人が固く組んで柳沢政権を動かしている。伊奈半左衛門の妻が折井正辰の娘である以上、当然、半左衛門は柳沢派に立ってものを考えるであろう。被災地が幕府に返地されて、伊奈半左衛門にその支配が委ねられた場合も、柳沢派が思うがままに動くと見てよい。そうなる前に、伊奈半左衛門をこっち側に抱きこんで置こうというのが六右衛門の考えであった。返地前に伊奈半左衛門が被災地見分をすれば、彼は見たとおりのことを報告するであろう。後になって前言をひるがえすことはできない。

「よろしい。その案を取ろう。勘定奉行の中山出雲守に申しつけて、伊奈半左衛門を正式見分にさし向けよう」

忠増はそう言い切った。

勘定奉行はもともと勝手方（財務担当）と公事方（訴訟担当）に別れていた。同じ勘定奉行でも勝手方が公事方へ口出しはできないし、またその反対もあり得ない。しかし、勘定奉行の中に、老中や大老の信用を得て、勝手方と公事方との両方に口を出す者が時にはいた。荻原重秀がそうであった。柳沢吉保の庇護《ひご》を受けた荻原重秀は当時の実力者的存在であった。

大久保忠増が中山時春に眼をつけたのは、もともと中山時春は公事方の勘定奉行だから、小田原藩の支配地に諸種の問題が起りそうな傾向があると見た場合、幕府の組織上勘定奉行の管轄下にある関東郡代、伊奈半左衛門に、現地を調査して報告せよと命令することができるからであった。

「明朝殿中において出雲守と伊奈半左衛門に申しつけよう」

忠増はそう言った。公式の命令は殿中で行なわれることがしきたりになっている。老中の執務する用部屋には役方（文官）が詰めていて、老中から発せられる正式指令なり命令は記録されることになっていた。

「六右衛門、そちは今日のうちに非公式に出雲守と会って、このことを伝えて置くがよい、尚、余が明朝、四ツ刻《どき》（十時）に登城して、出雲守と半左衛門を呼び出す前に、おおよその話は二人の間でつけて置くように申し伝えよ」

忠増は念を押した。こうして置いた方が明日のことは平滑に行くのである。政治には常に裏と表がある。忠増はそんなことをちらっと考えた。

小田原藩家老真田六右衛門は勘定奉行中山出雲守時春の屋敷を訪れて、藩主大久保忠増の意向を詳しく伝えた。中山時春は、即刻、伊奈半左衛門の役邸へ使者をやって、

「翌朝、五ツ刻（八時）芙蓉《ふよう》の間に出頭するように」

と伝達した。

「なにごとであろうか」

伊奈半左衛門は勘定奉行中山時春の呼出しを薄気味悪く思った。いままでは、関東郡代に対する支配は荻原重秀が掌握していた。なにごとも勘定奉行荻原重秀を通して来るのが慣例になっていた。中山時春は名目上は公事方の勘定奉行だから、直接関東郡代を呼び出してもいささかもおかしくなかったが、どうもいままでのいきさつを考え合せるとへんであった。

「一応は淡路守（折井正辰）様にお知らせして置いた方がよいのではございませんか」

家老の永田茂左衛門が言った。

「さよう、そうした方がいいかもしれぬ。ついでに近江守（荻原重秀）殿にもお知らせして置こう」

伊奈半左衛門は急いで手紙を二通書いて、それぞれ使いの者に持たせて、大目付折井

正辰と荻原重秀のところにやった。

伊奈半左衛門は、柳沢派でもないし、反柳沢派でもなかった。彼は先祖から伝えられた伊奈家の名跡と関東郡代の要職を受け継ぐ任務に生きていた。政争には入りたくなかった。しかし、大目付折井正辰から、

（なにか変ったことがあれば即刻知らせるように）

と固く言われていることもあるし、日ごろ眼を掛けて貰っている荻原重秀に、知らん顔もできなかった。中山時春から呼ばれたということだけ知らせて置けばそれで気が済んだ。

伊奈半左衛門から手紙を受け取った、折井正辰と荻原重秀の二人は、それぞれ中山時春の背後にいる大久保忠増の顔を思い浮べた。なにか忠増が画策をしているなと思った。

荻原重秀はひそかに柳沢吉保を訪ねてこのことを伝えた。

「おそらく、加賀守殿は、伊奈半左衛門を先取りしようという所存かと考えられまする」

「そうだろうな。それでそこもとはどうしたらいいと考えるか」

「加賀守殿が明朝中山出雲守と伊奈半左衛門を呼んで被災地調査を命ずる前にしかるべき手を打った方がよいと思います。ここまで来たら、一気におし切って、被災地を幕府に返地させるしか方法はありません。被災地に対して救済策を取るのは早いほどよいと思います。時機を失すると、それこそたいへんなことになります」

「そうだな、そうしよう。では明日の朝までに御隠居にひとこと申し入れて置こう」

あとの方は吉保のひとりごとであった。御隠居とは老中筆頭土屋相模守政直のことである。

五ツ刻（午前八時）になると殿中は騒然とする。登城の時刻である。若年寄以下、各奉行、奏者番、大目付、高家などが続々と登城して、各控えの間で衣服を整えてから長廊下を中奥の各詰部屋に進む。

番方（武官）も役方（文官）もいっせいに出勤してそれぞれの部屋に詰める。殿中はよみがえったように賑《にぎ》やかになった。

伊奈半左衛門は前触れがあったので、芙蓉の間に参上して勘定奉行中山出雲守時春を待った。五ツ半（午前九時）、中山出雲守時春は伊奈半左衛門を引見して言った。

「さきほど富士山の山焼けがあって、相州足柄上郡及び駿州駿東郡がひどい被害を受けたことは聞き及んでいることと思う。その被害情況については小田原藩から既に幕府に報告があったが、幕府としても救済策を立てるために、念の行くような調査をする必要にせまられている。それについては伊奈殿がもっとも適任者と思われるのでできることなら、明日にでも江戸を出立して被災地に出向して貰いたい」

中山時春は役向きの言葉を丸暗記したようにすらすらと述べた後で、

「どうも急なことですまないと思っている」

とつけ加えた。役職は勘定奉行であり、関東郡代より上席にあるけれど、四十万石を世襲支配する郡代伊奈半左衛門には一目も二目も置かねばならない。従って言葉使いも丁寧であった。

「して、被害調査については、どの点にもっとも力を入れて調査すべきでしょうか、それから、調査となるとかなりの日数を要するものと思いますが、この点はどのようにいたしましょうか」

伊奈半左衛門は当然のことを聞いた。

「さよう。調査の要点は、砂除《すなよ》けが可能なりや否や、もし可能だとすれば、どのくらいの年月と人手が必要であるか、その大略を報告して貰いたい。期間はおおよそ十日」

十日と半左衛門は聞きかえした。たった十日の調査で結論が出せるとは思えなかった。ひととおりの調査が終るには、一カ月ぐらいはかかるだろう。それは、半左衛門がそれまでに耳にした被害状況から、割り出した考えであった。

「いやそのことは、間もなく老中加賀守殿が直々《じきじき》に仰せられるであろうから、そのときによくよくお聞きすればよい。要するに復興は可能なりや否や、それだけ見て来て貰えばいいのである」

復興は可能なりや否やというところに中山時春は力を入れていた。

伊奈半左衛門には中山時春の言うことがよく分らなかった。いい加減な調査なんかしない方がいい。やるならば徹底的な調査をしなければ納得できない。

「御言葉ではございますが」

と半左衛門が、彼の気持を言おうとしたとき、四ツ刻（十時）の櫓太鼓《やぐらだいこ》が鳴った。老中登城の太鼓であった。その太鼓を合図に御側《おそば》御用御取次ぎの一人が、つっつっと芙蓉の間に入って来て中山時春の前に坐った。

中山時春はあわてて居ずまいを正した。相手は身分は低くとも将軍の側近に仕える者である。御側御用御取次ぎの者が来たということは将軍からなにごとか下問があった、と見るべきであった。中山時春は緊張した。

「富士山の山焼けで難儀しておる百姓や牛馬のことは小田原藩のみにまかせて置かず、幕府自身も手当の方を考えよという上様の仰せ出しにございます」

中山時春はその言葉を平伏して聞いた。それが将軍の口から直接出たものか、大老の柳沢吉保の口から出たものかは分らないが将軍の言葉として受け取らざるを得ない立場にいる彼にとっては、せいぜい質問をするのがやっとであった。

「仰せのおもむき身にしみて有難くお受けいたします。しかし、これは勘定奉行一人にてはどうにもならぬことゆえ、おそらくは、他の御重役様にも同様なお達しがあったかと心得まするがいかがでございましょうか」

中山時春は冷や汗の出る思いで訊いた。

「御察しのように御役方には残らず触れておるところでございます」

御側御用御取次ぎの若侍は去った。中山時春はほっとしたような顔で、伊奈半左衛門に言った。

「さきほどの話は、しばらく待て、おそらくそれについての評議があるだろう。それが済んでからにしよう」

将軍から、被災地救済の策を立てよと言われた以上、このことが緊急問題として出されることはまず間違いないと思われた。そうなれば、結論はどうなるか分らない。

富士の山焼けによる被災地の救済策については半刻ほど後になって上の間で審議された。

珍しく老中筆頭土屋相模守政直が口を開いた。

「聞くところによると、相州足柄上郡及び駿州駿東郡の二郡の降砂の被害は想像を絶するものであり、小田原藩だけの力では救済は困難の模様である。小田原藩は既に米二万俵を救助米として農民に与えたほか、数々の手を尽して難民救済に当っている。その努力は幕府としても充分に認めた上で、改めて小田原藩に、被災地二郡を幕府に返地することを命じ、その代替地を与えるようにしたいと思う。これは、幕府の力によって被災地の難民や牛馬を至急救助せよという上様のお言葉を戴いての上の処置である」

これは結論であった。将軍の名が出てしまえば、論議の必要はなかった。後は記録を残すためのみの議事進行でしかなかった。小田原藩主、老中大久保加賀守忠増は表情を変えなかった。いささかも動揺を見せなかったが、内心では、柳沢派に見事にしてやられたなと思っていた。

（よろしい。ここでは先手を取らせて置こう。しかし、勝負はこれからだ）

忠増はじっとこらえていた。

老中土屋相模守政直は御隠居と、かげ口を叩かれるような存在だった。貞享四年（一六八七年）以来二十一年間も老中を務めているが、このごろはあまり政務に口を出したことはない。柳沢吉保の側近政治が華やかになってからも以前とあまり変化はなかった。評議の席に出ても多くの場合眠そうな顔で坐ったままであった。その政直が発言したことは全く異例なことなので、そこに出席している者は唖然《あぜん》とした。老中筆頭の口から結論が出た以上発言の余地は全くなかった。

（やはり、御隠居はいざとなると柳沢派の肩を持つ。もともと武田の残党だから無理もないことだが）

老中大久保忠増は、土屋政直に向けた眼を膝に落した。

大久保忠増が土屋政直を武田の残党という軽蔑《けいべつ》意識で見るのには理由があった。土屋政直の先祖は岡部を名乗る駿河の名族で代々今川氏に仕えていた。永禄十二年（一五六九年）十二月武田信玄が駿河に再度侵入したとき、岡部二郎右衛門正綱は駿府城の守将であったが、武田信玄に降伏してその将となった。同じ岡部の一族、岡部忠兵衛貞綱は、水軍を率いて信玄に仕え、甲斐の名族土屋の姓を与えられて土屋豊前守と名乗り、武田水軍の守将となった。その子孫が常陸《ひたち》国土浦藩主の土屋政直である。父数直は将軍家光の側近に仕えて異例な昇進を遂げた人である。将軍の側近にいて、破格の出世をしたという点では数直と柳沢吉保とはよく似たところがあった。政直は数直の跡を継いで、老中職になったのだが、三河以来の譜代の重臣を自負している大久保忠増の眼から見れば、政直もまた成上り者に見え、それが武田の残党という侮蔑の気持に変るのである。

（武田の残党が四人——）

と、忠増は頭の中に大老柳沢吉保、老中筆頭土屋政直、勘定奉行荻原重秀、大目付折井正辰と四人の名を上げて、幕府の要職からこれらの者を追出さないかぎり、幕府の威信を持続することはできないと思った。彼だけの考え方であり、明らかにそれは偏見ではあったが、彼は彼でそれが正しいと信じていた。

「被災地を幕府に返地する日付は、代替えの地が定った時を以て行なうのがよいと思うが、その代替えの地は……」

と老中井上河内守正岑が口を出した。大久保忠増は自分のことだから言い難いだろうと思って井上河内守が発言したのである。代替えの地と言っても、右から左にすぐできるものではなかった。領主のない土地などあろう筈がなかった。しかも六万石に匹敵する土地を直ぐ求めることは無理であった。

「代替えの地は至急決めるように」

土屋政直が井上正岑に言った。それは、お前に任せるから急いで取りまとめよという意味であった。

大きな決裁がなされつつあったが、発言するものは老中筆頭土屋政直と老中井上正岑の二人だけであった。そこに居並ぶ他の面々には容喙《ようかい》すべき余地はなかった。ことはそれほど重大であった。大老柳沢吉保は姿を見せていなかった。

大久保忠増は、大老柳沢吉保が姿を見せないのは、それだけの理由があってのことと思っていた。かげで糸を引いた方がやりいいときには吉保は姿を見せないことがいままでにもあった。忠増にはその吉保のやり方が癪《しゃく》に触った。

（よし、それならそれでこっちにも考えがある）

忠増は土屋政直の顔を見た。

「加賀守殿にはなにか御意見がござるかな」

政直は静かな口調で言った。

「返地のことについてはなんの異存もございません。被災地の百姓や牛馬は幕府の手によって一日もはやく救済されることを心から願っておりまする。また被災地にかわるべき代替地をくだし置かれるとのことまことに有難きおぼしめしと恐縮しておりまする。ここにおいて二、三、上様に申し上げたきことがございます。第一には、被災地が幕府の手によって、もとどおり復興したあかつきには、それを小田原藩に繰り入れ、その分だけ、代替地を幕府にお返し申すようにいたしたいと思います。第二には、被災地についての支配は関東郡代伊奈半左衛門におまかせあるのが適当かと存じます。伊奈半左衛門以外にこの大業を為し遂げる者はないと思います。第三には、被災地が幕府のものとなった場合は、それがし、幕府の要路に立つ者としての立場から、おおむね口出しの儀をお認めいただきたいと思います。もともと被災地は自領であったが故にその方がなにかと便利かと存じます」

大久保忠増は土屋政直に向って言った。土屋政直のかげに控えている柳沢吉保に向って発言したのである。

「よかろうのう、このことは早速上様に言上《ごんじょう》いたして置こう」

政直は逃げた。決ったことの多くは書き付けを以て将軍に届けられる。時には言葉で伝えられることがあるが、将軍がそれに対してとやかく言うことは絶対にないと言ってもいい。老中をはじめとする幕府重役を交えての決議には権威があった。だが、政直は上様に言上すると言って逃げた。大久保忠増の発言の中の第三の項目が気になったからであった。政直は吉保の眼を感じた。

「では、相模守殿、それがしの申し上げた三項について決定いたしたものと考えてよろしいでしょうか」

忠増は政直に向って声を高くして言った。いつもの細い眼が大きく開いた。書き役がいっせいに筆を持ち直した。

「大久保殿の申し出について異存がなくば、今月今日、みぎのように決定した」

土屋相模守政直が結論を述べた。書き役の筆が揃って動いた。

「大久保殿が申し出された、一項と二項は問題がないが三項については用心せねばなりません。評定所《ひょうじょうしょ》の記録によると、大久保殿は幕府の要路に立つ者としての立場から、おおおむね口出しの儀をお認めいただきたいと申しております。おおむね口出しの儀というのは、幕府がやる被災地復興策を彼に指図させろということである。老中として、直接伊奈半左衛門に命令するということである。この辺のところはなにやら含みがありそうだし、幕府の金を使って自領復興を直接指導するということは、常識的にもおかしい。他の諸侯の眼もあること、老中だからと言って勝手な真似はさせてはならないというむきも必ず出て来るでしょう」

荻原重秀が柳沢吉保に言った。

柳沢吉保は、将軍の御座の間に近い部屋にいた。将軍から一声かかればすぐ行けるところである。そこで大声を上げれば御座の間へも聞えそうなところである。老中たちが詰めている御用部屋とは中庭を隔てていた。柳沢吉保は大老になっても側用人《そばようにん》としての役を務めており、将軍綱吉は政務いっさいを吉保に任せているから、畢竟《ひっきょう》、将軍の座所の近くに部屋を設けることになったのである。

将軍の座所が近いから大老の部屋へ用事があって来る者は小声で話す。まるでひそひそ話をするかのようであった。もともと大声で話す癖のある荻原重秀にとっては、小声で話すことはまことにつらいことであった。

「そのことなら心配は要らない、そのうち上様からじきじきに御言葉があるだろう」

吉保は笑っていた。荻原重秀が気がつくより先に吉保はそのことを考えていたのである。

「そちは勘定奉行であり、勝手方であろう。被災地の復興事業を幕府が行うとすれば莫《ばく》大《だい》な金がかかる。つまらぬことに気を廻すよりも、その金をどうして捻出《ねんしゅつ》するかを考えたらどうだ。金貨を鋳直したのではまたかと世間の評判を落すことになるだろう。なにか別の、誰にでも納得できるような方法を考え出すことだ」

重秀が下ったあとで、吉保は襖《ふすま》に描いてある雲雀《ひばり》の絵をじっと見詰めていた。雲雀が空高く舞い上ってさえずっている絵であった。遠景に白いものを戴いた山があった。けっして上手な絵ではなかったが、なにか郷愁を湧《わ》き立たせるような絵柄であった。

吉保は眼をつぶった瞼《まぶた》の中で雲雀が急降下して草叢《くさむら》にもぐるのが見えた。

外で声がした。御側御用御取次ぎの者が来て、将軍が呼んでいる旨を伝えた。吉保は直ちに将軍のいる御座の間に伺候した。

「どうした吉保、今日は朝からなんとなく気分がすぐれないようだな。なにか心配ごとでもあるのか」

綱吉は吉保の顔を見てすぐ言った。吉保は綱吉の傍にいる時間が多かったから、綱吉には吉保の気持の動きがすぐ分るのである。

将軍自らが老中を引見することはめったにないことである。だから、御側御用御取次ぎの者が上の用部屋にいる老中の大久保忠増に将軍のお召しであることを伝えると、忠増はなにかよくないことができたのではないかと思った。

御座の間に伺候すると、将軍綱吉は一段と高いところから忠増に声を掛けた。

「富士の山焼けではさぞ心痛したことであろう。この度被災地を返地して、幕府が直接救済に当るようになったのはまことに結構なことである。復旧した土地はまたもとどおり小田原藩に返すこと、もっとも至極のことだと思うが、復旧工事について加賀（大久保加賀守忠増のこと）が直接あれこれと口をきくのは、他の諸大名の眼もあることだから差し控えた方がよいであろう」

将軍綱吉はなにか書いたものを暗誦するかのような言い方をした。将軍特有な発言法だった。将軍に権威を持たせるために、三代将軍あたりから、そのような無表情な言い方をするようになったのである。将軍の言は絶対命令である。一方通行で帰って来ることはない。通告された者は有難くうけたまわるしかなかった。将軍と対話ができる者は側用人兼大老の柳沢吉保しかいなかった。その柳沢吉保の姿はそこにはなかった。

「はっ、もったいなきお言葉、ありがたく頂戴つかまつりまする」

大久保忠増は平伏してそれを受け匍匐《ほふく》しながら後ろに下った。御座の間から出るとき、これは柳沢吉保のさしがねだなと思った。幕閣重臣会議で決ったことがそのまま通ることは従来の慣例であった。いくら将軍でもそれをひっくり返すことはできないものと考えられていた。その慣習が破られたのである。柳沢吉保は将軍綱吉の口を借りて、その決議をひっくり返したのである。

大久保忠増は怒りのために身体をふるわせながら廊下を歩いていた。おのれ、おのれと口の中で言いながら一歩二歩と用部屋に近づくに従って、身体のふるえは止ったがまだ心の動揺はおさまらなかった。用部屋の入口で廊下を歩いて来る者に挨拶された。誰だか相手を見定める余裕がなかった。しかし、無意識に挨拶を返し、その自らの動作によって彼はわれにかえった。彼はなにごともなかったような顔で座に戻った。

（だが、負けんぞ、柳沢ごときに負けてなるものか）

忠増は心の奥で繰り返していた。

被災地から幕府へ提出された文書のうち老中あてに書かれた嘆願書が若干残っているが、土屋相模守と井上河内守あてのものはあっても、大久保加賀守にあてたものは見当らない。大久保加賀守は被災地の復旧事業には直接口を出すことは差し控えていたようである。

返地公収

勘定奉行荻原重秀は大老柳沢吉保に被災地が幕府に返地された場合の復旧費の出どころを考えよと言われて以来、毎日そのことばかり考えていた。

重秀は、大目付折井正辰の手の者によって既に調査してあった資料と、小田原藩より幕府に届け出があった被害資料とをつき合せ、更に伊奈半左衛門を呼んで意見を訊いた。

伊奈半左衛門は重秀の下問に答えて言った。

「現地を見なければはっきりしたことは分りませんが、小田原藩が提出した資料と大目付による調査資料が甚だしく違っていないところを見ると、まず被害情況は、報告書どおりと見てよろしいでしょう。ところで、その復興費用ですが、この算出はきわめてむずかしいことです。まず降り積った多量の砂をどこへ片づけるかが問題になり、第二には、砂を片づける期間が問題となります。復旧を急げば、他国から人を連れて来なければなりません。驚くほどの費用がかかるでしょう。また何十年もかけて自力復興させるとすればその間の百姓の食糧と手間賃を見てやらねばなりますまい。これはその地方地方について詳細に見積りをしなければ本当にどれだけかかるか分りません」

「伊奈殿にして見ると迂闊《うかつ》なことは言えないだろう。その気持はよく分るが、幕府としては、富士の山焼けのことが各大名の耳に生々しい間に金を割当てねばならない。ごく大ざっぱでいいから、費用を算出して貰いたい」

荻原重秀は頼みこむように言った。

「各大名に救済金を割当てるのですか」

「幕府の金櫃《かねびつ》は空っぽだ。金貨の鋳かえをしてはならないとすれば、各大名から金を醵《きょ》出《しゅつ》させるしか方法はない。大名だけではなく、およそ禄を食《は》む者総てに対して山焼け救済金を割当てようと思っている」

荻原重秀は容易ならぬことを言った。

「しかしそれは……」

「それには、色々と不平が起るだろう、どこの藩でも貧乏している。武士という武士はことごとく困り果てている。それなのに尚、山焼け見舞金を出せと言えば文句を言う奴も出るだろう。だがそうしなければ、被災地は救われないぞ。被災地の十万余の農民を生かすか殺すかの重大な時だ。幕府としてもやむを得ない処置である。伊奈殿はただ、復旧費の総合計を見積って貰えばいいのだ。あとは勘定奉行、荻原重秀の責任において処置する」

伊奈半左衛門は二日ばかりの猶予を貰って、馬喰町の関東郡代役宅に帰って、家来に命じて、被災地復興費の算出を急いだ。砂除け費用とその間の百姓への米代を算出する作業だが、何年間で砂除けを完了するかによって計算は違って来る。砂除けが終ったあとに作物ができるとなると計算はまた複雑になる。伊奈半左衛門は十年間で砂除けを完了するという仮定のもとに予算を立てた。

「三十二万両か」

荻原重秀は伊奈半左衛門が提出した見積り書を見て言った。合計額は三十二万二千八百五十三両二分となっていた。

「前にも申し上げたように、これはまことに大ざっぱな見積りであって、ほんとうのことは現地を見て、総合的に調べないと、分り兼ねまする。特に」

と言って半左衛門は重秀の顔を窺い見てから、

「その見積りには、砂除けの砂除け費用は見積ってはございません。実はその砂除けの砂除けに思いもかけぬほどの多額の費用がかかるかもしれません」

伊奈半左衛門は、そこで砂除けの砂除けとはなにかを説明した。

砂は一次的に沢とか空地とか河原などに捨てることはできるが、捨てられた多量の砂は、必ずや豪雨、洪水の際は下流に向って押し流され、下流河川の河床を上げ、堤防を埋め、大氾濫《はんらん》を起すことになるだろう。これを防ぐためには、豪雨と共に押し流されて来る砂を除ける方策を立てねばならない。これが砂除けの砂除けであった。

「なるほど、さすがは備前流の伝統を受け継ぐ伊奈殿だ。眼は高い。ではその砂除けの砂除けにはどのような処置を取ればよいのか、またその費用はどのくらいかかるのか」

「分りませぬ。算出しようがありませんから見積りをしてはございません。五万両で済むものやら二十万両、三十万両とかかるものやら皆目見当がつきません。いままで焼け砂が川に流れ出て被害を起したという記録もございません。たとえあったとしても、それがこのたびの被災地に応用できるものとも考えられませぬ。見積りは、或る程度の資料と根拠がないとできません。嘘の見積りはできませぬからいたしませんでした」

「しかし、砂除けの砂除けの必要は将来必ず起るであろう。起れば必ず費用がかかる」

「それは火を見るより明らかなことです。ただ、その費用の額が推定できないと言っておるのでございます」

荻原重秀はそれ以上半左衛門を追及しなかった。半左衛門のいうことがいちいち筋が通っていたからであった。

「では、砂除けの砂除けの必要が出て来るのは何時ごろであって、その被害を受けると思われるところはどこであろうか」

重秀は地図をひろげた。

「冬の間は砂除けの砂除けの必要はございますまい。雪溶け期が終り、一雨降ったころから砂の流動が始まり、梅雨期に入っていちじるしくなります。今年の梅雨の終りころに豪雨があると、きっと氾濫が起るでしょう。そしてその氾濫の起るところは……」

半左衛門は人指しゆびを酒匂《さかわ》川に置いた。そのゆび先が河口に向って移動して行き、やがてそのゆび先は足柄平野一帯にゆっくりと大きな丸を描いた。

「足柄下郡一帯が水びたしになるというのか、ここらあたりは小田原藩の穀倉地帯とも言われるあたりだ。降砂の被害も比較的に少ないから、小田原藩は返地しないと言っている地域に当る」

重秀は半左衛門が描いた円の周辺に位置する小田原城を指して言った。

「氾濫は小田原城の堀にまで達するかもしれない」

小田原城は箱根を守る幕府の要城である。そうなっては困ると、重秀は思った。

「さようでございます。そのおそれは充分に考えられます」

それはたいへんなことだ、幕府としても真剣にことに当らねばならないなと重秀はつぶやいてから、

「それを防ぐには、酒匂川の河床にたまった砂を掻《か》き上げて捨て、堤防を高くするしかないのだろうか」

重秀は言った。

「常識的にはそのように考えられますが、それがまたたいへんな仕事です」

重秀は、どうやら半左衛門が、見積りはできないと頑強に否定した理由が分りかけて来た。降砂の量があまりにも多量であるから、その砂が起す二次的災害は予測できない

ということであった。

「そのときには、改めて考えねばならないだろう。まずもってお手伝いということだろうな」

重秀は言った。お手伝いというのは、大名に割当てられる工事の奉仕である。幕府はしばしばお手伝いの名をかりて、外様大名を苦しめその力を減殺しようとした。木曾川の改修工事をお手伝いの名のもとに命ぜられた島津藩は、ために財政窮乏に陥り、責任者の多くが切腹した話は余りにも有名である。

半左衛門は暗い顔をした。降砂地復興の仕事は容易ではないなと思った。

「砂除けの砂除けはお手伝いにまかせるとして、砂除け料は一応四十万両として置こう。四十万両をどう割当てるかは、ごく簡単なことだ」

重秀は肩の力を抜いて言った。重秀にはその目算は既にでき上っているようであった。

「さて、伊奈殿、小田原藩が返地したいと申し込んだ土地については、現地におもむいて、収領するまでに一応は地図の上ではっきりと確認して置かれるとよい」

重秀は書類を開いた。

公収地
相模国足柄上郡六十九カ村
相模国足柄下郡四十五カ村

相模国淘綾《ゆるぎ》郡のうち一村
相模国高座《こうざ》郡のうち三村
駿河国駿東郡五十九カ村
以上合わせて五万六千三百八十四石三斗一升八合之地

この公収地の代替地は、伊豆、三河、美濃、播磨の公有地の中より小田原藩に与えることになった。公収地の村の中には、それほど大きな被害を受けていない村もあったが、行政区画上公収地に含まれることになったものもある。

返地公収の準備が整ったところで、幕府より小田原藩に対して正式の通告があった。宝永五年は閏年《うるうどし》に当り、正月は二度あった。返地公収替地が決定されたのは、後の方の正月、つまり、閏正月七日であった。

小田原に対する通告と同時に山焼けに対する救恤金《きゆうじゆつきん》の令が発せられた。徳川実紀は徳川幕府の正式記録である。当日のことを徳川実紀で調べて見ると次のように書いてある。

七日。相州小田原領の一部が富士山の焼け砂に埋没されたのでその地は公領となった。関東郡代伊奈半左衛門忠順に修治を命ぜられた。このことに関して本日次のようなことが発令された。近年官費が増大して、幕府はそのやりくりに苦労していたところが、去年の冬、富士山の山焼けによって、相州と駿州に焼け砂が降り積って、多くの難民が出た。幕府はこの救済をしなければならないことになった。よってこのたび、各国々の禄を取る者たちに役金を課せられることになった。公領、私領を問わず禄高百石につき金二両の割合で上納することを申しつける。国によって、遠いところもあり、近いところもあるので、取りまとめるのには日数を要するであろうから、万石以上のところは一時領主が立て替えて上納せよ。万石以下の国では今年六月いっぱいを期限とする。上役がある場合は上役が取りまとめて目録と共に上納すること。五十石より下の禄を食む者は役金を免除する。また寺社領も免除する。

みぎのような内容の通達であった。これは武士階級にとってたいへんなことであった。百石について二両というと、千石の武士は二十両、一万石を食む者は二百両ということになる。万石以上の大名は家臣の分まで取りまとめて納金せよというのも、あまりにも一方的通告であった。全国的に不満の声が上ったのは当然のことであった。幕府の政策というよりも、柳沢政権の下で勘定奉行をやっている荻原重秀が、それらの不満を一手に引き受けねばならないことになった。

幕府はこのような上納金を武士階級に要求しておいて、将軍綱吉は相変らずの派手な生活を続けていた。同じ徳川実紀の翌月の二日のところを見ると将軍綱吉は柳沢吉保の邸に行って、吉保の取り巻き連中に次のような物を与えている。

吉保―綿二百把《ば》。吉里（吉保の嫡子）―時服十着。吉保の母―縮緬《ちりめん》三十巻。吉保の妻―縮緬三十巻。黒田直邦の妻―縮緬二十巻。松平輝貞の妻―縮緬二十巻。内藤政森の妻―縮緬二十巻。吉保の娘たちにそれぞれ縮緬二十巻。大久保忠方の妻―縮緬二十巻。永井尚平の妻―縮緬二十巻。吉保の側室たちにそれぞれ縮緬二十巻。吉保の家臣六人にそれぞれ時服三着。吉保の執事十四人にそれぞれ時服二着。

その日柳沢吉保邸における将軍綱吉は御機嫌すこぶるうるわしかった。綱吉は去年の十一月この庭で富士の山焼けの降灰に会ったことはもう忘れていた。

被災地に与えられたお救け米二万俵は随分多いようだけれども、各村々に割当てられ更にそれが個人個人に分配されて見ると、せいぜい一人当り、七升か八升にしかならなかった。それだけでは一日一人三合の粥にしてすすったところで一カ月とは持たなかった。

「その先はいったいどうなるのだ」

被災地の百姓は、その後さっぱり音沙汰がないので心配し出して、かわるがわる名主のところに出掛けて行った。

「どうもおかしい。砂除け金を下げ渡して下さるという話はいったいどうなったのだろう」

　百姓たちは顔を合わせるとそのことばかり話していた。幕府から救助米と砂除け金を貰わぬかぎりもはや動きの取れない状態になっていた。春が来ないうちに餓死者が出るかもしれない。それはもう既定の事実のことのようにさえ思われた。

「どうもお役所のやることはおそくていけない。名主共うち揃ってお役所にお願いに行かねば動いてはくださらない」

　深沢村の名主喜左衛門は息子の佐太郎に、五十九カ村の名主を集める前に他村の情況を見て来るように言いつけた。

「他村というと駿東郡の」

「いや、足柄上郡へ行って見てくれ、山北村の名主理左衛門さんのところへ行けば、なにか新しい事情を摑むことができるかもしれない。山北村の方が小田原に近いから、お役所のこともはやく分るだろう」

　父にそう言われた佐太郎は早速草鞋《わらじ》を履《は》いた。家を出て一丁も行かないところで利吉に会った。

「佐太郎さん、ちょっとへんな話を聞いたのですが、新橋村にある郡《こおり》代官御詰所に雇われているおせんと藤蔵に暇が出たそうです」

　郡代官詰所には郡代官を置かずに、代官手代を置いて年貢取立ての事務をやっていた。そこに、おせんとおせんの祖父藤蔵が雇われていた。代官手代の中には、気に入らないと言ってやたらに使用人を取りかえる者がいた。そういう気まぐれな代官手代が着任したというならば別に驚くことはないが、その様子はなかった。一カ月交替で勤務を交代する代官手代達はほぼ同じ顔ぶれであった。

「おせんがいうにはどうも代官詰所の様子がおかしいというのです」

利吉はそれだけ話してあとはおせんに訊けと言った。

(利吉という男は妙に鼻の利く男だ。いろいろと新しいことを嗅《か》ぎつけて来る)

佐太郎は利吉のうしろ姿を見ながらそう思った。

佐太郎は山北村へ行くのをやめて、おせんの家へ足を向けた。おせんは、つるとともだちでもあったから、佐太郎にはなんとなく親しめる相手であった。

「あら、佐太郎さんではないか」

おせんは佐太郎の顔を見ると丸い顔いっぱいの笑いを浮べた。

「代官詰所をやめさせられたんだって」

佐太郎が声をかけると、

「そうなのよ、今朝方突然私のお祖父《じい》さんを呼んで、もう用はないから帰れというんです。ひどいわ」

ひどいわと口では言っているが、別にひどいことをされたと思っているようではなかった。この村の者は例外なしに食べるものを食べていないから、青い顔をして痩《や》せているのに、おせんは血色のいい頬の色をしていた。それまで代官詰所にいて充分食べていたからであろう。

「なにか思い当ることがあるのか」

「思い当ることって？」

「急にやめさせられた原因さ、たとえばなにか相手の気に入らないことをしたとか」

「あらっ」

とおせんは軽い叫び声を上げた。

「佐太郎さんは、なにもかも知っているようね、実は、きのうのこと……」

おせんはまわりをぐるっと見廻してから話し出した。代官手代の北村兵左衛門という侍がきのうの午後、藤蔵を使いに出した後で、おせんに挑《いど》みかかったのである。おせんは懸命になって抵抗した。大きな声を上げて騒いだりあばれたりした。丁度、外を人が通りかかって、なにかあったのかえ、と声を掛けて来たので兵左衛門はおせんをあきらめた。その直後に兵左衛門は、

（行きがけの駄賃というわけには行かなかったわい）

とつぶやいたというのである。

佐太郎は最後まで黙って聞いていた。こういう話を男の前で平気でするおせんもおせんだと思った。おせんは明るい性格の女だが、とかく浮いた噂のつきまとう女だった。彼女の相手に村の誰彼の名が上げられていたし、代官手代の中で、おせんと関係を持っている男もいるという噂もあった。つるとはまるで正反対な女だった。

「行きがけの駄賃と言ったのか」

佐太郎はその言葉を重視した。行きがけの駄賃というのは、行ってしまって再び帰って来ないことである。

「おせんさんは、そのことがあったので暇を取らされたと思っているのかね」

「いいえ、そんなことはたいしたことではないわ、私はあの詰所はお取りこわしになるのではないかと思っているのよ」

「なに、お取りこわしだって」

「そうよ、このごろ、なにかせわしそうに書類を整理したりして、どこかに引っ越しでもするようですわ」

そうかとまた佐太郎は考えこんだ。上部になにかが起ったから、それが下部に及んで来たのかもしれない。

「ねえ、佐太郎さん、つるさんと別れていて淋しいでしょう。つるさんと駈け落ちしようとした夜に山焼けになったんだってね。同情するわ。それほど惚《ほ》れ合った仲だから、佐太郎さんはつるさんを捨てるようなことはないでしょう。ね、ないわね」

佐太郎はそれにはなんとも答えようがなかった。

佐太郎は山北村の名主理左衛門の家へ向った。道路を埋めている降砂は雨や雪ですっかり凍っていたから歩きよかった。道々で砂除け作業をしている農民を見かけたが、その動きには力がなく、佐太郎を見て、

「どこへ行くのだね」

と問いかけて来る声も沈んでいた。徳川幕府が樹立されて以来、各地に五人組のような相互監視制度ができ、組のうちで誰かが罪をおかすと、組全体が罰せられ、ひいては村全体が罰を受けるようなしきたりが定着すると、百姓たちは妙に神経質になり誰かに行き合うと、どこへ行くかと必ず訊くようになった。個人的問題に立入るのはまことに失礼なことであったがこれが挨拶となり、その挨拶は現代にまでおよんでいる。

佐太郎はいちいち行く先をいうのが面倒だったが、言わねば相手が承知しないから話してやった。

「なにしろ、明日はどうなるか、明後日はどうなるか、そんなことばかり考えてな」

百姓たちは佐太郎にそんな愚痴をこぼした。山北村の理左衛門の庭の砂はすっかり取り除かれていた。前に来たときとは変っていた。

佐太郎が父喜左衛門から言われて来た用件を話すと理左衛門は、膝を寄せて来て言った。

「どうもお役所の動きはおかしい。先日、使いのものを郡《こおり》の代官詰所にやったところが、代官手代の大岡十郎兵衛様が、くよくよするな、なるようにしかならない、とおっしゃった。代官詰所はいつもと違ってなにかあわただしく書類など取りまとめている様子だった。これは、なにか新しい事態が起ったと見るべきでしょう。さて、それがなんであるか、われわれ百姓にとっていいことか悪いことかはさっぱり見当がつかないで困っているところです」

理左衛門は茶飲み茶碗の湯を口に運んだ。この前は茶を出されたが、今日は佐太郎の前に出されたのも、ただの湯であった。

「それで、近所の名主どもと相談して、お上の意図することがなんであるかを知るために、十人ほど揃って代官詰所まで出向いて、砂除け金おさげ渡しの儀はどうなりましたかと質問しました。代官手代大岡十郎兵衛様は、そのようなことは、いまさら心配することはないと申されるのです。では砂除け金はお下げ渡し下さるのですかと訊くといまさら心配することはないと繰り返すだけです。たまりかねた名主の一人が、このままもう一月もたてば、今度こそ、竹槍や鎌を持った一揆が小田原へおしかけることになるかもしれませんというと、大岡十郎兵衛様は突然大声を上げて笑い出しました。そして、そのあとでなるようにしかならないと申されました」

理左衛門はそこで溜め息をついた。

「どうも分りませぬな、なるようにしかならないということはあきらめの意味にも取れます。一月ほど前は小田原へ一揆が押しかけることをあれほど恐れていた代官手代殿が、今度こそ一揆だぞと言うのを笑いとばしたのは、もはや一揆におよんでもなんの効果もないということに取れます。つまり一揆が小田原へおしかけたところで、小田原藩はなんの痛痒《つうよう》も感じないということではないでしょうか」

理左衛門が言った。

佐太郎にはいよいよ分らなくなった。

「御支配が代るのでしょうか」

佐太郎は頭に浮んだことをひょいと口に出してみた。

「まず、そのように誰もが考えます。しかし、この荒地をいったい誰が引受けるでしょうか。強いて考えれば、幕府に返地され、あとのことは幕府に一任するということになりますが、それにしてもなるようにしかならないという言葉は解せませぬ。悪く考えると、小田原藩はどうにもしようがない土地だから幕府に願い出て、亡所《ぼうしょ》とし、改めて代替地を貰うことを考えているかもしれません。これはまったくの私だけの考えですが、そんなことがふと頭に浮んで来るのです」

理左衛門は声を落して言った。

「亡所とはなんのことです」

「田も畑も森林も草原もなに一つとして、収益のない土地、つまり貢税の対象とならない土地のことです。貢税もないから人民に対する保護もない。亡所即ち棄民《きみん》、民を見棄てることとです」

理左衛門は棄民と言ったとき悲しげな顔をした。

「つまり、焼け砂の下になった田畑の復興の見通しがないから、お上はわれわれ百姓を見棄てるということでしょうか」

「なるようにしかならないという言葉から憶測するとそのようにも考えられないことは

ない。恐ろしいことです。だが佐太郎さん、これは飽くまでも私の憶測ですから、こんなことを外部に洩らしたら困ります。喜左衛門殿にだけ伝え、もし、そのようなことになったらどうしたらいいかを今から考えて置かれるようにお願い申します」

理左衛門が口にした、亡所と棄民という言葉は佐太郎の心を暗くした。どんなにあがいても自力で降砂地の復興はできない。もし亡所となったら、百姓どもはことごとく死なねばならない。駿東郡の被災地五十九カ村三万の人に餓死せよというのであろうか。いやいやそんなことはない。今まで、しぼれるだけしぼり取って、たまたま、富士の山焼けで荒地になったからと言って、お前たちは勝手に死ねでは、お政道が立つわけがない。世間様が黙っているわけはない。

(そんなことはない。そんなばかなことはない)

佐太郎は口の中で言い続けて深沢村へ帰っていった。帰りついた時には、佐太郎の頭の中には、亡所は既定の事実のように焼きついていた。

喜左衛門は佐太郎の話を聞くと、やっぱりそうかと一言言った。喜左衛門も理左衛門と同じようなことを考えていたのであった。喜左衛門の眼に浮んだ涙を見ても佐太郎はどうしようもない怒りで身を固くしているだけだった。

「佐太郎よ、このことは誰にも言うな、金輪際、口にするのではないぞ。そうなったらそうなったでやりようはある。決してここを亡所などにはさせないぞ」

喜左衛門は涙を拳骨《げんこつ》で拭いながら言った。

佐太郎は父との重苦しい対話にやり切れなくなって外に出ると、そこに利吉が立っていた。利吉は頬かむりを取って深々と頭を下げてから、手を合わせた。

「佐太郎さん、お願いがあります」

あとは言わなかった。米の無心だなと思った。お救け米を食い尽したのだ。家族が多く、たくわえのない利吉のような水呑百姓には、この際、人の袖にすがるしか方法はなかった。

「今夜、おそくに取りに来てくれ、家の裏の椿《つばき》の根っ子に置いてやる。今夜だめなら、明日の夜にはきっとなんとかして上げよう」

父にも母にも言えないことだった。利吉にだけ食べ物を与えたら、他の者が承知をしない。下手なことをすれば村中の騒動になる。そう分っていても、佐太郎には、利吉が手を合わせるのを見ると黙ってはおられなかった。利吉によく似た彼の五人の子供が飢えているのをほってては置けなかった。

「なあ利吉さん、そのかわりと言ってはなんだが、一走り沼津へ行って、つるさんの模様を見て来てくれないか、夜までには手紙を書いて置く」

利吉は、へいへいと二度ほど続けて頭を下げた。佐太郎に特別な仕事を頼まれて、その報酬として食べ物を貰ったということになれば、もしこのことがばれた場合でも喜左衛門の前で申し開きができると思った。

「なにをこそこそ話しているのだ」

いきなり大声で呼びかけられたのでそっちを見ると、富三郎が立っていた。富三郎の家は自作農で、村では中百姓であった。この前の小田原行きの時には、佐太郎と共に若者たちの先頭に立った男であった。

「佐太郎さん、山北村へ行って来たそうだがなにかあったのか」

そう聞かれるだろうと佐太郎は思っていた。村人は藁《わら》にもすがりたい気持でいた。佐太郎が山北村へ行ったことも、なにかいいことに結びつけようと思っているのだ。

「行って来た。山北村でも、こちらと同じように、砂除け金のお下げ渡しが無いのに不審を抱いている。名主が寄り合って相談して、郡の代官詰所にお願いに行ったが、そのうち、しかるべきお沙汰があるだろうというだけでさっぱり要領を得ないということだった」

「だまされたのだぜ、佐太郎さん。おれたちはまんまとだまされてしまったのだ」

富三郎は叫び声を上げた。

富三郎たち若手の百姓が騒ぎ出すと、その声は直ぐ隣村に伝わった。名主たちのやり方が手ぬるい、われわれ若い者だけで小田原へ押しかけようという者が集まって不穏な空気になった。駿東郡被災村五十九カ村の名主が集まって協議した。

「とにかく黙っていたのでは、どうにもならない。一同揃って小田原へ出掛けようではないか」

という意見が多かった。名主が小田原へ行くと聞くと、富三郎等はこの前と同様に随行するつもりでその用意を始めた。

（この前は、おれたちが応援に行ったから、お救け米が貰えたのだ）

彼等は、上訴の主導権を既に自分たちが握っているような顔をしていた。だが、その百姓たちも、村を出て、二里も歩くとなんとなくしょげ返って無口になった。名主たちは初めっから意気が上らなかった。申し合せたように口を固く閉ざしていた。うなだれて、重そうに足を引きずって行く彼等の姿は、長い長い葬列を見るようだった。時々、若い百姓たちの間から声が上ったが、すぐ消えた。彼等は本能的に彼等の運命を知っているかのようでさえあった。足柄上郡の名主たちには、このことを前以て知らせてあったが、同調する様子はなかった。返事も来なかった。

「なんだか様子がおかしいぞ」

と言いながら一行が足柄上郡に足を踏み入れると、彼等の来るのを待ちかまえていたかのように、小田原の役所からの使いの侍が来て、名主たち一同に対して小田原の役所へ即刻出頭するように言った。出鼻がくじかれた形であった。富三郎がその役人にわれわれ百姓どもも随行してもよいかと訊くと、その役人は軽蔑と憐憫《れんびん》とが入り交った顔で、勝手にせいと言った。どう考えても、勝手にしろという言い草はのれんに腕押しの感じだった。百姓たちは相談した結果、今度は名主たちに任せて引き揚げようということになった。村を出た時から意気が上らなかったから解散となるとはやかった。名主たちだけが揃って小田原におもむいた。そこで彼等は二日待たされた。

閏正月十八日、名主一同は小田原城外の奉行所役宅に召し出された。小田原藩郡代久保田丈左衛門が次のように申し渡した。

「去年の富士の山焼けによって焼け砂に埋まった、足柄上郡、駿東郡はこのたび、公収地となされることになった。御支配は、関東郡代伊奈半左衛門殿である。いままでと同じように、よくよく励むように」

更に、公収地となった村々の名が読み上げられ、最後に被災地の領主となった伊奈半左衛門配下の重役が名主たちに紹介された。鈴木文書によると、当日列席した伊奈家の面々は次のとおりである。

伊奈半左衛門の家老永田茂左衛門、同じく用人、奥村与五右衛門、同じく支配荻原覚右衛門、同じく勘定頭飯田八平、同じく平勘定役須藤和田右衛門の五名であった。

伊奈半左衛門の姿はなかった。

峰打ち

幕府に返地された富士山麓降砂地の復興を委ねられた伊奈半左衛門は即日被災地におもむき、被害状況を見分しようと思ったが、もともと彼は関東郡代として四十万石を支配する重職にいるのだから長期間任地を離れるとすれば、その後始末をして置かねばならないし、いままでやりかけていた仕事も一応片をつけて置かねばならなかった。伊奈半左衛門には、関東郡代としてその任地を治めること以外に、江戸府内における各種土木事業がすべて彼の指揮の下に行なわれていた。その当時、両国橋永代《えいたい》橋の二橋の改修工事が行なわれていた。彼は一応この仕事に結末をつけてから、新しい任務に向いたいと思っていた。あれやこれやで出て歩く日が多く、日はまたたく間に過ぎて行った。小田原藩との公収地の受け渡しは家老永田茂左衛門等をさしむけたけれど、内心は気が気でなかった。閏正月が終って、二月に入って間もなく彼は久しぶりで赤芝山の陣屋に帰った。一服する間もなく、彼は陣屋内の一隅にある八幡宮にでかけて行った。この度の大任を無事果すことができるように祈願するためだった。

去年の十一月末に帰館した時は降灰があったので急遽《きゆうきよ》江戸へ帰った。

(あれ以来ここには帰っていない)

半左衛門は八幡宮の石段をゆっくりと登った。石段を登りつめたところの社殿の前に額《ぬか》ずいて祈っている時風の冷たさを感じた。石段を降りたところに新しい石碑があった。

「殿様が去年の十一月末に寄進なされた石碑でございます」

用人の左川儀右衛門が言った。そう言われて、半左衛門は、その石碑を寄進し、神主を呼んで祭りをするつもりだったが、降灰があったので、後を家来に任せて江戸へ帰った時のあわただしさを思い出した。その碑は彼にとっては初めて見るものであった。

「なかなか、よくできている」

半左衛門は讃《ほ》めた。普通の碑のように大きくばかりあって場所ふさぎの碑ではなく、豆腐型にこぢんまりとまとまった御影石の碑であった。碑の正面に八幡宮の三字が彫ってある。よく見ると、その八幡宮の三字の彫り込みに泥が塗りこんであった。

「これは?」

と半左衛門が、その塗りこんだ乾いた赤土に眼を見張った時、軽い眼まいを感じた。思わず二、三歩よろめいて、家来の手に支えられてようやく姿勢を正して、改めて八幡宮の三字を見ると、その三字には泥は塗りこんではなく、今彫って、磨き立てたばかりのようにつややかに光っていた。

「これはいったいどうしたことか」

そう言った時、半左衛門は今度こそ危うく倒れんばかりによろめいた。

「殿、たいへんなお熱でございます」

伊奈半左衛門は家来が叫ぶその声を遠くに聞いていた。

伊奈半左衛門忠順が赤芝山の陣屋で急病に臥したことは家来椎勘兵衛によって幕府に届けられた。急の発熱ゆえ、近頃流行の感冒であろうという医師の所見がついていた。今でいう診断書であった。

「翁草」巻三には当時流行した風邪のことが次のように記してある。

江戸中に富士の山焼けの砂が降ったので、その翌月から春にかけて感冒咳嗽《がいそう》が一般にはやって、家々一人も洩らさずこれに悩まされた。その節の狂歌に、
これやこの行くも帰るも風ひきて知るも知らぬも大方は咳

感冒咳嗽というのは現在でいうところのせきの出る流行性感冒のことであろう。また狂歌は蝉丸の「これやこの行くも帰るも別れては知るも知らぬも逢坂の関」から取ったものであることは疑う余地がない。

不幸、伊奈半左衛門はこの流感にかかったがゆえに、新しい任地への出発がおくれ、

そのために、被災地住民を悲劇のどん底に突き落すことになった。

伊奈半左衛門が病気になったという知らせは、勘定奉行中山出雲守時春が受理して、まず老中大久保忠増に知らせた。中山時春は月番であったから、この報告を受け取ったのである。

大久保忠増は伊奈半左衛門が病気だと聞いた瞬間、なにか思いもうけぬ物を摑《つか》んだような顔をして、しばらくはものを言わずに考えこんでいたが、やがて中山出雲守時春に向って言った。

「出雲守殿、被災地の処置は急を要する。幕府に返地された以上、幕府からしかるべき者が行かねば、おさまりがつかないだろう」

そう言われればそのとおりだと中山時春は同感を示した。

「伊奈半左衛門が行けぬならば、その上司というと勘定奉行になる。近江守（勘定奉行荻原重秀）は勝手方がいそがしくて出向く余裕はない。とすれば出雲守殿が行かねばならないことになる。心掛けて置かれるように」

行けという命令ではなかった。行くことになるから用意をして置けという内示であった。大久保忠増は、将軍綱吉に、被災地の処置について口出しをしてはならないと言われているから、この件では命令を出すわけには行かなかった。中山時春は忠増の意を汲んだ。

「出向くとすれば、いかような心掛けでことに臨むか、参考までにお聞かせ願えれば幸いです」

忠増の直接命令は受けないが、事実上忠増の意を含んで現地に臨むから、大きな方針があれば示して貰いたいと言ったのである。中山時春は、あくまでも老中大久保忠増と組んで身の安全を保持しようとしていた。伊奈半左衛門が現地へ行かない前に、柳沢派に対する布石を打って置こうとする忠増の気持はよく分った。

「近江守は百石について二両の上納金を命じた。おおよそ四十万両の金が集まることになるが、これをそっくり被災地救済に使うつもりはないだろう。彼は、空っぽになっている幕府の金櫃にそれを入れてしまって、被災地へ投げ出す金はその四分の一かせいぜい三分の一だろう。見積りだけは合わせて置くが、そのとおりに金を使わないのが近江守のいつものやり方だ。これは近江守だけが悪いのではない。近江守の首筋を摑んでいる者の考えがそうであるから仕方がないのだ」

近江守の首筋を摑む者というのは柳沢吉保を指していることは明らかであった。大久保忠増は、幕府の懐ろの貧困はすべて柳沢政策が悪いからだと単純に解釈していた。

しかし、実情はそんな簡単なものではなかった。元禄年間までの国家経済はおおむね、米価を中心として動いていた。米が多く取れた年は物価は下り、不作の年は物価が上った。ところが元禄の末年ごろから、米価の変動と諸色《しょしき》値段（諸物価）の変動とが従来のような緊密な関係を取らなくなった。豊年であっても諸色値段が上る傾向を示した。幕府がいかなる手段を講じてもこれを抑圧することはできなかった。

米価を中心とした経済が、貨幣を中心とした経済——言いかえれば、農業のみにたよる経済が、徐々に商工経済に変って行く傾向を示し、主要都市に大小商工資本家の台頭を見るようになったがために、複雑な経済変動が起きたのである。別な見方をすれば平和が長く続き、国民に余裕が生じたがために、諸色の需要が著しく増大したことによるものである。現代でいうところのインフレが元禄以来ずっと続いたのである。

幕府の経済はその社会の動きとは別に、飽くまでも、米による年貢を基本とする米経済にたよっていたから、諸物価の高騰と共に財政困難になったのである。柳沢政権の政治が悪いのではなく、泰平の世における必然的な成り行きであった。

この経済の変動の中で、勘定奉行荻原重秀が金貨を改鋳して幕府の財政の破綻《はたん》を防いだのは止むを得ない処置であり、当を得た処置でもあった。だが経済観念のない、大名や幕閣の一部は、物価の高騰や幕府の所有金不足の原因を一方的に柳沢一派の政策が悪いからだと決めつけようとした。将軍綱吉を中心とする大奥の乱費が原因であるかのように言った。それも原因の一つではあったが、すべてではなかった。幕府の経済的危機の原因は世の動きにあった。日ごとに高まる、人民の生活意識の向上が物価高の要因であった。

「おそらく近江守は、被災地救済と称して集めたその金を他に流用しようと考えているのであろう」

大久保忠増は、自信あり気に言った。

「近江守が金を渋って出さないとなると被災地の復興は何時になるか分らない。下手をすると、百姓が漸次《ぜんじ》窮乏して死に絶えるようなことになるかもしれない。金が無くては伊奈半左衛門としてはどうにも処置のしようがなくなるだろう」

　忠増はそこで中山時春に考えさせるだけの間を置いてから先を続けた。

「近江守が金を出さずに、百姓たちをじり貧に追いこんで殺す前に、世論を再び富士山麓に向わせるようにするのだ。世には生類憐みの条令が出ている。こういう時に百姓が千、二千と餓死するようになったなら、世の人は黙っていないだろう。幕府の為政者も、その失敗を問われることになるだろう」

　そう言われても中山時春にはまだ、大久保忠増の真意が分らなかった。

「被災地の報告を調べてみると、駿東郡は、よくよくひどい、尋常一様のことでは復興はおぼつかない。この際思い切って、駿東郡五十九カ村を亡所にしたらどうだろう。住民は可哀そうだが、そうすることによって結局は幕府の政治が改まればよい」

　忠増はおそるべきことを口にした。

「亡所の宣告を、それがしがするのでしょうか。それはたいへんなことです」

「たいへんだ。住民は嘆き悲しむだろう。うろたえるだろう。色々言って来るだろう。そうなった場合亡所にするのは可哀そうだと言って近江守がそれ相当の金を出すのなら、その時点で亡所の宣告を取り止めて復興すればいい。もし、近江守が亡所となっても知らん顔をしているならば、幕府は諸国から集めた金は救済には使わなかったということで天下の非難を受けることになるだろう」

忠増は大きく一つ深い溜め息をついた。

「だが、伊奈殿がその処置を見て、どうなされるだろうか」

「伊奈半左衛門は、彼が任地へ行く前に、一応幕府の方針が示されたとなれば、それに従うより仕方はないだろう。彼はこの処置にきっと抗弁するだろう。伊奈家は何時の時代にも百姓の側に立って物を考える家柄だ。半左衛門は、幕府に対し繰り返し、反省をうながすだろう。それこそ幕府にとってはもっとも手痛い疵《きず》を掘り出されることになる。伊奈家は代々関東郡代として四十万石を支配する家柄だ。発言力は、四十万石の大名に匹敵する。彼が真向から幕府と対決すれば幕閣と言えども放っては置けなくなる」

あたりが暗くなった。そろそろ下城の時刻であった。中山出雲守時春は、彼にかせられた任務が果して遂行できるかどうかを心配していた。

老中井上河内守正岑は大久保加賀守忠増が、いつもとは違った気負いこみかたでものを言っていることが気になった。

「河内守殿、重ねてお願いする。幕府の公収地となったところに住む百姓たちは幕府からしかるべき人が派遣されて正式な見分が一日もはやく行なわれることを望んでいる。伊奈半左衛門が病気で駄目なら、その上司たる勘定奉行の出雲守が当然でかけるべきでしょう」

大久保忠増は中山出雲守時春の名をさっきから三度も口に出した。中山時春は公事方の勘定奉行でもあるし、月番でもある。中山時春を至急現地へ派遣すべきだというのが忠増の意見であった。

「伊奈殿の病気は風邪、もうしばらく待てば治るだろう」

と井上正岑が話をそらそうとすると、

「では河内守殿はこのままでよいと言われるのか、それとも、上様より、被災地のことに口出しをしてはならぬと言われたこの忠増の言葉は聞きたくないと言われるのか」

そう開き直られると井上正岑は、飽くまでも反対はできなくなった。伊奈半左衛門の病気中に、別の者を派遣することはなんとなく気にはなったが、そうかと言って、ここで忠増とことをかまえるのもよくなかった。井上正岑は大久保忠増と同年同月同日の日付で老中になっていた。大久保忠増とは全く同格の老中である。だからこそ二人の間に悶着《もんちゃく》があってはならない。しかし、大久保忠増が、明らかに柳沢派に対して抵抗の姿勢を見せている現在においては、あまり忠増に肩入れすることも注意しなければならないことであった。下手をすると失脚をまぬがれない。

「河内守殿、あの地は幕府に返地したと言ってももともとわが藩の土地であり、やがてまた小田原藩に返るところだ、いわば、それがしは潜在領主のようなものである。苦衷をお察しいただきたい」

忠増は今度は下手に出た。そうまで言われると正岑は嫌とは言えなくなった。しかし尚、正岑はなにか、忠増の申し出に正当な理由づけが不足のように思われてならなかった。

「河内守殿、緊急の事態ですぞ。幕府は全国の百石取り以上の武士階級に金二両ずつの上納金を割当てたばかりでなく、大銭《おおぜに》を通用させることになったのですぞ。この大銭は庶民に対して上納金をおしつけたようなものです。すべてこれは富士山の山焼けによる被害を救済せんという名目のものです。その名目で金銭を集める以上、幕府としても、被災地に対して、緊急な態度で臨むべきでしょう。この点をいかように考えられるのか」

忠増は緊急事態という言葉をさかんに振り廻した。緊急事態だから、伊奈半左衛門の病気が治るのを待ってはおられぬというのであった。

「緊急事態かなるほど」

井上河内守正岑は、ようやく、中山出雲守時春を現地へ派遣する口実が発見できたと思った。

「では承知してくだされるか」

「一応、老中筆頭の土屋相模守殿に報告だけはして置きましょう」

井上河内守正岑は最後の一線だけはちゃんと用意した。

「被災地復旧のことは河内守殿の所管ということにはっきり決っているのに、いちいち相模守殿まで報告することはないでしょう」

忠増は尚も食い下ろうとしたが、そこで思い止まって話題を変えた。

「ところで河内守殿、今度の大銭の評判はよくない。あれはあまり出さない方がよいと思うがどうであろうか」

この月に世に出た宝永大銭というのは、寛永通宝をそのまま大型にしたもので、径が一寸二分あって、重量は、寛永通宝の約二倍であった。表に宝永通宝の四字があり裏には永久世用の四字があった。この大銭を従来の寛永通宝の十倍、即ち、従来の寛永通宝十銭に通用せしめたのだから、たちまち民間からは不平が出た。大銭を嫌がって受け取らない者が出て来たのである。つまり通貨としての存在価値が危うくなったのである。

「大銭はすこぶる評判が悪いようだ。近江守にしては見込み違いというところであろう」

と井上正岑は忠増の言葉に相槌《あいづち》を打ったあとで、

「さっきの話だができたら、加賀守殿も同道していただきたい、二人で話したら相模守殿も、いやとは言えないだろう」

と言った。老中は三人いる。三人の老中のうち二人が揃って、老中筆頭土屋相模守政直のところへ行ったら、政直も承知せざるを得ないだろうと言ったのである。井上正岑はその時までには、忠増の意見に同意せざるを得ない心境になっていた。

「ところで勘定奉行中山出雲守一人だけではなにかと都合が悪いだろう。同行者のお目当はあるのか」

井上正岑はざっくばらんに訊いた。

「河野勘右衛門がよいと思う。勘右衛門はなかなか心利いたる者故、必ずや、よく働くことでしょう」

井上正岑は黙って忠増の顔を見た。すっかりお膳立てはできているのだなと思った。それなら、ことさら、そのお膳立てを崩すこともあるまい。中山時春と河野勘右衛門が被災地へ行ってなにをするのかそれは分らないが、どっちにしろ、老中筆頭の土屋政直に話を通してさえ置けば、このことが柳沢吉保や荻原重秀や折井正辰の耳に入ったところで、とやかく言われる心配はないと思った。

「して、出雲守等の出立は」

「できるだけはやくしたい。先ほども申したように緊急な事態であるから、できることなら明日にでも」

忠増はその時になってやっと愁眉《しゅうび》を開いたような顔をした。

深沢村に噂が流れた。近日中、お上からお救け米と、災害地復興の下賜金があるというのである。その真実を確かめるために、村人が名主喜左衛門を訪れた。

「さあ、そんなことは知らないが、いったい誰から聞いたのだ」

と名主が反問すると、誰それから聞いたという。その誰それに、噂の出どころを訊ねると、それはなにがしに聞いたという。さっぱり噂の出どころは摑めなかった。

喜左衛門は佐太郎を呼んだ。

「お前はあの噂の出どころを知っているだろう。どうやらあの噂は沼津あたりから入ったものらしい」

喜左衛門にじっと見詰められると佐太郎はそれ以上隠しては置けなくなった。

「すみません」

と頭を下げると、

「まあいいさ、だがな、椿の木の下に米の入った叺《かます》を置いたのはよくない。ああいうことをする時には、もう少し頭を使うものだぞ」

喜左衛門は奥で働いている妻のけさに聞えないように声を落して言った。利吉は、椿の木の下に置いてあった米の入った叺を背負い出そうとして、下男の正作に現場を押えられた。利吉は、佐太郎に頼まれて沼津へ使いに行く足代としてこの米を貰ったのだと言いわけをした。正作はこの話を喜左衛門に告げた。喜左衛門は誰にも言うなと正作に口止めをした。喜左衛門も、佐太郎が利吉に食べ物をこっそり与えていることをうすうす知っていたが知らぬ顔をしていたのだ。それに今度は沼津へ行って来る足代という理由があったから不問にしたのである。

「それで、沼津へ行ったつるの一家はどうしている」

喜左衛門はまずつる一家のことを訊いた。

「つるの家の者が身を寄せているのは、千本松原の漁師の家だそうです。海にはここらあたりのように食べる物が全くないということはなく、こぼれ落ちた魚や、貝や海草などを拾ってどうやら一家は生きているとのことです」

　よかったな、それでこの村のうち一軒だけは飢え死にしないで済んだと喜左衛門が言ったあとで、それだけかと訊いた。そのほかにお前にたんまりと甘い言伝《ことづて》があったのだろうとからかいたいような顔をした。

「つるさんから手紙を貰いました。今も尚、心は変りませんと書いてありました」

「ばかめっ」

　喜左衛門が大きな声を上げたので、奥にいた妻のけさがこっちを向いた。喜左衛門は笑いでごまかしたあとで、つるは手紙が書けるのか感心な女だなと言った。利吉が沼津から運んで来た噂については佐太郎の方から話が出た。

「百石以上の武士は、百石について二両ずつ富士の山焼けの救助金として上納することになったのだそうです。それから、一般には、富士の山焼けのお救けのためとして大銭の通用が決められて、沼津にも、その大銭が流れ出したそうです」

　佐太郎は利吉の持ち帰った新しい情報を伝えた。

「いったいその大銭というのはなんだ」

「それが利吉も実物を見なかったから分りませんが、寛永通宝の倍ぐらいの大きさのものので、大銭一つが寛永通宝十個分として通用するとのことです。重さが倍ですから、銭の価値としては寛永通宝二銭分に当るわけです。あとの八銭分（八文）は富士の山焼けのお救け金としてお上に納めることになっているのだそうです」

喜左衛門は驚いた。被災地が幕府に返地されたとたん、幕府はこのような救援の策を取っているのはまことにたのもしくもあり、うれしいことだった。

「それにしてもへんだな、お上がそれだけの手を打っておられるならば、当然、各村々にも、それ相応な有難いお言葉がある筈だ」

喜左衛門は考えこんだ。

「私もへんだと思っていますが、村の者はもうたいへんな喜びようです。これで助かった。もうひもじい思いをしないでもいいなどと言っている者もございます」

ばかなと喜左衛門は言った。そんなにうまく話が運ぶものか。彼の心の中ではそのようにつぶやいていた。佐太郎を山北村へ使いにやったとき名主理左衛門が亡所にされるかも知れないと言ったということが頭の中に浮んだ。

「佐太郎、気をつけろよ。どうもおれには悪い予感がしてならない」

喜左衛門の心配は間もなく現実となって現われた。新橋村の郡《こおり》代官詰所に新しく赴任して来た伊奈半左衛門の代官手代から、明日、幕府勘定奉行、中山出雲守様と、河野勘右衛門様の御一行の見分があるから、粗相のないようにという達しであった。

翌日、喜左衛門は村の主なる者を連れて、幕府からの正式見分役を迎えた。

中山出雲守は名主喜左衛門が説明する被害情況を聞くと、いちいちそれに頷いていたが、彼の方からはなにも言わなかった。村を出る時も、

「追って駿東郡名主一同を集めて、申し渡すから、そのつもりでいるように」

その言葉を聞いて喜左衛門等、村の代表者は、一抹《いちまつ》の不安を感じた。中山出雲守等の一行の言動はどう考えても形式的なものにしか見えなかった。被災地に対する同情の言葉も、空々しい響きを持っていた。彼等一行の人数はいかめしかったが内容がなかった。被災地救済のための見分に来たという責任感も認められないし、不幸な百姓共をなんとかして助けたいという誠意は微塵《みじん》たりとも見出すことはできなかった。中山出雲守の一行は、江戸を出た時から決められた道を歩いているように思われた。

隣村の見分の様子を聞いて見ると深沢村と全く同じだった。見分が終った村々の名主は例外なく前途に不安を感じていた。

「見分が済んだあとで、駿東郡の被災地五十九カ村の名主を集めて言い渡すというのも、なにかおかしい。いいことなら、その村々に言い置いて行くのが当り前だ」

悪いことが、これ以上悪いことが起るとすればなんであろうか。名主たちは罪の座に坐ったような気持でその日を待った。

その日宝永五年二月十一日は比較的暖かい日であった。その日を現在の太陽暦に直すと四月一日に当る。ようやく春が訪れようとしているところであった。

その日、駿東郡被災地五十九カ村の名主は新橋村の浅間神社の境内に集められた。話があるならば、寺の本堂に集めるのが当り前なのに、神社の境内に集まれというのからしてその日の集合は異様な感じを名主たちに与えた。

(一方的な通告ではないだろうか)

問答無用の一方的な通達なら、どこでもよかった。名主たちは、緊張した顔で、浅間神社に臨んだ。浅間神社の入り口にある辛夷《こぶし》の大樹が花を咲かせていた。降砂に痛めつけられたにもかかわらず、その白い花は例年どおり美しく咲き、その馥郁《ふくいく》とした馨《かお》りは静かな境内に満ち満ちていた。境内に入ってしまうと、杉の木立が生い繁っていて薄暗く、神社の前の神楽《かぐら》の舞台にだけ、春の日がさしこんでいた。勘定奉行中山出雲守時春は、河野勘右衛門を従えて、その神楽の舞台に立った。神楽の舞台を警護するように家来たちがその周囲を取り巻いた。

「一同の者に申し渡す。よくよく聞いて、今後の処置を誤らぬように」

中山時春はそう前置きして話し出した。

「今回の富士の山焼けは開闢《かいびやく》以来の大害を富士山麓の諸村に与えた。つぶさに見分したところ、実情は聞きしに勝るものがあった。この地に住んでいる百姓たちはまことに気の毒なことである。幕府はかねてから小田原藩よりの上申書により、被災地がにわかに復興しがたいものであることを知っていたが、今回の見分によってそのことが立証された。でき得れば、幕府の手によって、旧地に復したいと思うが、この大量の砂は、幕府の手をもってしても、動かすことはできないものである。こうなったのは、天の怒りか神のこらしめかは分らないが、およそ人間の力ではどうしようもないほどの砂に対しては、幕府としてもあきらめざるを得ないことになった。このことは、今度の見分をする以前にほぼ決っていたことではあるが、今回の見分によって、幕府の心は決った。幕府は、駿東郡被災地五十九カ村の地域を亡所とすることにした。亡所にしたのだから、この地に住んでいる者は、自由を許される。どこへでも行きたいところへ行ってよい。それに必要な手形は与える。馬を使って生活を立てたいものには伝馬《てんま》の手形をやろう。猟師として生活を立てたいと思うものは、その鑑札《かんさつ》を与える。なんなりと、名主に申し出るがよい。名主はそれらをまとめて持って来れば、役所はすぐその手続きを取ってやろう」

そこまで話した時に、名主の中から声が上った。

「お奉行様それは、あまりに御非道なお達しではございませんか、お上はわれわれに死ねよとおおせられるのでしょうか」

声は半ば泣いていた。

「静まれ、静まらぬか」

河野勘右衛門が制した。最後まで話を聞けと叫んだが、名主たちからいっせいに声が上ると、どうにもしようがなかった。中山出雲守時春と河野勘右衛門は名主たちの動揺が収まるのをしばらく待ってから、今度は河野勘右衛門がかわって言った。

「これは、見分役中山出雲守様の御意見ではない。幕府の方針だから、いかようにもしようがないのだ。われ等は幕府の方針を通達に来ただけのことだ」

河野勘右衛門はそう言い終ると中山出雲守時春を擁して神楽の舞台から降りた。名主たちがその二人に向っておしかけた。警護の武士たちがいっせいに刀を抜いた。棒を持った足軽が前に出て、下れ下れと制した。しかし名主たちはそれには屈しなかった。

「私達の言うことも聞いて下され」

「そのようなむごいことはがまんがなりませぬ、もし亡所となさるならば、せめて落ち行く先を探して下され」

などと口々に叫んで前に出ようとした。足軽の棒が、その名主たちの肩を打ちのめした。名主たちは土の上をいざりながら、中山時春と河野勘右衛門に向ってにじり寄って行った。

「上意だ。われわれにはどうにもならないことだ」

そう叫んだ中山時春の袴《はかま》の裾《すそ》に喜左衛門がすがりついた。

「お願いでございます。お願いでございます。上意ではございましょうが、われらの言葉もお訊き下され」

「おのれ無礼者」

中山時春の口から激しい言葉が洩れた。彼は草鞋ばきの土足で喜左衛門の顔を蹴《け》った。喜左衛門はそれでもひるまずに、すがりつこうとすると、中山時春の家来の者が喜左衛門の肩に刀の峰打ちを喰わせた。喜左衛門は倒れた。

「斬《き》られた」

と名主どもの中から声が上った。森の中は暗いから、斬られたように見えた。名主たちには武器はなかった。手向えば殺されるだけのことであった。名主たちの動きは止った。

名主たちはあらゆる憎悪をこめた眼で武士たちを睨《ね》めつけた。

伴野京治著「宝永噴火と北駿の文書」に集録されてある駿東郡古沢村林康平氏所有の古文書の中にこのときのことが次のように書き留められてある。

宝永五年春、御見分のために、中山出雲守様と河野勘右衛門様が御出でなされて、ご覧になった上で、山野共、一面に深砂で覆われていて、とても復興開発には及び難いと思うから、住民たちは何方《いずく》へなりとも、勝手次第に離散して渡世せよ、と仰せられたが、どこの国へも行く方便もなく、只々《ただただ》餓死を待つばかりとなった。（要約）

素朴な文章の中に、最悪の場面に立ち至った百姓たちの悲しみを飲みこんだ姿がありありと見えるようである。

下見に来た江戸の商人

伊奈半左衛門は赤芝山の陣屋で高熱と闘っていた。寝ている間も、富士山麓の避難民のことが気になっていた。支配を委ねられたのにまだ一度もその地へ行ってないから、かえっていろいろのことが気に懸った。

（こうして寝ている間になにかよくないことが起らなければよいが）

と願う気持は、病気が快方に向ったころには、なにかよくないことが既に起ったのではないかとさえ思われるのである。

二月十日になってやっと起き上ったが、まだ足がふらついた。十一日になって縁側に出て見た。庭の桜がほころびかけていた。十二日の夕刻になって江戸から早馬がついた。馬喰《ばくろ》町の役邸からであった。

「勘定奉行中山出雲守殿、河野勘右衛門殿と同道にて、駿東郡被災各地をお巡回、昨十一日、新橋村にて、被災村五十九カ村の名主どもを召し出し、五十九カ村を亡所となすこと御通達、離散勝手次第なること申しつけられました」

使いの者は一気に言った。現地から、次々と馬と人を替えての注進であった。

「御苦労であった」

と伊奈半左衛門はそれを冷静に受取った。やはり思いがけないことが起ったのだ。新支配の着任に先だって、亡所と決定した裏に政治的駆け引きがあることは間違いないと思われるけど、半左衛門は現地の百姓のことを思うとじっとしてはおられなかった。

「馬を引け」

と半左衛門は家来に言った。家老の椎勘兵衛が、まだ、風呂にも入ってはいけないと医者が言っている身体で、出府されるのはとんでもないことだと引き止めた。半左衛門は翌十三日は一日中いらいらした気持で陣屋内を歩き廻っていた。そして十四日には、無理を押して江戸へ立った。夕刻、郡代邸に着き、家老の永田茂左衛門から現地のくわしい事情を聞いた。半左衛門の心の中は、大久保忠増や、中山時春等に対する不信感でいっぱいだった。

翌十五日、伊奈半左衛門は、正式に任地へおもむくに当っての暇乞《いとまご》いに登城した。

徳川実紀の宝永五年二月十五日の日記に次のように記録されている。(原文通り)

関東郡代伊奈半左衛門忠順、相州小田原の河功奉はり。いとま給ふ。

とある。小田原の河功奉はりの功は仕事のこと、つとめのことである。小田原の河功即ち河川の工事を命ぜられて、いとまを給わったと解すべきであろう。伊奈半左衛門が病床にある間に、幕府の方針は、酒匂川を中心としての復興工事に重点を置くように変っていたのである。この時点で、既に降砂地のうち駿東郡の復旧はお手上げ、亡所とされていたことを示す重要な記録である。

伊奈半左衛門忠順が宝永五年二月十五日に暇乞いに登城したという徳川実紀の後を受けて、その後の伊奈半左衛門の行動の記録が二宮尊徳全集（二宮尊徳偉業宣揚会発行）に集録されてある。同全集中の酒匂川大口堤《おおぐちどて》沿革史の章に、

御普請は二月十六日より六月十日まで行なわれた。御普請御奉行伊奈半左衛門様の御宿は酒匂村名主団右衛門宅ときまり、伊奈半左衛門様手代荻原覚右衛門様、同じく遠山郡太夫様、同じく栗田六太夫様の御宿は岸村幾右衛門宅ときまった。伊奈半左衛門様は、役宅から三日に一度ずつ出て酒匂川筋を御廻りになった。

これによると、二月十五日に江戸城に暇乞いに登城した伊奈半左衛門は翌十六日には酒匂村の団右衛門宅に着いていることになる。伊奈半左衛門到着の日をもって、酒匂川改修工事の開始日と見做《みな》したのであろう。

徳川実紀及びこの記録から見ると、徳川幕府は、富士の山焼け砂降りの後に必ず酒匂川の氾濫が起ることを見込んで、着工を急いだようである。砂降り後三ヵ月にしてこの処置を取ったことはまことに迅速《じんそく》な行動である。もし現代において富士の山焼けが起きたならば、予算の成立まで一ヵ年はかかり、着工するのは、災害が起ってから早くとも一年半、遅いと二年後になるであろう。昔は人間がのんびりしていたとか、幕府の役人がたるんでいたなどと、迂闊《うかつ》に批判できない事実がここにある。もっともこれは、富士の山焼けという、未曾有《みぞう》の災害に処するがための政策だったからであろうが、幕府要路の者がいかにこの問題を真剣に考えていたかを推察できる一事である。

伊奈半左衛門の役宅となった酒匂村名主団右衛門の家は酒匂川河口近くの東岸にあった。酒匂川の堤に立って呼べば声が届くところにあった。このあたりは海抜二十尺ほどの台地になっていて、度々の酒匂川の氾濫にもかかわらず、このあたりは水害を蒙ることはなかった。

団右衛門宅の周囲はカシの木でかこまれていた。門の前を街道（東海道）が通っており、そこから海までは百五十間ほどであった。

伊奈半左衛門が到着するまでに家老の永田茂左衛門によってすべての準備が整えられていた。名主団右衛門一家はそこを立ち退いて近所の分家に移っていた。既に畳替えも行なわれ、公事《くじ》を処するための大部屋も用意されていた。警護の者が泊る長屋や馬屋は、増築中であった。

「よい眺めだ」

と半左衛門は役宅に着いた時に言った。三方がカシの大木で囲まれているから、よい眺めというのは南側のことであった。松原の向うに海が見えた。半左衛門は海と松を見ていい眺めだと言ったのである。

半左衛門は役宅を出て酒匂川の堤に立った。光がまぶしかった。西は箱根山、北は丹沢山、東は曾我山と三方が山でかこまれた細長い足柄平野の中央を酒匂川が流れている。半左衛門は酒匂川の河原の広さから、いざ大雨となった場合にこの川がどのようなあばれ川になるかを想像した。

半左衛門は河原に降りて、中央を流れている川のほとりの砂を手ですくって見た。明らかにそれは焼け砂であった。川砂ではなかった。念のために川の底の砂を取って来させて調べて見ても、ことごとく焼け砂であった。

「かなり流れて来ているようだ」

と半左衛門はふりかえって名主の団右衛門に言った。

「このあたりはそれほどではございませんが上流の岩流瀬堤《がるぜどて》や大口堤《おおぐちどて》のあたりまで行くと、川底の高さがびっくりするほどあがっております。大水でもでたらたいへんなことになると、百姓一同心配しております」

と言った。

大口堤というのは駿東郡から流れて来た酒匂川が足柄平野へ流れ込む水口《みなくち》に当る部分

にこしらえた防水堤で、上流に豪雨があった場合、鉄砲水となって突きかけて来る水を支え止めるためのものであった。大口堤のあたりの川底が高くなったということは、上流で豪雨があった場合水が堤防を乗り越えて足柄平野を水びたしにする可能性があるということである。

「それは困ったことだな」

半左衛門は背を伸ばして富士山の方を見た。そこからは富士山は見えなかった。富士はまだ真白に雪をいただいているだろうが、山麓の雪は溶けて流れ出し、焼け砂を運んで来たものと思われた。これからは雪溶け水で酒匂川の水かさは更に増し、奥地から焼け砂をおし流して来るだろう、そしてやがて梅雨の季節に入ると、いよいよ本格的に焼け砂をおし出して来るに違いない。

「砂除けは急がねばならないぞ」

と半左衛門は彼に付き添っている荻原覚右衛門に言った。荻原覚右衛門は、勘定奉行、荻原重秀の従弟であった。浪人していたが、荻原重秀の推薦で半左衛門の家臣になった者であった。もともと算学の知識があり、振矩術《ふりく》（測量術）の心得もあった。半左衛門に仕えてからはその能力が認められて次第に出世して、代官手代となり、多くは工事関係の仕事に当っていた。

荻原覚右衛門は半左衛門の一語をおし戴くように受取って、すかさず応《こた》えた。

「酒匂川は上流まで一応見て参りましたが、急所はやはり岩流瀬堤、大口堤あたりと思います。工事は、岩流瀬堤、大口堤の補強に重きを置き、そのほか要所要所に手を加えなければなりません。水を防ぐ根本的な考え方は旧来の方法と変りはないと思います」

荻原覚右衛門は土手の上に地図を開いた。

春の日射しが、荻原覚右衛門が開いた絵図面にそそがれた。覚右衛門は、図の向きを酒匂川の方向に合わせるように直してから言葉をついだ。

「施工場所は、旧来小田原藩が手掛けて来たところとほぼ同じと考えてよろしいと思いますが堤の長さや高さはまったく違うものと考えねばなりますまい。酒匂川の上流で豪雨があった場合、押し出して来る焼け砂の量は測り知ることはできませぬから、およそ、想像もつかないような堤防を作らねばなりますまい」

覚右衛門は、その堤はここらあたりにと、図上の大口堤を指した。

「大口堤まで何里あるか」

半左衛門が団右衛門に訊《き》いた。

「さようでございます。四里半ばかりはございましょうか。道の焼け砂は取除きましたから馬で行けば、それほどのことはございません」

団右衛門は時刻を確かめるつもりか、太陽を見た。日は南中時《なんちゅうじ》に近づこうとしていた。

「これからお出かけになるとすれば、向うにつくのは日暮れ刻となりましょう。明日の朝はやく出立なされたらいかがでしょうか」

家老の永田茂左衛門は半左衛門がまだ行くとも行かぬとも言わないうちに引き止めに

かかった。赤芝山の陣屋で高い熱を出して寝ていた半左衛門であった。病気は回復したと言ってもまだ完全とは言えない。任地についたその翌日、もう現地の見分に出かけるのは性急すぎると言いたいような顔であった。

「それよりも、今日はこれから小田原のお城へ挨拶に行かれたら如何《いかが》でしょうか、なにかとこれからもお世話になることもあるのですから、ぜひそうなされた方がよろしいと存じます」

永田茂左衛門は家老だから、家老らしい思いやりをした。しかし、半左衛門は茂左衛門の顔をちらっと見ただけで、それには答えず、再び図上に眼を落して荻原覚右衛門に訊《たず》ねた。

「大口堤補強の見積りはおよそ立てて見たか」

「はっ、おおよその見積りはできております。現地を見たところでは、ただ堤を築くことだけでは水勢を防ぐことはむずかしいように思われます。従来の堤の倍の高さにして、その堤の基礎は総じて巨石を積み上げるというような方式を取らねばならないように考えられます。そのことについてはぜひとも御実見を」

その覚右衛門に答えるかわりに、半左衛門は家老の茂左衛門に向って言った。

「一刻も猶予はできない場合だ。お城の挨拶の方は後にしよう。茂左衛門、馬を用意してくれ」

半左衛門が立っている酒匂川の土手には若草は芽を出してはいなかった。一面焼け砂に覆われ土手は永久に春を忘れてしまったようであった。

木々には芽吹きのころの匂いがあったが、道端の草はすべて砂に覆われているので、三月になっても砂の間から芽を出すかどうかは危ぶまれた。半左衛門はそのような殺風景な降灰地の道を北へ北へと馬を急がせた。半左衛門の一行が大口堤に到着すると、酒匂村の名主の団右衛門が前以て知らせて置いたので、付近の村の名主たちが新支配の伊奈半左衛門を出迎えた。

半左衛門はそれらの名主に会釈を返して、大口堤についての説明を聞いてから、更に上流に向って馬を進めた。大口堤のあたりから上流の酒匂川の屈曲は激しく、いたるところに、鉄砲水の奔流によって、突き崩された跡が残っていた。

見分に出て来てからの半左衛門は質問するだけで、自分の意見は一言も言わなかった。名主たちが聞き洩《も》らさじと耳を澄ませているからうっかりしたことは言えなかった。自分の意見は言わないけれど、ちょいちょい家来に命じて、

「このあたりの川幅をもう一度測って絵図面とくらべて見よ」

とか、河原に打ち上げてある流木を見て、

「いつごろの洪水の時のものであるか調べて置け」

と命令したりした。

半左衛門は馬を降りて、大口堤あたりからはずっと、酒匂川の川沿いを歩いていた。大口堤を補強するには、それより上流の川の相を見る必要があったのである。

その夜、伊奈半左衛門は、川村山北の名主理左衛門のところに一泊した。伊奈半左衛門は領主ではなく、災害地復旧中の代官であっても、その格においては領主と同じであった。理左衛門は恐縮して迎えた。

半左衛門は食事が終ったあと、すぐ奥の部屋に入って、行灯《あんどん》のあかりをたよりに日記をつけた。長い間の習慣だから止めるわけには行かなかった。大口堤のことを書いていると、昼間大口堤から見た酒匂川のことが思い出された。そこに立っていると、雪溶け水で白く濁って泡立った水が、自分に向ってぶっつかって来るように見えた。洪水がある度毎に、大口堤の上流の岩流瀬堤が崩壊した話などを思い出した。彼は日記帳を閉じて考えこんだ。

(敢えて水流には逆らわず、順流につかせることこそ水を治めるの極意なり)

伊奈忠順は備前流の治水法を世に残した先祖の忠次の言葉を思い出していた。

(どうしたら順流につかせることができるだろうか)

半左衛門はそのことについて種々構想を巡らせた。思いがけないほどの普請工事になりそうであった。人と金が必要だった。人と金が充分にあればできることだが……彼は勘定奉行の荻原重秀の顔を思い浮べた。

半左衛門は山北村名主理左衛門のところにしばらく滞在することにして、酒匂川の本流から支流についてくわしく調べて廻った。足柄平野を水害から守るためには岩流瀬堤、大口堤の補強ばかりではなく、この付近全般に亘って、細かい手当をほどこさねばならなかった。

　雨期に入って上流から押し出して来る砂が引きおこす被害についてあらゆる場合を想定してかからねばならなかった。

　半左衛門が理左衛門のところにいると聞いて、足柄上郡北西部の、皆瀬川村、都夫良《つぶら》野《の》村、湯触《ゆぶれ》村、川西村、山市場村などの名主たちが揃って嘆願に来た。これらの村々は、富士山に近いがために降砂の被害もまた甚大であった。田が少なく、多くは畑にたよっている村々だった。

　半左衛門は、酒匂川の見分を済ませたあとで、丸一日を費やして、被害地を廻った。春が来たというのに春はそこにはなかった。一面砂に覆われているので草が生えないのである。森林は日増しに緑を増して来るのに野や畑地には春は来ていなかった。

　農民たちは食べられるものはすべて食い尽していた。若者たちは村を出て働いている者が多かったが女子供、老人は村に残って砂除け作業をしていた。外へ出ても彼等が働くところはなかった。なんとかして、自分たちの畑を砂の中から掘り出して、それに種を播《ま》こう。種を播けばやがては食べるものが取れる。彼等は餓死寸前のところで生き続けていた。

　多くの農民たちは芽を出したばかりの木の芽を取って食べていた。

　見分中に半左衛門は川西村の一農家の竈《かまど》に掛けてある鍋《なべ》のふたをあけて見た。そこには一粒の米もなく、木の芽ばかりが入っていた。その家一軒ではなくどの家の鍋の中にも米はなかった。米はもう一粒もなくなっていた。

「お助け下さい。殿様、われわれ百姓どもをお助け下さいまし」

と半左衛門を見て手を合わせる百姓を見ると半左衛門は心がつまる思いだった。

「しっかりせよ、近いうちに必ずお救いがあるぞ」

と半左衛門は声をかけてやった。どれだけの米を与えるとか、米のかわりに金を与えるとかいうようなことは軽率には言えなかった。半左衛門は、名主たちに、飢民の名簿を至急提出するように命じた。飢民とは餓死寸前にいる百姓のことであった。丁度このころ、宝永五年二月二十三日、皆瀬川村名主が提出した飢人書上帳が上北郡共和村支所に井上良夫文書として保管されている。この井上文書によると飢人の総数は参百五拾参人（内男百弐拾八人、女弐百弐拾五人）となっている。ほとんどが、無田、小百姓とことわり書きがしてある。女の数が圧倒的に多いのは、この時点で、若い男は出稼ぎに出ていることを示している。飢人帳の名簿の最後に、御慈悲をもって御扶持米を下されたいと書いてあるのもあわれである。小田原藩が与えた二万俵の米は焼け石に水だったのである。

　半左衛門は、皆瀬川村名主市右衛門が提出した飢人書上帳の一点に眼を通していた。

市間

無田　徳兵衛　　小百姓なり

女房　　ぢやう　　年五拾六
女子　　かつ　　年拾七
娘　　　　　　年八つ
同女子　ぢん　　年参拾弐
同女子　あき　　年八つ
　　　　　　　　年四つ
　　　しめて女六人
（「足柄乃文化」第四号松川浩書写）

市間というのは皆瀬川村の小字の名称である。徳兵衛は戸主であるが年齢が書いてないし、しめて女六人の中にも入っていないから、出稼ぎで不在なのであろう。また娘、年参拾弐というのは後継ぎ娘であろう。婿養子の名前の記載がないのは、これも出稼ぎに行っているのであろう。あとに残された女ばかり六人が、飢えに迫って困窮しているのが眼に見えるようだった。

半左衛門は溜め息をついた。酒匂川の氾濫を防ぐために至急工事にかからねばならないことは眼に見えているが、此処に生きるか死ぬかの瀬戸際にいる人間をまず救ってやらねばならない仕事が残っていた。

半左衛門は行灯の火を掻き立てた。飢人帳を読んでいると気が滅入った。飢えた農民たちの食を乞う声が聞えるような気がした。

（取り敢えずは米を与えねばなるまい。そして、酒匂川の工事を起すことによって、彼等に仕事を与え、その賃銀によって糊《こ》口《こう》をしのがせることにしよう、彼等が持っている田畑の砂除けも、まず彼等を飢えから救っての上でないとどうにもならないことである）

半左衛門はそう考えた。しかし、これには莫大な金がかかることだった。

半左衛門は、夜遅くまでかかって、勘定奉行荻原重秀あてに書状をしたためた。見分の結果を知らせ、取り敢えず手当の必要がある分として金三万両を請求した。金三万両の内訳については別紙のとおりと書いた。三万両は半左衛門の胸算用であった。あとは勘定方に見積らせて、三万両に見合うように書類を作ればいいことであった。三万両は、ほんの急場の手当金であった。飢民を救う金と、酒匂川の本格的工事にかかる前の予備工事の費用であった。重秀あての書状には、

（酒匂川普請工事については、充分な調査をした上で、絵図面を作り、金の見積り、人の見積りを立てた上で入札に付したいと思っております）

と書いた。当時の幕府の普請工事は、幕府直営と言っても、業者（町人）に請け負わせることが多かった。幕府指定の数人の業者によって入札が行なわれ、請負い業者が決るあたりは、現在の官庁の会計法による入札制度と根本的には同じような考え方であった。

名主理左衛門の家はそう広くはないから、家来たちは近くの家に分散した。荻原覚右衛門は岸村の名主幾右衛門のところを宿とした。岸村は岩流瀬堤の近くにあった。その村が足柄平野に流れこむ酒匂川の水口に当るから、水口の岸村とか、水上《みなかみ》の岸村と呼ばれていた。

酒匂川の治水工事をやるとすれば、岩流瀬堤、大口堤の二大堤防の補強工事が主体となるから、工事奉行は、酒匂にいるよりこのあたりにいた方が都合がよかった。岸村名主幾右衛門宅が伊奈半左衛門酒匂御役所の支所の形となったのはこの時からであった。

半左衛門は昼は川筋を見て歩き、測量の指図をしたり、図面を作る指導をしたりして、夜は理左衛門のところへ帰って泊った。酒匂へ帰る時間を節約するためだった。伊奈半左衛門が酒匂へ来る前に、家老の永田茂左衛門が気を利かして、荻原覚右衛門を初めとする工事方の人たちに酒匂川の下調べをさせていたから、本格的見積りにかかると仕事は順調に運んで行った。小田原藩の岩流瀬堤や大口堤を築いた時にお手伝いをした付近の名主が呼び出された。半左衛門は大工事にかかる前には、まず地元との精神的交流を計って置かねばならないことをよく知っていた。

金手《かなで》村名主伊右衛門とその子喜兵衛が半左衛門に呼び出された。金手村は酒匂川が南に向って大きく流れの向きを変えるところにある村であって、堤を越えて流れこむ酒匂川の水にしばしば水害を蒙ったことのある村であった。伊右衛門はその水を防ぐために、私財を投じて堤を築いたことで、小田原藩に認められ、酒匂川の改修工事や、大口堤の工事にはお手伝い、先達《せんだつ》として活躍した経験があった。いうなれば、地方に在住する、土木建築の技術指導者であり、村民を動員して工事に当るときは、その元締めもやった。信望がきわめて厚いために、伊右衛門と喜兵衛父子が先頭に立てば立ちどころに二千や三千の人は集まると言われていた。半左衛門は今回の見廻り中、伊右衛門についての話は何回か聞いた。第三者からの話を充分に聞いた上で会ったのである。

半左衛門は伊右衛門喜兵衛父子と面接して、その知識の豊富なのに驚いた。絵図面も書くし、測量用具も取り揃えていた。半左衛門だけではなく、荻原覚右衛門も、伊右衛門と喜兵衛の存在を喜んで、

「伊右衛門と喜兵衛父子に、今度の工事を請負わせたら成功は間違いないでしょう」

と言ったほどであった。

伊奈半左衛門は金手村名主伊右衛門のことを手紙に書いて勘定奉行の荻原重秀に知らせた。酒匂川の改修工事を請負わせるには伊右衛門父子以外に人はいないだろうと言ってやった。

伊奈半左衛門はいささか疲れを覚えた。酒匂に来てすぐ酒匂川水上の調査に駈け歩いたばかりでなく、降灰地の奥までも足を延ばしたことが、病後の彼にはこたえたようであった。

「お顔の色が勝れませぬ故、しばらく酒匂村に帰って静養されたらいかがでしょうか」

家老の永田茂左衛門が酒匂村から迎えに来て言った。

「そうだ。帰ってぐっすり眠りたい。しかしそうもしてはおられないのだ。まだまだ先には大仕事が残っている」

大仕事というのは、河川工事の請負業者を決めて、仕事に取り掛ることだった。それが済まないと、気が休まらないと半左衛門は言ったのである。江戸の勘定奉行荻原重秀には総見積り額を知らせてやったばかりであった。

「その大仕事でございますが」

と茂左衛門が声を落して話し始めた。

「昨日、江戸から勘定奉行荻原様の添え状を持って和泉屋半四郎の手代六兵衛、冬木屋善太郎手代三郎右衛門の両名が酒匂の御陣屋にまかり越しました。用件はこの度の酒匂川御普請の下見とのことでございます。如何いたしましょうや」

茂左衛門は困った顔であった。

「なに江戸から和泉屋と冬木屋が来たと」

半左衛門は思わず声を上げた。和泉屋も冬木屋も江戸では名の知れた商人であった。その商人を荻原重秀がさし向けて来たということは、入札に参加させたい下心があってのことである。

「弱ったな」

と半左衛門は頭をかかえこんだ。江戸の業者は江戸では役に立つが、相模の国では江戸のようには行かないだろう。和泉屋も、冬木屋ももともと、武家屋敷へ出入りしている町人で、武家屋敷の石垣とか築地塀《ついじべい》とか、橋などの、言わば江戸向きの仕事は器用にまとめることができるけれど、酒匂川のようなあばれ川の改修工事などやったこともないし、おそらく見たこともないであろう。とてもまかせることはできなかった。

「そのことについては荻原様に既に書状を差し上げてある筈だが」

半左衛門は言ってみた。金手村名主、伊右衛門とその子喜兵衛に請負わせたならば間違いがないと言ってやってある。当然、そのようになるものと思っていたところへ、江戸からの業者の派遣は心外だった。

「いかが致しましょうや」

茂左衛門がまた言った。

「下見はしばらく待たせろ、江戸へは荻原覚右衛門をやって、近江守（荻原重秀）殿に現地の事情を申し上げよう」

半左衛門の中には先祖代々の土木技術者としての血が流れていた。大工事が成功するか否かは、その請負業者の質によって決る。下手な請負業者に任せたらできるものでもできなくなる。

「覚右衛門を呼べ」

半左衛門は自分でもあきれるような大きな声を上げた。

荻原覚右衛門は江戸桜木町の荻原重秀の役宅で馬を降りたとき、腰がふらふらした。

ずっと馬で駈け続けて来たからであった。彼は廊下を歩きながら、腹を切る覚悟という言葉を思い浮べていた。道中ずっと考え続けていたことだ。酒匂川の防水工事がなるかならぬかは、請負業者によって決る。もし、金手村名主、伊右衛門以外の者にやらせるならば失敗するのは火を見るよりも明らかである。そうして貰っては困る。現地のことは現地支配の伊奈半左衛門にお任せあってしかるべきである。もし、どうしてもそれがかなわぬならば拙者は腹を切るしか方法はありません。工事監督の責任が負えぬからであると、従兄の重秀の前で一気に言うつもりだった。

「どうした覚右衛門、青い顔をしているぞ、馬に酔ったのか」

覚右衛門は廊下から明るい部屋に通されたとたんに、荻原重秀から声を掛けられた。馬に酔ったかとはひどい揶揄《やゆ》であった。いくら従兄であり、勘定奉行の要職にあったとしても許せない一言であった。覚右衛門はむっとした顔で立っていた。挨拶は抜きにしていた。

「まあ坐れ。酒匂川工事の請負人は江戸の町人では駄目だ。現地の金手村名主伊右衛門にやらせろという半左衛門の手紙を持っての説得だろう」

重秀はじろりと覚右衛門の頭から足の先まで縦に視線を走らせながら言った。覚右衛門はその言葉に圧倒された。坐らざるを得なかった。

「覚右衛門、もしそちが半左衛門の期待するとおりの返事が貰えぬというならば腹を切ろうというつもりだろう。腹を切るなら遠慮なく切るがいい、この重秀が介錯《かいしゃく》をしてやってもいいぞ」

こうまで、腹のうちを見透されていたのでは覚右衛門の言うことがなかった。

「半左衛門の気持も、そちの気持もよく分るが、世の中のことはなにもかも理想通りには行かないものだ。酒匂川工事請負人として和泉屋半四郎と冬木屋善太郎を推薦して来たのは小田原藩主大久保加賀守忠増殿だと聞いたらなんとする」

重秀はどうだ驚いたかという顔で言った。

「信じられません。加賀守様が推薦するならば、酒匂川のことをよく知っている名主伊右衛門……」

と言いかけるのを重秀は片手で押えて言った。

「江戸には江戸の考えがある。和泉屋も冬木屋も大久保家出入りの町人だ。そこら当りのことをよく考えよ」

そこら当りのことをと言った時、重秀は薄笑いも洩らした。

「これで加賀守殿には貸しができたというものぞ」

そういう重秀の顔を覚右衛門は穴のあくほど見詰めていた。

大名と町人との間の醜い関係は覚右衛門等の耳にも入っていた。小田原藩が、元禄の大地震以来の災害のための出費とそれに加えて城の新築で財政が逼迫《ひっぱく》していることは周知の事実であった。商人から借金しているという噂もあった。もしそのような事実があるならば、今回の和泉屋と冬木屋の推薦問題も、その方の筋から出たものと考えられる。

しかし、その小田原藩の内情を知って恩を売ろうとしている荻原重秀の考え方が、覚右衛門には許して置けなかった。重秀と覚右衛門とは二つしか年は違っていなかった。子供のころは兄弟のように遊んだものである。その重秀が勘定奉行に出世したのは彼の才能もあったが、他人の弱身につけこんで行くこの生き方だなと覚右衛門は思った。

（大久保加賀守忠増は明らかに柳沢政権の足を引張ろうとしている。伊奈半左衛門が病床に臥している間に駿東郡五十九カ村を亡所にしたのも、忠増が見せたその手の一つと見なければならない。その柳沢政権にとってはもっとも警戒すべき相手に、柳沢政権の大立者の一人の荻原重秀がなぜ近づこうとしているのだろうか。恩を売るということは近づくことである）

「重秀殿は良心の持ち合せはないのか」

と覚右衛門は言った。従兄と従弟の関係にかえって重秀殿と言ったのである。

「政治をやるには大きな良心を持たねばならぬ、そんじょそこらの、どぶを浚《さら》ったり土を掘ったりする者の持つ良心とはいささか違うぞ」

「なにっ……」

と覚右衛門は思わず刀に手を掛けた。どぶ浚いと言われては黙ってはおられなかった。それは幕府直轄の土木事業を一手に引き受けて来た伊奈家に対する重大なる侮辱であり、工事の絵図面を引き、監督をして来た覚右衛門の技術に対する軽蔑の言葉であった。

「怒ったな覚右衛門、怒ってもここでは刀を抜くわけにもゆかないだろう。早々立ち帰って今日此処であったとおりのことをそっくりそのまま半左衛門殿に伝えるのだ。和泉屋半四郎と冬木屋善太郎の二人にはすぐ下見をさせるように。幕府の直轄工事の入札は勘定奉行が行なうものと決っている。従って入札する請負人の選定も当方でやる。そちたちは工事奉行として、工事監督をすればよいのである。工事が成功するしないは請負人の資格ではなくして、その請負人に仕事をさせる現地工事方役人たちの才能にあるのではないか。覚右衛門、よく頭を冷やしてこの道理を考えて見るがよいぞ」

荻原重秀は一気にいうと、さっさと立上り、袴の匂いを残して別室に去った。覚右衛門はそこに坐ったままだった。気負って来たことがなに一つとしてなされなかった自分の腑甲斐《ふがい》なさに泣きたい気持だった。

鳥のいない村

風もないのに物音がした。大きな音ではなかった。声をひそめて話し合っているような気配がしたが、定かではなかった。

半左衛門は再び眼を図面に置いた。工事方の役人がこしらえた岩流瀬堤《がるぜどて》、大口堤《おおぐちどて》補強の図面である。

(これで大丈夫だろうか。長さも堤の高さも前とは比較にならないほど拡大されている。しかし、この堤が新しい敵の、流砂に耐え得るという保障はどこにもない。水流の強さならば予測もできるが、流砂の強さやその影響についてはなにも分ってはいないのだ)

半左衛門は図面を見つめたまま、しきりに首をかしげていた。この図面と共に最終的な見積りは江戸の勘定奉行荻原重秀のところに送ってある。もはや、これを変更することはできないが、不安だった。不安だからそれを眺めていたのである。半左衛門はいつか、荻原重秀に、砂除けの砂除けの見積りはできないと言ったことを思い出した。そのできないことをとうとうやらねばならなくなった自分の立場を考えた。成功してもともと、失敗すれば大変なことになる。半左衛門は失敗した場合、武士としての責任をどのようにして取るかを思うと暗い気持になった。いままでこんな気持になったことは一度もない。常に溢《あふ》れるばかりの自信を持ってことに当っていたのに、この度はなぜこのように弱気になるのだろうか。

蠟燭《ろうそく》の火が揺れた。昨夜までは行灯が置いてあったのに、今夜に限ってそれはなく、はだか蠟燭に変えられていた。

半左衛門は揺れる灯に眼をやった。どこからか風が入って来るのだなと思った。半左衛門は襖《ふすま》の方に眼をやった。そこが細目に開けられていた。

無礼な奴、襖を開けて中を覗《のぞ》くとは。賊かな、とも思ったが、まだ起きている間に入って来る賊もあるまい。おそらく誰かが、なにかの理由で隣室から覗いているのだろうと思った。

「誰か」

と半左衛門は隣室に声を掛けたが返事がない。しかし、人の動きははっきり分った。膝をずらしたような音だった。一人だなと半左衛門は思った。

「用があるなら、そこを開けて、中に入れ」

と言った。そう言って置いて、念の為に、刀掛けに眼をやった。刀は手の届くところにあった。

　襖が静かに開かれた。真暗闇の中に男が一人坐っていた。蠟燭の光に照らされてその男の面体と股引《ももひき》を穿《は》いた膝頭が見えた。若い百姓だった。男は顔を上げて半左衛門の姿を見ると、大きな感動に迫られたように、部屋と部屋の境の敷居に手をついて、なにかぶつぶつ言った。なにを言っているのか半左衛門には聞き取れなかった。

「近う寄れ、そこではお前の言うことが聞き取れぬわい。こっちに入ってそこを閉めるのだ。ほら蠟燭の火が消えそうに揺れているではないか」

　半左衛門が言った。炎が揺れるのは、隣室との境が開け放されているという理由だけではなく、その隣室に通ずる出口が開いているからだった。半左衛門はそこらあたりにいるだろうところの名主理左衛門の姿を想像した。この若い百姓を隣室に入れたのは、名主理左衛門の心使いがなければできないことだと思った。

　若い男は半左衛門に言われたとおりに中に入って襖を閉めた。そしてまた畳に額がつくほどのお辞儀をしてから、

「駿東郡深沢村名主喜左衛門のせがれ佐太郎にございます」

と言った。若者はそう言ってしまうと、いくらか落ちついたようであった。

「ほう駿東郡の深沢村から来たのか」

　半左衛門は、駿東郡が幕府に返地され、その支配を命ぜられた時、新しい支配地の絵図を見て、深沢村があることを知っていた。深沢村が彼の記憶に残っている理由の一つ

は、そこにはもと北条氏の城があって、武田信玄の率いる大軍と激しい攻防戦を繰り返したという歴史的事実があるからだった。

「おそれ多いことだと心得ています。こうすることは悪いことだと思っています。しかし誰かがこうしないと、駿東郡の百姓どもはことごとく飢えて死んでしまいます。新支配の代官様のお袖にすがらないかぎり生きることができないので、死ぬ覚悟で、秘かに忍びこんで参ったのでございます」

佐太郎はひといきついて、さらに続けた。

「駿東郡五十九カ村は幕府の命によって亡所と決定されました。一方的に、亡所にするからどこへなりとも勝手次第に行くがよいという中山出雲守様と河野勘右衛門様のお言葉でございましたが、われわれ百姓共には、その行き場所もないのでございます。田畑の砂を除けようにも、あまりにもその砂が多いし、持ち米を食い尽して、餓死寸前の百姓どもには、砂を運ぶ力とてございません。なにとぞこの現地の悲惨きわまる実情を御見分になり、お救けをいただきたくて、参ったものでございます」

佐太郎は何度かつかえた。言おう言おうと思っていることがあまりにも多くて言い尽されないようであった。

「駿東郡五十九カ村については、まことに気の毒なことと思っている。駿東郡五十九カ村のことは一日として、頭から去ったことはなかった。いずれ近いうちに行かねばならないと思っていた」

半左衛門は、そこで言葉につまった。行って見たいが、幕府が亡所と決定した以上自分としても、どうにもならないのだとはさすがに言えなかった。

「代官様のお気持は私たちにもよく分ります。ひとたび亡所にするという幕府の決定が出た以上、その亡所の民を救うことは御政道に盾を衝《つ》くことになるでしょう。しかし代官様、亡所とはなっても、駿東郡五十九カ村の支配は伊奈半左衛門様であることを疑うものは誰もおりません。いまのところ私たち百姓はその御支配様にすがるよりほかどうしようもないのでございます」

佐太郎は懸命に言った。

「なるほど、それも理屈だな」

半左衛門は佐太郎の熱心な言葉につられて言った。幕府は亡所という決定をした。しかし、駿東郡五十九カ村の支配を伊奈半左衛門の手から取り上げるという通達はなかった。五十九カ村に対して半左衛門が依然として支配者であることには間違いなかった。現地支配者の権限を以て、領民を救う手はまだ残っていたのである。半左衛門は佐太郎に支配者としての眼を開かせられたような思いがした。江戸を立って以来、亡所となった五十九カ村のことがずっと気になっていた。一日として頭に思い浮ばない日はなかった。しかし、そのことを口に出すことは彼自身もひかえていたし、家来たちも絶対に口には出さなかった。足柄上郡の名主たちも、自分たちよりひどい被害を受けた駿東郡五十九カ村が亡所と決ったことを同情してはいても、そのことを口にはしなかった。みんながら見て見ぬふりをしている中で、半左衛門は、あのまま放っては置けない、なんとかしなければならないと考え続けていたのだが、幕府の亡所決定に盾つくようなことは迂闊にはできないから黙っていたのである。

「代官様、明日にでも駿東郡の被害地へ足をおはこび願えないでしょうか、百姓どもは亡所と決定されてからは、この世に頼る者がなくなったと言って、自殺する者も出るほどの気の落しようでございます。お救けの手は後でもよいから、まず御支配様が被害地に顔を見せ、力づけてやって下されば、生きる望みを得て、立直る者も何千何百と出て来ることでしょう。亡所となった百姓にとって食べるものと同じように欲しいものは、まだ見放されてはいない、御支配様はちゃんと見ていなさるという確証を得ることです。代官様、どうぞ五十九カ村の百姓のために足をおはこび願いとうございます」

佐太郎の声は次第に細って行って最後の方は泣いていた。

「よろしい。ここ両日中に、酒匂川工事の方を片づけて駿東郡被害地見分に参ることにしよう。このことは各村の名主に正式に伝えよう。お前がここに参ったことは表には出さない方がよいだろうからな」

半左衛門は、佐太郎を罪に落したくはなかった。いかなる理由があったにしても、こういう形を取るのは直訴であった。このことが公《おおやけ》になれば、佐太郎は重い罪を着なければならなかった。

「佐太郎よ、家人に見とがめられないように、入って来たところをこっそりと出て行くのだ。心配するな、なんとかなる。なんとかなるようにこの伊奈半左衛門が努力しよう」

あとは半左衛門のひとりごとであった。そう言い放った時半左衛門の心は、駿東郡五十九カ村救助に決っていた。幕府が亡所と決定したことに敢然と反抗するつもりになっていた。それは彼の政治的生命ばかりではなく、一家の運命を賭《か》けることであった。

佐太郎は半左衛門に一礼して後ずさりを始めた。

「ちょっと待て佐太郎、このたびのことはそち一存のことか、父と相談して来たか、とがめはせぬから、真実を話してくれぬか」

半左衛門は自分から佐太郎に近づくようにして言った。

「まったく私一人の所存で参りました。父を含めて各名主たちは亡所と決定されて以来は、もはや生きた者の姿とも思われません。村人たちもそうです。村を逃げ出す者、首を縊《くく》るもの身売りする者……」

「そのことはもうよい。しかし佐太郎、拙者にはどうしても佐太郎一人だけの所存のようには思われぬ、陰で誰かが、お前の心を大きく動かした者が居るような気がしてならぬ、さしつかえがなかったら話してはくれぬか」

半左衛門の話してはくれぬかという丁寧な言葉に佐太郎はしばらく戸惑ったようであったが、やがて顔を上げて言った。

「申しわけございません。新支配の代官様におすがり申せと言ったのはつるでございます」

佐太郎はつるのことを話し出した。亡所と決った翌日、佐太郎は沼津に走った。この重大なる決定をつる親子に知らせることと、どんなことになっても二人の仲は変らないという確証を得るためだった。佐太郎はつるにそれを熱心に求めた。どうしても愛情の証明《あかし》が欲しいと言った。つるはそれを強いてこばみはしなかった。佐太郎とつるの逢瀬は短かった。佐太郎とつるが納屋の中で一夜の契りを結んだ翌朝はよく晴れていた。千本松原の海岸から雪をいただいた富士山が見えた。その富士山を見詰めていたつるが佐太郎に言った。

「佐太郎さん、新支配の代官様に直々お願いしたらどうでしょうか。私には、新支配の代官様はきっと私たちの味方になって下さるように思えてならないのです」

佐太郎にはつるが何故そのようなことを突然言い出したのか分らなかった。

「つるさん、なにを言うんだ。われわれ百姓が直接代官様に口が利けると思うか、直々に申し上げるということは直訴をしろということだろう。直訴は死罪だよ、つるさん。おれが死んでもいいのか」

しかしつるはそれに対して冷やかに答えた。

「佐太郎さんが死んだと聞いたら、私も死ぬ決心がつきます。佐太郎さん、ここではっきりあなたに話して置きますけれど、私は駿府へ行くことに決ったのです。何時までも他人様の家に居候《いそうろう》していることはできないからです。駿府へ行ってしまったら、もう佐太郎さんと逢うこともできなくなるかもしれません。私にとっては、佐太郎さんと添い遂げられないようになったら死んだも同じことです。佐太郎さんも、私と同じように考えていてくださるなら、命をかけて代官様にお願いして下さい。村に帰って生きて行ける道が開かれたら、私を深沢村へ呼び戻して下さい」

つるの眼に涙が浮んでいた。

「駿府へ、駿府のどこへ行くのだ、まさかつるさん……」

身売りというような言葉は出せなかったが、もしやという気持はあった。祝言が終るまではと、それまで固く彼を拒絶していたつるが、佐太郎に身体をまかせたのも、駿府に行くという前提があってのことかもしれない。

「佐太郎さん、身売りじゃあないかと言いたいのでしょう。身売りではありません。安倍川のほとりの茶店に手伝いに行くのです。でも先々の運命はどうなるか分りません。家を離れた女の独り身のことなぞ、誰が本気で考えてくれるものですか。私は嫌です。佐太郎さんから離れるのが死ぬほど嫌なんです。もし佐太郎さんがここに来たら一緒に死んでくださいと頼んでみようと思っていたほどなんです。私は死ぬことなんかなんとも思ってはいません」

つるは、佐太郎の胸に顔を埋めて泣いた。死にたい、死にたいというつるの身体を抱きしめながら佐太郎はどうしてもこのつるを殺してはならないと思った。

「佐太郎よ、つるとは必ず一緒になれる。そう信じこんで疑わないことだな。拙者も、そちとつるが一日もはやく一緒になって、丈夫な子を生むのを見たいものだ」

半左衛門は佐太郎の話が終ったあとで言った。佐太郎は入って来たと同じようにひっそりと出て行った。戸が開く音がした。囁《ささや》き合う声がした。

（これで理左衛門もほっとしたであろう）

半左衛門は思った。佐太郎とつるとの恋物語は半左衛門の心を大きく動かした。武家社会にはほとんど見ることのできない恋の話は新鮮な果物のような後味がした。佐太郎やつると同じような若者が幾組もいるに違いない。救いの手は急いでさし延べてやらねばならない。半左衛門は蠟燭に眼をやった。炎は真直ぐに延び上って燃えていた。


伊奈半左衛門は後を家老の永田茂左衛門にまかせて駿東郡に向って出発した。数日中に酒匂の役所に帰る予定だった。

途中まで送って来た茂左衛門に、

「江戸から覚右衛門が帰って来たらすぐ後を追って来るように言ってくれ、また留守中になにか変ったことがあったら、使いの者を寄こすように」

と言い残した。勘定奉行の荻原重秀のところへ使いにやった荻原覚右衛門からの首尾を聞きたかったが、駿東郡五十九カ村のことが気になって覚右衛門の帰りを待ってはおられなかった。覚右衛門のことだから、重秀に食い下っているだろうと思った。請負人のこともあるが河川工事全体の予算のこともある。予算をけずられては、できるものもできなくなるから、覚右衛門は必死になって、勘定吟味役たちと渡り合っているだろう。なんだかんだで、覚右衛門が工事費の見通しをつけて酒匂に帰って来るまでには尚十日はかかるであろう。入札が行なわれるのは、それから先のことだ。半左衛門はその予定を頭に浮べながら歩いていた。

半左衛門は理左衛門の家を出る時から馬は使わなかった。駿東郡に入ると、道に降り積った砂はいよいよ深くなり、馬は充分に使えないと聞いたからであった。それでも、代官様だけはと家来たちや駿東郡小山村までの案内を引き受けた理左衛門が馬に乗ることをすすめたが、

「いや、馬は酷使してはならないのだ」

と半左衛門は一言でしりぞけた。生類憐みの令が出ているこの時代には、人の上に立つ者はことあるごとにこの点に気をつけねばならなかった。

駿東郡に入ると砂の量は驚くばかりであった。砂に半ば埋もれた農家から百姓どもが駈け出して来て、一行の前に立ちふさがって、

「お願いします。お願い申し上げます。どうかお慈悲をお願い申し上げます」

と口々に叫ぶのを見て半左衛門はそれ以上進むことができなかった。前以て通知してあるから、各村の名主が出て来て案内に当り、行く先々で道をふさごうとする百姓に、

「代官様へのお願いはわし等がお前たちにかわってやるから道をあけてくれ」

と言い聞かせて、やっと通ることができた。

菅沼村、吉久保村と通り用沢村のあたりまで足を踏み入れたとき、既に夕刻近くなっていた。

周囲は山ばっかりで、山と山に囲まれた僅かばかりの田畑は降灰に覆われたままになっていた。木々の芽は吹き出していたが元気はなかった。芽を吹かずに、焼け砂の中に立ち枯れとなっている木もあった。若い木の多くはこのようにして枯れていた。

駿東郡に入ると酒匂川は鮎沢川に名前が変った。多量の砂が鮎沢川の川原に捨てられていた。支流の川や、あちこちの沢は捨て砂でいっぱいだった。百姓たちは砂除けを自力でやっていた。しかし、この川原に捨てられた砂の行方はどうなるだろう。半左衛門は背筋にうすら寒いものを感じた。

半左衛門の宿所ときめられた用沢村名主伊右衛門の家は台地の上にあった。屋敷の周囲に掻き除けられた降砂が土居《どい》のように高く積み上げられていた。砂が除けられた庭にはなにかが播いてあるようだった。

食事が出された。白い飯とタラの芽の汁と岩魚《いわな》の燻製《くんせい》と漬け物であった。特に珍しいものはなく、半左衛門とすれば当り前の食膳《しょくぜん》であった。半左衛門は箸《はし》を取った。傍で音がした。なにか深いところからこみ上げて来るような音だった。半左衛門の膳の斜め前に坐っている娘が俯《うつむ》いて顔を赤く染めていた。その娘の体内から空腹を警告する自然の要求の音が発せられたまでのことであったが、代官の御給仕としてその場に坐らせられた名主伊右衛門の養女おことにとってはまことに恥ずかしいことであった。

半左衛門は箸を置いて、娘に膳を下げるように言った。娘は自分が不始末をしたために代官が飯を食べないのだと曲解したようであった。娘は泣きそうな顔をした。

「この家の者はなにを食べておるのかな」

と半左衛門は、強いて笑顔を浮べながら娘に訊いた。

「一日に二度、水粥《みずがゆ》をすすっております」

娘は正直に答えた。水粥をすすっているという表現が半左衛門の胸を打った。

「ではその水粥を持って来てくれないか。お前たちが食べているものを食べてみたいのだ、必ずそのとおりのものを持って来てくれよ」

半左衛門の笑顔で娘はやっと自分が叱《しか》られていないことが分ったようだった。

すぐ名主伊右衛門がその娘と共にやって来て、

「代官様に水粥など差し上げたらこの眼がつぶれます」

と水粥を出すことを拒否した。

「それでは止むを得ない、なにも食べないで寝るとしようか」

伊右衛門は半左衛門の要求に負けて、彼等が食べている水粥をそのまま出した。粥というよりも糊《のり》のようなものであった。

「温かいと、つい余計に食べてしまうので、冷たくしてすすっております。たとえ水粥でも、これをすることのできるのはいい方です。水粥さえもすすれない者がどんどん出て参りました。他所へ出稼ぎに出ても、自分が生きるのが精いっぱいで家族に仕送りのできる者はおりません。今のところ自宅から出稼ぎに出て日当を稼ぐ者が一番恵まれた者と言えましょう」

伊右衛門が言った。

「自宅から出稼ぎと言ってもいったいどこへ出稼ぎに行くのだ。そんなところがあったのか」

「須走でございます。須走村に出稼ぎに行く者が若干ございます。多少なりとも、大工や石工や左官の心得がある者はみんな須走村へでかけております」

伊右衛門は妙なことを言った。

須走村は富士の山焼けで最大な被害を受けた村であった。村は全焼したばかりではなく、一丈余の砂に埋まって、ほとんど人は住んではいないというのが伊奈半左衛門の頭の中にある須走村であった。

「須走村で家造りが始まったのか」

伊右衛門に訊くと、

「はい、この春からにわかに活気づき、遠くは小田原あたりから大工を入れて家造りにせいを出しております る」

伊右衛門は答えて、すぐ膝に視線を落した。

「解せないことだが」

「この夏の富士登山を見込んでの御師《おし》（富士信仰の先達）の家ばかりではなく、須走村全体が家造りに一所懸命になっております。やはりお上の力が加わると、加わらないでは、その村の気持まで違ってまいります」

お上の力と伊右衛門が洩らした言葉に、半左衛門は不審を感じて問いただしたが、伊右衛門は、よくは知らないと言って答えなかった。

須走村は古来から富士信仰の基地として日本中に知られていた。富士登山の行者や信者たちを泊める御師の家が軒を並べていた。夏の最盛期になると、この村だけに、一日千人、二千人という人が泊った。そういう御師たちには財力もあり、信者たちの支えもあるから、山焼けの被害にも負けず、家造りを始めて夏山に備えようとしているのだろう。しかし、伊右衛門がふと洩らした、お上の力という言葉の意味が半左衛門にはいくら考えても分らなかった。

翌朝、半左衛門の一行は須走村へ足を延ばした。途中まで来ると、道の砂は掃き除けられているし、浅間神社に近くなると、あちこちで新築の金槌《かなづち》や鉋《かんな》の音がした。各所で建築が始められていた。

半左衛門は異様な気持に打たれた。彼は、小田原藩の役人が書いた須走村の被害報告書の写しを読んだことがある。彼が新支配となった直後のことであった。

須走村は砂が一丈ばかり降り積っていました。村中焼け落ちてしまって、僅かに残った家の屋根だけが砂の上に出ておりました。浅間神社の鳥居は半分ほど砂に埋まっており、社殿の屋根が少し見えていました。砂に埋まったが焼けもしなかったし、潰《つぶ》れもしませんでした。名主の甚太夫の家は母屋は残ったが、土蔵は三つとも焼けてしまっておりました。（小田原市立図書館所蔵小田原藩文書の意訳）

半左衛門は浅間神社の前に立った。頭の中にあるその見分書の内容とまったく違った光景がそこにあった。浅間神社の鳥居は砂に埋まってはいなかった。社殿の周囲の砂も、境内の大木の根もとの砂もきれいに除かれていた。浅間神社は砂降りとは関係がなかったようにさえ見えた。

名主甚太夫の家では職人たちがいそがしそうに立ち働いていた。焼けて潰れ落ちた土蔵はそのままにして、別のところに新しい土蔵が新築中であった。甚太夫は前触れもなく現われた新支配伊奈半左衛門に少なからず驚いたようであった。須走村は今度の巡視見分の予定には入っていなかった。

「まずまずどうぞ」

と招じ入れようとする甚太夫に半左衛門は、お互いに多忙な時だから決してかまってくれるな。もてなしてくれようとする気持はうれしいが、それよりも、なぜこのように須走村の復興が目ざましいかを話してくれないかと言った。

「それはまず第一に浅間様の御稜威《みいつ》によるもの、富士は浅間様の御神体、御神体が昨年の暮、めぐみの砂を降らせたことによって、今年の夏は、例年の二倍ないし三倍の登山者が見こまれております。今年登山すれば、おめぐみの初砂を踏むことになります。初砂を踏めば、三十年生き延びるのでございます。信者たちはそう信じこんでおります」

甚太夫はあきれたことを言った。駿東郡五十九カ村を餓死に追い込もうとしている降砂をおめぐみの初砂とはなんということを言うのだろうか。しかし、須走村の名主甚太夫の身になって考えてやると、禍《わざわ》いを福に転じようとする気張りようはけなげでもあった。須走村の御師や神社やまた、それらの背景の中に生きる人達が考え出した起死回生の智恵とも考えられる。

「それにしても甚太夫、これだけの活気のある復興は、須走村だけの力ではあるまい」

「勿論《もちろん》でございます。お上の有難いおぼしめしがなければこのようになるわけがございません」

「お上のおぼしめしとな」

お上と言えば、伊奈半左衛門自身が名指しで言われてもいい対象でもあった。

「はい、はい、さきほど、中山出雲守様、河野勘右衛門様がお出でになったあと、寺社奉行様の御家来、藤川軍太夫様がお出でになり、よくよく御見分下された後、お上から直接多額の御手当を戴きました。その復興資金がなければ、村の力ではどうにもなるものではございません」

「お手当金の額は」

そう訊かれて甚太夫はこの話を新支配の伊奈半左衛門が知っていないことにはじめて気がついたようだった。言ってまずかったかな、というふうな小さな混乱が甚太夫の顔に浮んだがすぐ平静に戻って言った。

「およそ千八百両ほどでございます」

伊奈半左衛門は自分の気持を押えるのに苦心した。幕府は、伊奈半左衛門に災害地の支配を命じ、その一部を勝手に亡所にしたばかりでなく、亡所と指定された五十九カ村のうち須走村に救助金を出したのである。しかもその事後連絡さえしないのである。おそらくこれには、幕閣内での裏取り引きがあってのことだろうと想像された。寺社奉行は三宅備前守康雄、堀左京亮《さきょうのすけ》直利、そして鳥居播磨守《はりまのかみ》忠英の三人であった。三人のうち実力者と目されている鳥居忠英は大久保忠増の腹心と目されている人物であった。

宝永五年に幕府から須走村へ与えられた金額は「蠢余得三」によると、金千八百五拾両余となっており、「これは駿州須走村焼失につき下され候」と添え書きがしてある。

寺社奉行が富士信仰の基地須走村救済のために積極的に働くことがあってもいい。富士の山焼けを浅間様のおめぐみと称して富士信仰に結びつけ、須走村の復興を計るのもまことに結構なことである。富士登山のために諸国からこの地に人が集まって来れば、何等かの形で金は落ちる。被害村の人々はそれだけ救われるのである。そのために、須走村に優先的に復興資金を与えるというのも考え方によっては悪いことではない。しかし、駿東郡五十九カ村の新しい支配者の伊奈半左衛門になんの通告もなしに幕府が須走村に下付金を与えたことは半左衛門にとって我慢できないことであった。

（千八百両の金が須走村へ送られたとなると、当然勘定奉行荻原重秀が承認の上でのことに違いない。荻原重秀はなぜそのことを、知らせてくれなかったのであろうか。柳沢政権の四本柱の一人としての荻原重秀は自分にとってよき理解者であった。だからこそ、荻原重秀の新政策に協力して一所懸命に働いて来ている。関東郡代は柳沢派ではないかと言われるほど、自分と重秀とは近い距離にあった。それなのに）

半左衛門は、味方と思っていた荻原重秀がすうっと遠くに行ってしまったように感じた。江戸の町人を酒匂川の入札に参加させようとするその裏に、老中の大久保忠増がいたり、須走村下付金の裏に、大久保忠増の腹心の人鳥居忠英がいることから推して考えると、荻原重秀は、柳沢政権に寄りかかりながら、陰でこっそり、三河譜代派と手を握ろうとしているようであった。

（このことを柳沢吉保殿は知っているのであろうか）

半左衛門はふとそんなことを考えた。

半左衛門は須走村を出て深沢村へ向った。その夜の泊り場所は深沢村名主喜左衛門のところに予定されていた。

途中柴怒田《しばんだ》村を通過したとき、墓場へ向う一群の人を見た。墓場へ向う人たちだということは僧がいることと、その列に加わる人たちの歩きようから察しがついたが、棺桶《かんおけ》がないのが不思議に思われた。半左衛門はそのことについて名主善七に訊いた。

「あの婆は今朝方首を縊って死にました。一人死ねば、それだけ孫に余計に食べ物が与えられるだろうと言って死んだのです。既にこの月になってから餓死した者、自殺した者はこの村だけで十八名になります。食べ物もないというのに、棺桶を買う金があろう筈がございません」

善七は力のない声で答えた。

半左衛門は人の背に負われて墓場へ行く老婆の死体に眼をやりながら、今はなによりも、米を与えなければならないと思った。葬送の行列が丘の上に立った。丘の上にブナの古木があった。

「いつもの年のとむらいならあの木の上に烏《からす》が群がっておるのですが、今はこの村にはその烏さえ一羽もおりません。食べる物がないから、この村を去ったのでしょう」

名主善七はそう言って涙を拭いた。

駿府の米蔵

伊奈半左衛門は深沢村名主喜左衛門宅で勘定奉行荻原重秀あてに長い手紙をしたためた。

既に幕府の命によって亡所となった駿東郡五十九カ村の窮状を率直に述べた書状であった。

「たとえ幕府の命令によって亡所とされたところであっても、この被害地住民の窮状をこのまま黙って見過すわけには行かない。そんなことをすると、ここ二、三カ月中に千を越える餓死者が出るだろうし、そのことが他国に伝わった場合、幕府の施政を非難する声が高くなるだろう。怨嗟《えんさ》する者もきっと出て来るに違いない。これは幕府の基礎を危うくすることである。またこのような事態になった場合、現在の幕府の政治をとやかく批判的な眼で見ている大名や旗本たちが、百石について二両ずつ醵出させられた山焼け救恤金《きゅうじゅつきん》の行方はどうなったのかと口を揃えて騒ぎ出すことは必然である。この際はなにを置いても飢民を救助しなければならない。飢民は駿東郡ばかりではなく足柄上郡にも多数いることだから併せて救助したい。その米であるが、小田原藩は先に二万俵の米を放出してしまって、米蔵は豊かではないだろう。当てにはならない。取り敢えずは、沼津あたりから運ぼうと思う。沼津は現在駿府代官の支配地になっているので駿府代官能勢権兵衛に話して、取り敢えず二万俵ほど融通して貰いたいと思っている。火急の場合ゆえ、事後承諾の形になるが、この件についてお許しをいただきたい。尚、駿東郡五十九カ村のうち須走村は既に千八百両の御下付金があったようだから、今回のお救い米の予定からははずすつもりである。駿府に出立するのは明日の朝としたい」

伊奈半左衛門は荻原重秀あての手紙の最後に、須走村への下付金のことをちょっぴり書いた。御下付金があったようだがというあたりに半左衛門の不満と皮肉がちょっぴり覗いていた。

半左衛門は荻原重秀あての書状の写しを取って、みぎのような書状を荻原重秀あてに送った旨を書き添えて岳父の折井正辰あてに送った。従来ならばこんなことをする必要はなかったが、今度の件については荻原重秀の動きが信用できないからそのようにしたのであった。折井正辰に知らせて置けば、正辰の口から大老の柳沢吉保に、現地で苦労している半左衛門のことが伝わるだろうと思った。

酒匂の伊奈陣屋にいる家老の永田茂左衛門にも使いをやって駿府代官のところへ米を

貰いにでかけることを伝えた。取り敢えずの米の出所を駿府に求めたのであって、当然この米の代金は幕府から現金で支払われることになる筈だと書き添えた。

駿府に向って出立の朝になって半左衛門は名主喜左衛門を呼んで言った。

「そちのせがれの佐太郎を駿府まで供の者として連れて行きたいが異存はないだろうな」

連れて行くからいま直ぐ支度をしろという命令だった。

「代官様、うちの佐太郎を……」

なぜ佐太郎の名前を知っているのかと喜左衛門はまずその疑問から先に出した。佐太郎はまだ伊奈半左衛門に眼通りしてはいなかった。

「山北村の名主理左衛門から、佐太郎のことは聞き及んでいる。なかなか気の利いた若者とのこと、そういう者を一人連れて行きたい。もし駿府代官が、ここら当りの窮状を知りたいと申した時には佐太郎に説明させよう。しかし、それはその時のことで、供というのは主に馬の世話だが心得ておるかな」

半左衛門は眼で笑った。なんの馬の世話ぐらい。そんなことはちゃんとできるように、教えこんでありますよと不満そうに見上げる喜左衛門に半左衛門は重ねて言った。

「駿府に米貰いの掛け合いに行くことは他には洩らすな。期待が過ぎると、その反動は大きいものだ。一度、亡所と決定されたこの地を生き返らせるには、何人かが生命をかけねばならないだろう。そちたち名主もいまが一番つらい時だと思うが、肝をすえてこの難関を突破して貰いたい」

喜左衛門は、なにか眼頭が熱くなる思いだった。亡所となった地を生き返らせるには何人かが生命をかけねばならないと言った、その何人かの中にはこの伊奈半左衛門が入っているのだぞと言われたような気がした。もっともらしくなくごく自然にさらりと言ってのけたその言葉の奥に隠されている伊奈半左衛門の決意が喜左衛門には痛いように感じられた。

突然駿府への供を命ぜられた佐太郎は、信じられない気持でいたが、そのことがほんとうだと分ると、既に旅支度を終って庭に出て富士を眺めている伊奈半左衛門の前に手をついて、何度となく頭を下げた。なにか言っているが言葉にはならなかった。

「美しい富士山の横顔に大きな疵《きず》ができたものよなあ」

半左衛門はその佐太郎にちょっと顎《あご》を引いただけで名主喜左衛門に向って言った。五合目あたりから七合目にかけてできた噴火のあとは生々しい赤い地肌を見せていた。

「疵だとか瘤《こぶ》だと思うと醜くも見えるけれど、富士山の御殿場口に、新しい一つの山が出来《しゅったい》したと思えば、そう腹も立たないな」

半左衛門が言った。なるほどさようでございますと喜左衛門はそれに応じたあとで、

「それでは代官様、あの山焼けによって出来た山に名前をつけていただけませぬか、村の者は焼山とか、赤焼山とか言っていますが、どうもぴったりいたしません。だいたい、焼山などという名前は、あの時のことを思い出して、けっしていいものではございませ

ん」

喜左衛門は腰を延ばしながら言った。

「宝永山としようではないか、後世しばしば年号は変るだろうが、宝永年間に火を噴いた山として、永く永く世に伝えられるであろう」

伊奈半左衛門は宝永山と名付けたその山よりもはるかに高い富士山の頂に眼をやった。雪はまだ残っていた。

伊奈半左衛門の一行は沼津に向った。幾日も砂道ばかりを歩かせられて来た半左衛門は深沢村を出て、一里少々歩くと急に砂が少なくなったのに驚いた。

「ここらあたりを境にして南側はほとんど砂が降ってはおりません。馬の背を分ける夕立という言葉がございますが、馬の背を分ける降り砂ということは聞いたことがございません。しかし実際は馬の背を分けるように、はっきりと境ができております」

そこまで送って来た喜左衛門が半左衛門に言った。そこから半左衛門は馬に乗った。馬上から眺めると砂降り地の境界がはっきりと見えた。灰色の砂降り地と密着している緑の草地では、馬がのんびりと若草を食んでいた。地獄と極楽が境を接しているような光景だった。

喜左衛門は深良村まで半左衛門を送って来て、そこから真直ぐ深沢村へ引き返して行った。

深良村名主仙右衛門の家には立寄らなかった。そんな気は毛頭なかった。仙右衛門の方から、仲人を通して、佐太郎と娘まつとの婚約を破談にしたいと申し込んで来たからだった。山焼けで被害を受けた上、亡所と決定された村へなぞ娘をやれば、娘が生涯苦労することは眼に見えていたし、とても祝言なぞ挙げられるような状態ではないからであった。喜左衛門の家ばかりでなく、被害村とかかわりのある縁談はすべてこわれてしまっていた。当然なことであった。喜左衛門は別に仙右衛門を憎んではいなかった。しょうがないとあきらめていたが、仙右衛門の家の前は横を向いて通った。

半左衛門の一行は沼津にその日の午後に着いた。宿に落ち着くのにはまだはやい時刻だったが、半左衛門は西本陣の間宮新右衛門宅に宿泊した。

西本陣に着くと直ぐ半左衛門は、佐太郎に千本松原へ行って、つる一家の様子を見て来るように命じたあとで、

「ついでに、駿東郡から沼津へ働きに来ている者たちの消息をできるだけくわしく聞いて来るように」

と言いつけた。

佐太郎には半左衛門の家来から若干の金が渡された。半左衛門が気を配ったのである。

佐太郎は千本松原に走った。汐《しお》の匂いを嗅《か》ぐと、いつぞや納屋でつると一夜の逢瀬を過した時のことを思い出した。もしかしたらつるはまだ駿府へ行っていないかもしれない。そうあってくれるように祈っていたが、つるはもうそこにはいなかった。つるだけではなく、つるの弟の新吉も、その妹のよねまでもいなかった。つるの父親の与兵衛と

母のもんは佐太郎の顔を見ただけで涙を流した。つるは駿府の安倍川の茶屋へ奉公に、新吉は三保村の大百姓のところに作男見習い、そしてよねはその家の子守として出て行った。口減らしのためであった。

佐太郎は沼津の町に戻った。二、三の人に訊くと被害村の男たちのいる場所はすぐ分った。三枚橋町、本町、上土《あげつち》町などの町なかに働いている者はごく少なく多くは町はずれの宿場人足のたまり場にいた。

沼津の町は宿場町として栄え、本陣が三軒、脇本陣が四軒、旅籠《はたご》屋が八十軒、茶屋が十五軒、仮本陣と称する家が三軒もあった。町の経済は宿場を中心として動いていた。箱根をひかえての宿場の特徴として馬方、駕籠舁《かごかき》そして舟問屋に使われている人足などが多かった。被害村から出て来た男たちも、多くはそのような職についていた。

佐太郎が宿場人足のたまり場へ一歩足を踏み入れると、酒気を帯びた人相のよくない男が、ひょいと横道から出て来て、佐太郎の胸ぐらをつかまえて言った。

「やい、きさまここになにしに来たのだ。この寅吉に挨拶もしねえで通り過ぎるってほうがあるか」

からんで来られて困っていると、

「佐太郎さんじゃあないか」

と声を掛けて来た者があった。深沢村から出て来ている長吉という男であった。長吉は寅吉に、この男はおれの知り合いだから許してやってくれとわたりをつけてから、佐太郎を路地の外へ連れ出した。

「佐太郎さん、なんだってこんなところへ一人で来たのだね」

長吉は、その宿場人足の溜り場がまるで恐ろしいところのようなことを言うのである。

「ここじゃあ、話ができねえ」

長吉は佐太郎を茶店に誘った。二人は早口で情報を交換し合った。村が亡所の宣告を受けてからそのままであることを佐太郎が話すと、

「やっぱり村へは帰れねえのか」

と長吉は頭をかかえこんだ。

「それで長吉さん、仕事の方はあるのかね」

「仕事はある。銭も入る。しかし、ふところはいつでも空っ風が吹きとおっている。そういう仕組みになっているのだ」

と長吉は言った。

宿場人足の長屋に入るには、仲介人、人足元締め、人足組頭とそれぞれにしかるべき金を納めねばならぬ。金の持ち合せがない場合は前借りとなり、それに高利がかかって来る。働いても働いても吸い取られるようになっている。働きがよくて少し余裕ができると、仲間たちの博奕《ばくち》に引きずりこまれる。やらないと仲間はずしにされる。そうなると仕事が貰えないからつい手を出す。その次に酒と女がつき合いの形で待っている。

「佐太郎さんや、おれはここに来てふたつきにしかならないが、向う三年間は足を洗え

ないようになってしまった。深沢村のおふくろさんや幼い弟妹たちになにか買って届けてやろうと思っても、その余裕はないのだ。こうと分っていたら、村にいて飢え死にした方がましだったかもしれない」

長吉は手拭いで涙を拭いた。

「佐太郎さん、あんたが代官様のお供になれたなら幸いだ。なんとかしてわれわれ百姓が村に帰って百姓ができるように話しては貰えぬか、おれ一人だけじゃあねえ、みんなそのことだけが望みで生きているのだ」


夕食時近くになって西本陣間宮新右衛門がおそるおそる伊奈半左衛門の前に出て、沼津在駐の駿府代官手代浜田平左衛門が挨拶に来たことを知らせた。

「お通し申せ」

と半左衛門は言った。言わざるを得なかった。そう言って置いて、浜田平左衛門という男には気が許せないぞと思った。沼津のような大きな宿場の本陣には、勅使、院使、大名、公家《くげ》、門跡《もんぜき》など身分の高い者がちょいちょい泊る。代官手代がいちいちその人たちに挨拶はしきれないし、挨拶される方も迷惑なことである。だから、街道筋の諸藩や直轄領ではいっさいこのようなことはしないでもいいことになっていた。しかし、中には、その地を通過するのをよい機会にして、権威に近づこうとして、土地の名産を贈ったり、接待したり、伺候したりする者がいた。浜田平左衛門が挨拶に来たというのは伊奈半左衛門が、駿府代官の支配地の沼津と境を接している駿東郡の代官であるから、一応、礼をつくして置こうという腹づもりにも思われるし、今回の旅行の目的を知りたくて窺《うかが》いに来たとも思われた。半左衛門にしたらどっちにしても面倒なことであった。

浜田平左衛門は、武士になるより商人にでもなった方がいいような人物であった。挨拶や言葉使いは武士の作法にかなったものであるけれど、受ける感じが武士とは全く違っていた。まことに調子のいい受け応《こた》えの中に相手の心をさぐるような言葉が出たり、上目使いに見る眼つきには油断できないものがあった。

「して……この度はどちらまで」

思っていたとおり、平左衛門は旅の目的を訊いた。半左衛門にしてはなにげなく、問いかけられたその質問を無言でやり過すこともできたし、とぼけることもできた。しかし、結局は駿府代官の了解を得て、米を借りることになるならばこの沼津の代官手代が管理している米蔵だろうし、もしここでは米の融通がつかずに他所から運ぶとすれば、海路を利用して沼津に荷上げすることはほぼ間違いない。そのことも考えて置かねばならなかった。

被害村の駿東郡、足柄上郡の百姓たちが砂との戦いに勝って自活できるようになるには十年二十年とかかるかもしれない。その間の救助米の運送路として、沼津の港を無視することはできなかった。

「まず駿府の能勢殿に話して、その帰途浜田殿にお話し申そうと思っておったのだが、お目にかかったのだから、おおよそのことはお話し申そう」

　半左衛門は、駿東郡五十九カ村の窮状を話し、一日もはやく米をやらないと、餓死者が多数でるだろうことを語り、緊急処置として米を借りたい旨を述べた。大筋だけ述べてこまかいことは話さなかった。

「たしか駿東郡五十九カ村は亡所になったと聞きおよびましたが」

　浜田平左衛門は狡猾《こうかつ》な眼を動かしながら言った。

「いかにも、亡所と決定されたが、行きどころがなく餓えている人民がそこに居るならば救ってやらねばならないでしょう。亡所と決定されたとしても、駿東郡五十九カ村は小田原藩から幕府へ返地公収された段階において幕府直轄地となったものである。亡所となっても、行きどころのない人民を亡民とすることもできないし、幕府の威信にかけても棄民《きみん》とすることはできないであろう」

　半左衛門の言葉は尻上りに高くなった。浜田平左衛門の心の中が見えすいて来たからだった。亡所になったのに、なぜお救い米など与えるのかと、下端《したつぱ》役人のような質問を発して、その言いわけを聞こうとしている様子がありありと窺い取られたからであった。

（こやつ、駿府の代官に内報するな）

　半左衛門はそう思った。

（おそらく、今宵のうちに、飛脚を出して、明日のうちには今言ったことが駿府代官の耳に届いているだろう。結構だ。その方が話がやりやすくてよろしい）

半左衛門は度胸を決めた。

「よくわかりました。さすがは代々関東郡代として六十万石を御支配なされる伊奈様の、民をいつくしむお考え、浜田平左衛門、身にしみてありがたく受け取りましてございます」

関東郡代として六十万石を支配していたのは、先々代までで、現在は支配高四十万石であることを知っての上で、すっとぼけた言い方も半左衛門の気にさわった。が、そんなことはどうでもいい、ここは素直に帰って貰いたいと、心待ちしている半左衛門に対して浜田平左衛門は一膝乗り出して言った。

「代官手代を相務めまする身分として、伊奈様にお目にかかることができたことは身に余る光栄と存じます。これはまことに恐縮至極のことでございますが、お近づきのしるしとして、別室にて一献差上げたいと思いますが如何でございましょうか」

明らかに平左衛門はつけ入って来た。このまま、その招待を受ければ、なにを言い出すか分りはしない。半左衛門には毛頭、饗応《きょうおう》を受ける気はなかった。

「いやお心はありがたく頂戴いたす。しかし、まだ旅についたままの身体、今日はこれにて失礼いたしましょう」

と軽く逃げようとする半左衛門を平左衛門は尚もとらえてはなさなかった。

「よくわかりましてございます。ではお帰りの時のことといたしましょう。さて、話はちと手前みそになりますが富士の山焼け以来、駿東郡諸村より、沼津付近に出て来た者が多数おり、一時はその処置にも困っておりましたが、これらの者には積極的な保護を与え、近ごろようやく落ち着いたようでございます。今後も尚、人の移動は続くと存じますが、できるかぎり救済策を取りたいと思っております」

今度は売りこみであった。代官手代として才能のあることを示そうとしているのである。伊奈半左衛門はやり切れない気持になった。

「浜田殿、これは嘘かほんとうか調べてもないし、調べることもできないことだから、ただの話としてお聞き取りになっていただきたいが、駿東郡から流れ出してこの地で働いている百姓どもの多くは重い枷《かせ》に喘《あえ》いでいるとの噂を御存じかな」

半左衛門は佐太郎から聞いたばかりの話を平左衛門の前で話した。佐太郎の名も長吉の名も出さず、駿東郡の村を見分中に聞き知ったことだとした。

「いろいろ、事情はあるだろうし、溝《どぶ》の水をにわかに綺麗《きれい》な水にかえようとしても、それはかなわぬことでしょう。しかし山焼けのためにどうにもならず、なんとかして一家の危急を救おうとして働きに出た百姓共が、たちまち人足部屋の食い物になり、借金の枷に苦しんでいるという話はまことに気の毒である。もしそのようなことがあったならば、浜田殿の手で救い上げてやっては貰えぬか。この地へ働きに来たものは、三食のうち一食でもいいから節約して、飢えに泣いている親や弟妹に仕送りしたいと願っている者ばかりだからのう」

浜田平左衛門は次第に頭を下げて行った。宿場人足の長屋でそのようなことが行なわれていることは百も承知していた。しかし、そこまで代官手代が口を出すべきではないと思っていた。代々の代官手代が手をつけないことを、自ら進んで火中の栗《くり》を拾うようなことはすべきでないと考えていた。

「よく分りました。早速調べさせまして、御期待に添うようにいたします。しばらく御猶予のほどをお願いいたします」

浜田平左衛門は神妙な顔をして、伊奈半左衛門の前を去った。来た時と帰る時ではまるっきり違った顔だった。

代官手代浜田平左衛門はその夜のうちに三通の書状を書いた。書き上げ次第早飛脚を立てて駿府に知らせた。

駿府代官能勢権兵衛は、沼津の代官手代浜田平左衛門の書状を読んでむっとしたような顔をした。

「右から左にとそう簡単に米を動かすことはできるものではないわい」

能勢権兵衛はそう言いながらその手紙を用人の山岡郡太夫に渡した。

駿府町奉行水野小左衛門は眉間《みけん》の縦皺《たてじわ》をいよいよ深くしながら、浜田平左衛門の書状を読んだ。書状には、伊奈半左衛門が駿府紺屋町の米蔵の米を貰いに行くいきさつがことこまかに書いてあった。

駿府城代青山幸豊は面倒なことが嫌いな男だった。伊奈半左衛門が、米を貰いに行くという書状を読んで、城内の米蔵の米が何俵あったかなと家来に訊いた。訊いたあとで、伊奈半左衛門が狙《ねら》っているのは、紺屋町の米蔵であることに気がついてほっとした。
沼津代官手代浜田平左衛門は処世術にたけた男だった。駿府代官の手代でありながら、駿府の三支配のうち他の二支配に媚《こび》を売ることを忘れてはいなかったのである。

駿府に一歩足を踏み入れると江戸の匂いがした。かつてここに小ぢんまりとした駿府文化の花が咲き、実り、そしてその種子が風に吹かれて江戸に飛んでいって、江戸いっぱいに花を咲かせたのかもしれない。駿府の発達史と江戸の発達史とを頭の中で描きながら、伊奈半左衛門は紺屋町の駿府代官邸に入った。

能勢権兵衛は伊奈半左衛門の書状を持った使者と、沼津の代官手代浜田平左衛門の連絡によって伊奈半左衛門が来ることを知っていたから彼を迎える準備はちゃんと整えていた。相手は関東郡代の要職にあり、多くの代官の中で最高の地位にある人だ。疎略な扱いはできないと思っても、能勢権兵衛は伊奈半左衛門に対して特別なもてなしは用意してなかった。

「適当にして置けばいいのだ」

権兵衛は用人に言って、かえって、用人や家来たちをあわてさせたほどであった。
伊奈半左衛門が到着した夜も、宴席の用意など設けなかった。挨拶は、ごく当り前のものでしかなかった。

（能勢権兵衛という男は変った男だわい）

と伊奈半左衛門は思った。このごろ眼に見えて浜田平左衛門的な性格の代官が多くなって行くのに駿府代官の能勢権兵衛は一時代前の代官の性格をそのまま持って生れた人物のように思われた。

翌朝、伊奈半左衛門は、公式に能勢権兵衛と会って、山焼けの被害にあった諸村の窮状を説明し、更に亡所の宣告を受けた駿東郡五十九カ村の飢民について言及した。

「たとえ亡所とされた土地に住む人民であったとしても、その人民まで亡民とされたのではない」

というと、能勢権兵衛は、

「ましてや棄民などということは、幕府の威信にかけてもできないと申されるのであろう。同感でございます。しかし、その飢民を救うために駿府の米蔵を開けろと申されても、それは駿府代官の一存ではできないことでございます」

権兵衛は、半左衛門が米をくれと言い出す前に機先を制した。浜田平左衛門の知らせがあったからである。

「それは充分に承知しているけれど、なにぶんにも火急のこと、一日遅れると一日遅れただけ餓死者が出る。幕府からの許可を待ってそれからということになると、みすみす殺さないでもよい者を殺してしまうことになる。既に幕府にはこのことは知らせてある。事後承諾の形式になるだろうが止むを得ないことだと思う。すべての責任はこの半左衛門が負うから取り敢えず二万俵の米を借用させていただきたい」

伊奈半左衛門は辞を低くして言った。

「なんと言われようとも、それはできないことでございます。幕府からの許可がないかぎり、米蔵の米は一粒たりとも処分できないことは、伊奈様御自身がよく御存じのことと思います」

能勢権兵衛はけっして妥協しようとはしなかった。このように能勢権兵衛が頑《かたく》なに、こばんだ裏には、別な理由があった。

能勢権兵衛は、柳沢吉保が政権を握るようになって間も無く、勘定奉行の荻原重秀が代官の粛正に乗り出した。その代官恐慌《きようこう》時代の風の冷たさを身にしみて覚えている。荻原重秀は代官の不正を摘発したばかりでなく年貢取り立てがいささかでもゆるやかだとみると遠慮会釈なく懲罰に付した。荻原重秀が勘定奉行になって以来この政策の犠牲になった代官の数は枚挙に遑《いとま》のないくらいだった。能勢権兵衛はその荻原重秀の代官粛正政策を陰で煽《あお》っていた者は関東郡代伊奈半左衛門であるという噂を信じていた。伊奈半左衛門が、柳沢吉保の腹心である大目付折井正辰の娘を妻にしていることも、柳沢派の一人だと疑われる原因となっていた。粛正にあった代官の内の半数は、百姓の苦境を見て、年貢の取り立てをゆるやかにしてやった人間味のある代官だった。冷酷な代官が讃《ほ》められ、民百姓の味方となった代官が罰を受けねばならないような結果に終った代官粛正に、権兵衛は少なからざる怒りを覚えていた。能勢権兵衛は半左衛門がなんと頼んでもうんとは言わなかった。

「これほど頼んでも駄目ならば、いたし方がないこと、ほかの手を考えよう。いろいろと無理を言ってすまなかった」

とても駄目だと見ると半左衛門は、意外なほど冷静に退いて行った。予期していたように、高びしゃに要求を押しつけることもなかったし、脅迫《きょうはく》めいた言葉や、皮肉さえも洩らさなかった。半左衛門のその古武士的な退き際のあざやかさに権兵衛の方が戸惑ったような顔をした。

「お互いに代官という職にある者はつらいものだ。死ぬまで人民と幕府との間で苦労しなければならないのが代官だ」

半左衛門は憮然《ぶぜん》として言った。その一言が能勢権兵衛の心を衝いた。考えていた半左衛門とはいささか違うようだと思った。

「ほかの手を考えると申されましたが、それはどのようなことでしょうか」

権兵衛が訊いた。

「関東から沼津へ米を回航させる手だてしか残ってはいない。それも直ぐというわけには行かないだろう。その間に何千人もの人は死ぬ」

半左衛門は悲しそうな顔をした。

「あきらめずにしばらく此処で御待ちになったら如何でしょうか、火急のことゆえ、幕府からも早馬を立てて、しかるべき御指示があるものと思っております」

権兵衛はこの場合、それぐらいのことしか言えなかった。

「近江守（荻原重秀）殿がそこまで気を利かしてくだされたらよいのだが常識で考えるとお許しが出るまでには少なくとも十日はかかると見なければならないだろう。とても十日は待ってはおられない」

半左衛門は深い溜め息をついた。

しかし、伊奈半左衛門は一日だけは駿府に滞在することにした。待ったところで米を動かすことの承認が江戸から来るものとは思えなかったが、能勢権兵衛が是非滞在してくれというのを無視することもできなかった。半左衛門は、能勢権兵衛と交渉した結果を江戸へ知らせてやろうと思った。江戸からの許しがない限り、駿府代官としてはどうにもならないということを、勘定奉行の荻原重秀に強く書き送ってやろうと思った。

一日滞在の腹が決ると、半左衛門はすぐ佐太郎を呼んで申しつけた。

「駿府の町には駿東郡から出稼ぎに来ている者があるだろう。その者等の消息を調べてまいれ、明朝の出発だから、それまでに帰ってくればよろしい」

明朝の出発までに帰れというのは、事情によっては一晩泊って来てもよいという心使いであった。

「さあ、はよう行け」

佐太郎は、半左衛門のその言葉が早く行ってつるに逢って来いと言われたように思われた。

佐太郎は安倍川の渡しに向って急いだ。つるに会えると思うとうれしくてしようがなかった。沼津で用人から貰った金はほとんど使わずに懐中にあった。代官様のお供だから、身ぎれいにしなければならないと、半左衛門の家来たちに言われて、ひげはきれいに剃《そ》ってあった。佐太郎はわが身をふりかえりながら、このおれを見て、つるがどんなに喜ぶだろうかと思うと、思わず笑いがこみ上げた。

安倍川の渡し場近くには茶店が数軒並んでいた。どの茶店も、似たような大きさで、それぞれ売り物の名物を書いた幟《のぼり》が、風にひるがえっていた。よしず張りの囲いが街道に向っておおらかに開かれて、その中の縁台に腰をかけて、ゆっくりと茶を飲んだり名物の餅を食べている旅人の姿があった。

つるは佐太郎の顔を見ると、あまりの驚きのために、手に持っていた茶の盆を危うく取り落すところだった。やっと踏みこたえて、茶を客に出した後で、佐太郎のところへ小走りに寄って来て、

「佐太郎さん……」

と言ったが、あとは涙ばかりで声が出なかった。奥にいた、おかみさんが、その様子を見て、不審な顔をした。佐太郎はつるに迷惑を掛けてはならないと思ったから、自分の方からおかみさんのところへ行って、

「駿東郡深沢村の名主喜左衛門のせがれで佐太郎と申します。つるが御厄介になっていてまことにありがとうございます」

と丁寧に挨拶した。おかみさんはそれでどうやら佐太郎の身分は分ったが、尚疑念を

持っているようだった。

「代官様のお供で駿府まで参り、お許しを得て出て来たところでございます」

と佐太郎がつけ加えると今度はつるの方で驚いた。

「佐太郎さん、代官様のお供の衆に出世なさったの」

それには佐太郎も答えようがなかった。

「そうですか、それはそれはよくまあ来てくださったこと。どうぞ、ごゆっくりとつるさんと話して行ってください」

茶店のおかみさんが佐太郎に言ってくれたので、二人はほっとした。客はひっきりなしに出入りしていた。つるは、雪溶け水で安倍川の水が増しているから、渡し場はたいへんいそがしいとか、深沢村の五郎吉が渡し場で働いている話などした。佐太郎を見たとき涙ぐんだつるも、佐太郎が、明日の朝は駿府を立たねばならないが、それまでは自由にしていていいという許しが出たことを告げて、

「つるさんは外へ出て泊ることができるのか」

と誘いをかけると、つるは首筋まで真赤にして足もとを見詰めていたが、やがて顔を上げてはっきりと言った。

「おかみさんにたのんで見るわ、もうなにも隠すことないものね」

つるは変ったなと佐太郎は思った。人前に出て働くようになるとこうも強くなるものかと思った。佐太郎は、代官様にたのまれた仕事をしに出掛けるがこの茶店がおしまい

になるころまでにはきっとここに帰って来るとつるに約束して茶店を出た。

深沢村の五郎吉は渡し場で働いていた。一仕事して来たところに声を掛けると、

「つるに会いに来たのか、たいした御執念だなあ」

と言った。佐太郎と五郎吉はその後のことをお互いに話し合った。佐太郎がこの渡し場で働いている駿東郡出身者のことを訊くと、

「全部で二十五人ほど居るかな、この近くの弥勒《みろく》という人足の溜り場に長屋を借りて、みんなで暮している」

「駿東郡出身者だけがまとまって暮しているのか」

「そうだ。そのようにしろという町奉行様のお達しがあったのだ」

駿府町奉行水野小左衛門は山焼けにあって出て来た者を一つ長屋に住まわせるように手配した。そのために、沼津の人足部屋に入った長吉のような眼にあっている者はいなかった。

「借金はないが、食うのがせいいっぱいというところだ。しかし、そのうち仕事の要領を覚えて来れば、いくらか仕送りもできるだろう。酒や女や博奕《ばくち》の誘いは多い。よほどしっかりしないと身を持ち崩す。そうならないうちに村へ帰りたいものだ」

と五郎吉は言った。

つるが待っている茶店に帰ると、もう店は閉めてあって、つる一人がいた。つるは佐太郎が入ると、さっさと内側から戸締りをしてから、

「毎晩、ここの留守番をしているおじいさんが、今夜の留守番を私と佐太郎さんに譲ってくれたのよ、ここには佐太郎さんと私だけしかいないんだわ。二人だけになれたのよ」

つるはそう言うといきなり佐太郎の胸にむしゃぶりついて、声を上げて泣きだした。会いたかったとか、もう会えないと思ったとか、つるはしきりに言うのだが、佐太郎には、そんなことは耳に入らなかった。つるの熱い体温だけが伝わって来た。佐太郎の頭の中からすべてが去った。彼はつる一人の存在に身を焼き尽す思いでつるを抱きしめた。

酒匂川氾濫

翌朝早く佐太郎は紺屋町の代官屋敷に戻った。馬の手入れをしていると、

「佐太郎、よく精が出るな」

と半左衛門に声を掛けられた。半左衛門が早起きのことをよく知っている佐太郎だったが、まさか今ごろ起きて来ようとは思いもかけないことだった。半左衛門の履物が露に濡《ぬ》れていたから、代官邸の広い庭をひとまわりして来たついでに、厩舎《うまや》へ足を延ばしたのだなと佐太郎は思った。或いは外泊を許した佐太郎のことを心配して見に来たのかもしれなかった。佐太郎は半左衛門の前に手をついて朝の挨拶をしたついでに、きのう調べて置いた駿府に流れこんでいる災害地の百姓のことを報告した。

「さようか、駿府町奉行が保護を加えていてくれたか」

半左衛門は思いもかけない恩恵にあずかった者のように、低い声でありがたいことだ

と言った。

「よく調べて参ったぞ、佐太郎。このまま帰ると伊奈半左衛門は礼儀知らずの侍と言われるところだった。今日の出立は見合せて、駿府町奉行、水野小左衛門殿のところに挨拶に行くことにしよう。となると駿府城代青山信濃守幸豊殿にも黙っているわけには行かないだろう。出発は明日とする」

半左衛門は佐太郎にではなく、そこに出て来ている家臣の遠山郡太夫に言った。

出発は一日延期となった。

半左衛門は朝食が終るとすぐ町奉行所に行くことにした。代官屋敷と町奉行所とは呼べば声が届くほどのところにあった。歩いてもすぐだったが、体面上、半左衛門は馬に乗った。正式訪問の場合は供揃えはきちんとしなければならなかった。佐太郎は小者の一人として従った。

駿府町奉行の水野小左衛門は伊奈半左衛門の突然の訪問にひどく驚いた。まさかと思っていたのが、正式に挨拶に来て、富士の山焼けによって難渋している駿東郡の農民たちに特別な庇護《ひご》を与えられてありがたいと丁重に言われると、また面食らった。水野小左衛門はそんなこまかなことは知らなかった。駿東郡から流れこんで来た農民たちを一つの小屋に収容するように命じたのは水野小左衛門の部下のしたことであった。しかし、水野小左衛門は知らないことを知ったような顔をして、

「これはこれは御丁寧な御挨拶いたみいりまする。山焼けによって食いつめて流れこん

で来る駿東郡の者は、男女にかかわらず今後とも、特別に保護を加え、一日も早くそれぞれ帰村させるように取り計らう所存にございますから、どうぞお気づかいなさらぬように」

と立派な口を利いた。水野小左衛門はまことにいい気持だった。相手は四十万石を支配する関東郡代伊奈半左衛門である。その半左衛門に駿府町奉行の大きなところを見せてやっているつもりだった。

水野小左衛門は伊奈半左衛門を町奉行所の門の外まで送り出した後で、家来を呼んで、駿東郡から流れこんで来た百姓を一つの長屋に起居させる処置を取った者が誰であるかを訊《き》き、その関係者を讃《ほ》めた。

「今後も、その気の毒な百姓共の面倒を見てやれ。山焼けの被害は思いのほか深刻なものだそうだ。そのうち身売りして来る女も出て来るであろう、やはり気を配ってやるがよいぞ」

と言った。水野小左衛門はたいへん機嫌がよかった。小左衛門に讃められた家来たちも嬉しかった。

「やはり、関東郡代ともなると眼が高い、ちゃんと見るべきものは見て取って、挨拶に来られる。同じ代官でもそんじょそこらの代官とはわけが違うわい」

讃められた家来がいい気になって口を滑らせた。奉行所の役人と代官に仕える役人とはどうも仲が悪い。幕府の駿府三支配の方針がそのまま下層にまで反映しているのか、互いに反目している向きがあった。目立って衝突を起すようなことはないが、出先で口論することなど珍しくはなかった。

「さよう駿府代官はどう心得ておられるのかな」

水野小左衛門は家来たちの話を小耳に挟《はさ》むと、すぐ駿府代官能勢権兵衛のことを思い出して言った。

「どう心得ておられるかと申されると」

家臣の平岡啓之進が訊いた。

「関東郡代が駿府町奉行所へ挨拶に来られるというならば、当然駿府代官が案内に立つべきであろう。もし、半左衛門殿が案内を辞退されたというならば、あらかじめ使いをよこして、これから関東郡代伊奈半左衛門殿がそちらへ行くからよろしくと知らせて来るべきである。なにもせず知らん顔をしている能勢権兵衛殿はどう心得ておられるのかと言ったまでのことだ」

水野小左衛門はそう言っているうちに、ほんとうに腹が立って来た。駿府代官、能勢権兵衛という男はよくよくのひねくれ者だと思った。相手がそのつもりなら、こっちだって考えがある。そんなふうにも思うのである。

駿府城代青山信濃守幸豊は、伊奈半左衛門を丁重に迎えた。

「米のことですか。それはそれはたいへんなことですな。幕府からの命がなければ、駿府代官も米蔵を開けることはできないし、その命令を待っている間に飢えた農民は死んで行くでしょうからのう」

幸豊は、いかにも半左衛門に同情したようなことを口ではいいながら、心では同情など全然していなかった。半左衛門がやっきになって、災害地へ米を送ろうとしていることが幸豊には不思議に思われた。城代は城を守るべき職であり、民を治める職ではないという気が頭にあった。駿府城内の米蔵には向う一カ年分の米があった。古米から先に食べているのだが、勤番の武士たちが、古米はまずいまずいと文句を言っていた。その米をどれほど苦労して百姓が作っているか知ろうともしなかった。兵農分離してから長い年月が経っていた。武士と農民との間には大きな間隙《かんげき》ができていた。

その日の夕刻、佐太郎は許しを得て、つるのところに走った。茶店が閉じられようとしているところだった。出立は明日の朝で今夜も外泊を許されたと佐太郎がいうと、つるは頬を赤らめて喜んだ。

「若いうちは、その一晩が一生涯忘れることのできないような極楽の思い出になるものです」

と茶店のおかみさんは、二人の間を取り計らってくれた。

二人だけになってから、つるは佐太郎の胸の中で甘えたり、泣いたりした。佐太郎にこのまま駿府に留まったらどうかなどと言った。留まったところで、佐太郎にできる仕事と言ったら、駿東郡から来ている百姓たちと同じように、渡し場の人足ぐらいのものであった。つると二人で所帯は持てなかった。そんなことははじめっから分っているのにつるはそれを口に出すのである。

「おせんさんが駿府に来ているそうよ」

つるが意外なことを言った。

おせんが駿府の旅籠《はたご》の飯盛女として働いているという話をつるが聞いたのは、その日の昼ごろだった。通りすがりに深沢村の五郎吉が話したのである。五郎吉も聞いたばかりのようであった。

飯盛女というのは旅籠に付いている売春婦のことであった。駿府二丁町《にちょうまち》の遊女屋の遊女のように本格的なものではなく、飯盛女の方がやや自由性が認められていると言われていたが、ひとたび、そういうところに足を踏みこむと抜けられないのが常識となっていた。

「おせんさんがねえ」

佐太郎は、新橋村の代官詰所に働いていたおせんが、そこを辞めた直後に一度会ったことがあった。

「これからも、村の娘たちがどんどん売られて来るかもしれない」

つるは悲しそうな顔をした。身売りをしなければならないような状態に追いこまれていく水呑百姓たちの娘の行く末が見えるようだと言った。

「私たちきょうだいは幸福《しあわせ》の方よ」

とつるは言った。売られて来たのではなく、働きに来ているのだとつるは強調したいような口ぶりだった。

「でも、いつまでもつるさんを此処には置いとけない。つるさんは綺麗だから、はたが放ってはおかぬ。つるさんだって、何時、どんなことで心変りがしないとも限らない」

佐太郎が言うと、つるは、ひどいひどいと涙を流して怒った。そのつるを佐太郎は抱きしめて言った。

「つるさんを深沢村へ迎えられるのは何時のことだろうか」

外は暗くなったが、二人は暗闇の中に抱き合ったままでいた。この次、何時会えるのかふたりには全く予測がつけられないことであった。これが最後かもしれないと思うと、またひとしおはげしくふたりは相手を求め合うのである。

半左衛門の一行が江戸からの使者に会ったのは三島を出て箱根峠にさしかかったところであった。使者は伊奈半左衛門と駿府代官能勢権兵衛あてにそれぞれ一通ずつの書状を持っていた。老中、井上河内守正岑がさし出したものである。

半左衛門は急いで書状を読んだ。駿府紺屋町の米蔵の米二万俵を駿東郡の災害地へ回送するように命令したから、その受け取り方と分配についてはよきようにせよという指令であった。

使者は半左衛門に一礼すると、ご免と一言あとに残して馬に鞭《むち》を当てた。使者が持っている能勢権兵衛あての書状の内容は見ないでも分っていた。米二万俵を放出せよという命令書である。

半左衛門は同行中の家臣、遠山郡太夫を駿府にやって米の受け取り方について打ち合せて来るように命じ、そのすぐ後に佐太郎を呼んで言った。

「駿府の米蔵から米二万俵が回送されて来る。そちは、この足で深沢村へ帰り、名主喜左衛門にこのことを伝えよ。いずれ米は清水湊《しみずみなと》から海路沼津へ送られて来るだろう。その時の馬の手配など、ぬかりないよう各村の名主へ伝え置くように。もうしばらくの辛抱ぞと半左衛門が申していたと伝えよ」

佐太郎は何度か礼を言った。立ち去ろうとする佐太郎に半左衛門は再び声を掛けた。

「困ったことがあったら、酒匂の代官陣屋へ参れよ」

佐太郎は帰路を急いだ。半ば走っていた。深沢村について、父喜左衛門の顔を見たとき、

「お救い米が来る」

とひとこと言って、そこにぶったおれた。水を飲まされてやっとくわしいことを話すことができた。

お救い米が来るという情報は絶望のどん底にあった駿東郡五十九カ村の人々を力づけた。もうしばらくの辛抱ぞ、という半左衛門の言葉は起死回生の合言葉のように、村から村へ伝えられて行った。

今までだまされ続けて来たが、今度こそほんとうだと彼等に信頼感を湧かせたのは、伊奈半左衛門が各村を巡回した時の態度や言葉のはしばしから直感したものであり、二万俵の米が来るということは、半左衛門と同行した佐太郎の口からの報告であるから誰も疑うものはなかった。

伊奈半左衛門の一行は箱根の関所を越えたところで、第二の使者に会った。酒匂の陣屋を守っている家老の永田茂左衛門がよこした小林九郎兵衛であった。

「一刻もはやく御帰陣をお願い申し上げます。江戸より勘定奉行様代行として吟味頭佐野宗兵衛様が昨日お着きになりましたが、今朝早々にお申し出されたる儀まことに合点が行かぬ故、一刻も早くお立ち帰りのほどをとの、お言いつけでございます」

半左衛門は悪い予感がした。家老の永田茂左衛門が早馬を立てたのは、今朝になって佐野宗兵衛が、なにか容易ならぬことを言い出したに違いない。

「いったい、佐野宗兵衛はなにしに小田原に来たのだ」

半左衛門は小林九郎兵衛に聞いた。

「はっ、河川工事の入札をなさるためと聞いております」

入札と聞いて半左衛門はまた驚いた。江戸にやってある荻原覚右衛門からは、その後予算額が決らずに困っていると言って来たばかりである。その予算が決って、入札を実行するとは思いもよらぬことだった。迅速過ぎるところになにかわけがありそうだった。

「急げ者ども」

半左衛門は部下に命じた。急げと命じても家来の多くは徒歩《かち》であった。馬と一緒に小田原まで駈け通すことはできなかった。半左衛門は止むなく、供備えを解き、小林九郎兵衛他二騎を従えて酒匂へ向って、箱根峠を馳《は》せ下った。

酒匂の代官陣屋に着いたのは申《さる》の刻（午後四時）であった。邸内はひっそりしていた。半左衛門が馬から降りると、永田茂左衛門が走り寄って来て、大地に両手をつかえて、

「申しわけございませぬ」

と言った。家老が大地に両手をついて詫《わ》びるなどということは未だ曾てないことだったた。留守中によほどの失態でもなければ、そのようなことは考えられなかった。

荻原覚右衛門が走って来て大地に膝をついて、

「残念でございます」

と言ってはらはらと涙をこぼした。

「いったいなにがあったのだ」

半左衛門は二人に訊いた。その時半左衛門はよほどよくないことが起ったのだなと思った。なにが起っても取り乱すようなことはしないぞと自分の心に言い聞かせた。

「入札は終りました。川浚《さら》い御普請は金三万二千両にて江戸商人和泉屋半四郎、土手方は二万二千五百両にて同じく江戸商人冬木屋善太郎に落ちました」

永田茂左衛門が言った。

「入札は終ったのか」

半左衛門はつぶやいた。だし抜かれたと思った。半左衛門が駿府から帰って来ると聞いて、急いで入札を完了したのだ。勘定奉行荻原重秀の嘲笑《ちょうしょう》が聞えるようだった。江戸の商人和泉屋半四郎と冬木屋善太郎になにがなんでも、この工事を引き請けさせたいからこのようなことをしたのだなと思った。

「川浚いの費用三万二千両は不足ではあるがやりようによってはどうにかやれる額だが、土手の工事費が二万二千五百両とはどうしたことか」

あまりにも少ない額であった。予算の要求は川浚いが五万両、岩流瀬堤と大口堤の改修工事はあわせて六万両と計上して置いた。その十一万両の予算要求が五万四千五百両にけずられていたのである。

荻原覚右衛門は出府以来、災害地復旧金獲得に手を尽した。取り敢えずは酒匂川の工事予算を勘定奉行に認めさせることだった。

勘定奉行荻原重秀は荻原覚右衛門の従兄であったが、その縁を笠に着て交渉を進めることはむずかしかった。実際に金櫃《かねびつ》を押えているのは勘定頭、勘定吟味役などの役人たちで、それぞれが自分に与えられた権利をがっちり握って放そうとはしなかった。目的を達成させるためには下端役人の方からかためて行かねばならなかった。

荻原覚右衛門はそんなことを重々知っていた。相手の気持をそらさぬよう、相手の職務を尊重するようにしながら、しかも梅雨を前にして緊急工事であることなどを熱心に説いた。相手は分った分ったと口では言っているがいざとなると金を出し渋った。

「十一万両などという金はとうてい無理ですよ」

と勘定方の下端役人の一人が覚右衛門に洩らした。覚右衛門はその言葉を重視した。相手が人の好さそうな男だから、その夜神田の茶屋につれだして、相手が気にしない程度の馳走《もてなし》をした。

「工事の内容如何《いかん》にかかわらず、予算の枠《わく》がはめられてしまっているから、われわれとしてはどうにもならないのです」

と男は、済まなさそうな顔で言った。つまり上部からの指令でこれ以上の金は出してはならぬと決められているということであった。その額についてはさすがに洩らさず、

「それだけは、お許し願いたい」

と男は頭を下げたあとで、

「幕府はなにかと金がかかる仕事を持っている」

などと、暗に、全国から集めた富士の山焼けの救恤金《きゅうじゅつきん》が横流れする可能性をほのめかした。

覚右衛門は事態が容易ならぬところに来ていると見て、急遽酒匂に帰り、主人の半左衛門に報告して、幕府の上層部の間で解決して貰うように頼みこもうと思った。彼は酒匂陣屋の家老永田茂左衛門に半左衛門が帰る予定を確かめて江戸を発った。

その荻原覚右衛門の後を追うように、吟味頭佐野宗兵衛の一行が酒匂に来たのである。その夜一行は酒匂の陣屋に泊り、翌朝早々、佐野宗兵衛は永田茂左衛門を引見して、

「本日、酒匂川工事について入札を実施するから、指定の業者を陣屋に呼ぶように」

と言った。指定業者の名簿も同時に出した。和泉屋、冬木屋の他に江戸の業者が三名あったが、伊奈半左衛門が推薦した金手村名主伊右衛門の名も、その子喜兵衛の名もなかった。

「お言葉ではございますが、殿は早ければ今日の夕刻、遅くとも明日中に御帰着の予定になっておりますので、それまで入札の件御延期下さるように願います」

永田茂左衛門は必死になって願った。荻原覚右衛門も、佐野宗兵衛の袖にすがるようにしてたのんだ。

「貴殿等はお上の御用をなんと心得る。かねがね、酒匂川の工事は一刻を争うものであると言っていながら、いざ入札となっての躊躇《ちゅうちょ》は見苦しいぞ。幕府直轄工事の入札は勘定奉行の名のもとに行なわれることも万々《ばんばん》承知である貴殿等が、これをさまたげるとは由々しき一大事とは思わぬか」

佐野宗兵衛は声を荒らげて言った。その言い方まで、よくよく考えて来た筋書き通りのように思われた。由々しき一大事などと、たいそうな言葉を使って一気に押えつけようとする佐野宗兵衛に、永田茂左衛門と荻原覚右衛門は身を乗り出すようにして言った。

「いかにも、入札は勘定奉行のなされること。さりながら、入札には必ず工事奉行が立合い、まず入札業者の資格を改めた上で、入札仕様書の説明を行なうのが、長い間のしきたりでございます。酒匂川の工事奉行は関東郡代伊奈半左衛門が命ぜられておりまする。これほどの大工事の入札に工事奉行が列席しないとあっては、正当な入札とは考えられませぬ。そんなことをすれば、よその口もさぞやうるさいことと存じます。なにとぞ、一日だけ延期のほど願い上げます」

荻原覚右衛門は理詰めに押した。

「さようか。ならば訊くが、そのようなことをなにもかも知っている工事奉行が、入札が切迫している工事現場になぜ居ないのだ。聞くところによると、駿府あたりに物見遊《ゆ》山《さん》にでかけたということだが、そのような工事奉行を待ってはおれぬ。即刻入札せよというのが上からの言いつけである。これに対してなにか異存があるか」

物見遊山とは、なんということを申されます。と茂左衛門は怒りを顔に表わして抗弁した。

「殿様は餓死に瀕《ひん》する駿東郡五十九カ村の百姓たちにお救け米をやらんがため、駿府代官のところへ掛け合いに行かれたのです」

しかし、佐野宗兵衛はいささかも動ぜずに言った。

「その駿東郡五十九カ村は幕府の命によって既に亡所となったところ。亡所となったところへ、米を送るとは幕府の方針に逆らうものではないか。いったいこのことをどう考えているのだ」

こう言われると茂左衛門は返す言葉がなかった。事実、伊奈半左衛門は、亡所となった土地の民を救助しようとしているのである。亡所の決定を代官自らがくつがえそうとしているのである。

「入札は巳《み》の刻下り（午前十一時）とする。それまでにいっさいの準備を整えるように」

佐野宗兵衛は結論を下した。なにがなんでも入札はやるぞという気がまえを示した。

「では、入札に際して、工事奉行の代行として、この永田茂左衛門が立合うことをお認めいただきたい」

茂左衛門の最後の願いであったが、佐野宗兵衛は冷やかな微笑を浮べたあと、たったひとこと、

「工事奉行以外の代行は無用」

と言い放った。

伊奈半左衛門は荻原覚右衛門と永田茂左衛門が交互に語る無念話に、黙って耳を傾けていた。既に入札は終り、業者は決定した。もはやどうしようもないことであった。

「結局、入札の席には誰も出られなかったのだな」

半左衛門はようやく口を開いて茂左衛門に訊いた。

「傍に黙って坐っているならば差支えないが、口出しはならぬということでございました」

「入札に際して出された堤普請の仕様書はいかなるものであったか」

岩流瀬堤《がるぜどて》、大口堤の両方で六万両と見積ってあったのを二万二千五百両にされたのだから、当然仕様書も変えられているものと思われた。

「それはもう話にならぬようなお粗末なものです。現存する土手にちょっぴり手を加えたようなものですから、一万両もあればできるもの。それが二万二千五百両で冬木屋に落札されたのです」

荻原覚右衛門が怒りをぶちまけるように言った。

「川浚いの仕様書もいい加減なものです。決め手になるようなことはどこにも書いてありません。やりようによっては、どのようにでも手が抜けます」

覚右衛門は怒りの涙さえ浮べていた。

「入札に際しては仕様書を工事奉行が説明し、業者がその中の疑点について質問し、日を改めて所要金額を業者が同時に書き出す。そのうちの見積り額の安いものに請け負わせるのが入札というものである。これを一度にやったとはあきれたものだ」

半左衛門が言った。

「全く、このような入札が行なわれたのは見たことも聞いたこともございません。仕様書の説明が巳の刻下り（午前十一時）に行なわれ、半刻《はんとき》（一時間）の後に入札が行なわれ、その場で請負業者が決定いたしました」

茂左衛門は憎々しげに言ったあとで、

「入札が済むと佐野宗兵衛殿は、これでほっとした。今宵はゆっくりいたそうと、一同を引き連れて、箱根の湯に行かれました。業者たちが案内に立っていることは間違いないことでございます」

とつけ加えた。伊奈半左衛門は苦り切った顔で聞いていた。いったい、この後始末をどうしたらいいのだろうか。彼の頭の中には、白い牙をむき出した酒匂川の奔流が不正入札によって作られた堤を一気に突き崩して行く様子が浮んだ。

「その仕様書を検討しよう。よく調べればきっと仕様書にぬかりがある。そこを工事奉行の現地判断として適当に指図し、できるかぎりしっかりした堤を作ることだ。川浚いの方も同じ考えでやろう。業者に手心を加えてはならぬ、彼等が悲鳴を上げるまで締め上げてやるのだ」

半左衛門はそう言ったあとで、その空虚な言葉の反動のように、

(そうやったところで、洪水になれば結局堤は決壊するだろう)

という自分自身の声を聞いた。

酒匂川の工事は始められた。予算の削減は受けたけれども川浚い工事と堤の改修とで合わせて五万四千五百両という大工事であった。しかも、その工事費のほとんどは人件費であった。梅雨前に完成しなければならないというので一度に多くの人夫を使わねばならなかった。

半左衛門は災害が多かった土地の百姓を優先的にこの仕事に当てるようにした。工事小屋があちこちに出来て、駿東郡の諸村から続々と百姓が入りこんで来た。

半左衛門は彼等を村毎にまとめて収容し、工事場でも同じ村の者が同じところで働けるようにした。人夫の保護には特に力をそそいだ。賃金の頭をはねたり、苛酷《かこく》な労働を強制するような現場の監督には眼を光らせた。

それでも渡り者の人夫頭が百姓たちをいじめて困るという訴えがしばしばあった。江戸から来た流れ者の人夫頭に弥八と言う者がいた。駿東郡から働きに来ている百姓を働きようが悪いと言って殴《なぐ》った。殴っただけではなく、腰を激しく蹴《け》られたのでその百姓はその日から寝こんでしまった。

訴えを聞いた半左衛門は、その人足頭の弥八を取調べた。他にも悪いことがあったので、島送りにした。それ以後、人夫頭が百姓をいじめるようなことはなくなった。

駿東郡五十九カ村と足柄上郡二十五カ村にはようやく春が来た。駿府から海路沼津に送られて来た米は、餓死寸前の百姓を救ったばかりでなく、酒匂川の河川工事が彼等に食と職を与えた。

伊奈半左衛門は米の分配を次のように決めた。

降砂三尺以上の三十九カ村に対しては大人子供の差なく一日一人一合の米を向う一カ年間支給し、降砂が二尺九寸以下の村に対しては田畑一反に付き銭三百文ないし金一分を与えた。

降砂の厚さ二尺九寸から三尺までのところは、よく調査した上、降砂三尺以上の分に入れたようである。駿府からの二万俵では不足だった。その後、幕府から正式に駿東郡五十九カ村と足柄上郡の二十五カ村に対して、向う一カ年間扶持米《ふちまい》を与えるという通達があった。

この配分についての公式記録は宝永七年に駿東郡五十九カ村の名主が連名で幕府に嘆願した文書の中にある。該当する部分だけを抜き出してみよう。

伊奈半左衛門様が御支配になられてから、各村の砂の厚さなどよくお調べになって、五十九カ村のうち、砂の深さ三尺以上になっている三十九カ村には宝永五年三月より宝永六年二月まで、大人、子供の別なく一人あたり一日一合の御扶持米をくだされ、また砂の深さ二尺九寸以下の十八カ村の者には田畑一反につき銭三百文ないし金一分を、宝永五年三月と同十一月の両度にわたって下されました。百姓共はこれに力を得て昼夜を分たず砂除きに精を出しました。(渡辺誠道著贈位欽仰録より)

亡所と決定された五十九カ村が向う一カ年間の最低の食糧の裏付けを得て喜ぶ様子が眼に見えるようである。

木々の緑が濃くなると、降砂地の殺風景さも影をひそめて、このまま夏を迎え、収穫の秋が迎えられそうにも思われたが、実際はなかなかそのようなわけには行かなかった。

小田原地方のように降灰の被害が比較的少ないところであっても、なにしろ、いたるところに降ったのだからその始末には苦労した。田畑を掘り返して、その底に降砂を埋めこむという方法がこの地方では用いられたが、それもなかなか容易なことではなかった。

伊奈半左衛門は毎朝早く酒匂の陣屋を出て、酒匂川の工事場を見廻った。幕府によって予算が削られたから、工事施工を厳重にすることによって来るべき雨期の水害を防がねばならなかった。そうは考えても、自信はなかった。

荻原覚右衛門は、

「やれるだけのことをやって、後は運を天に任せるよりしかたがありません」

と言った。一雨ごとに押し出して来る砂は漸次《ぜんじ》河床を高め、懸命に川浚いをしても間に合わなかった。川浚いをした砂を堤に積み上げて置いただけでは、一雨降ると、また川へ戻ってしまう。その処置も考えねばならなかった。当初は、岩流瀬堤と大口堤はそれまでのものを壊して、根本的に作り直す予定だったが、予算がけずられそれができなくなり、補強にのみ力を加えることになったのである。

(岩流瀬堤と大口堤の何れが崩れても足柄平野は水びたしになる)

そう思うと、せっせと田作りに精出している百姓たちがあわれでならなかった。

田植えが終ったころ梅雨に入った。

梅雨の最中でも工事は続けられて、どうやら完成を見たのは五月の半ばだった。酒匂川の水量はかなり増した。水の量よりも上流からおし流されて来る砂の量が気になるので、川の要所要所に見張りを出して、流砂の量を測定させた。

雨はしとしとと降り続いていた。おとなしい梅雨だった。降ったり止んだり日が出たりした。

「このぶんだと今年は洪水に見舞われることもなくすみそうだ」

と百姓たちが話し合っていた。

(このまま梅雨が上ってくれればいいが)

半左衛門を初めとして酒匂陣屋にいる者は祈りたい気持で毎日を過していた。六月に入ったが、梅雨は上らなかった。六月五日になってやっと晴れ間を見せた。

「とうとう梅雨が上ったぞ」

それにしてもよく降ったものだと酒匂川を覗《のぞ》いて、工事方の侍たちは話し合っていた。上ったと思った天気が七日から崩れ出した。大雨になった。梅雨末期の豪雨であった。七日、八日と降り続くと、水は堤を越えそうな勢いになった。しかし、梅雨はそれで上った。連日よい天気が続き、酒匂川の水は次第に引いて行った。

「お目出とうございます」

荻原覚右衛門は半左衛門に言った。

半左衛門にお目出とうございますと言った荻原覚右衛門が、その翌日の夕刻、馬に乗って酒匂陣屋に駈けつけて来て半左衛門に報告した。

「酒匂川の水が引くにつれて砂が現われて参りましたので、調べさせましたところ、上流から流れて来た砂のために河床は驚くほど上り、ことに岩流瀬堤、大口堤のあたりでは、あと三尺で堤に達するほどになっておるところもございます。あの雨がもう一日続いたら、水は堤を乗り越えたところでした。こうしてはおられません、全力を上げて、岩流瀬堤、大口堤付近にたまった砂を浚い除けないとたいへんなことが起ります」

覚右衛門は酒匂川の絵図を開いて説明した。

請負い工事は一応終了していた。人夫は帰村していた。人夫を集めるにしても、払うべき金の用意がなかった。やるとすれば扶役ということになる。山焼けで痛めつけられている百姓たちにただ働きせよとは言えなかった。

大口堤、岩流瀬堤が破れたならば、被害を蒙るのは、それより下流の足柄平野の百姓たちである。足柄下郡は上郡に比較して降砂の被害は少なかった。

半左衛門は足柄下郡四十五カ村の名主を呼んで、大口堤、岩流瀬堤の砂除けの扶役を命じた。足柄下郡のうち四十五カ村が伊奈半左衛門の支配地となっていたからであった。

「やれと仰せられれば人も出しますが、それではあまりに不公平ではございませぬか」

と名主の一人が言った。大口堤、岩流瀬堤が破れた場合、予想される被害地全村から人を出すべきだという意見だった。つまり、足柄下郡のうち、小田原藩の支配のままになっている村々からも人を出せというのである。

「それについては、今小田原藩と折衝中である。小田原藩も間もなく人を出すであろうから、とにかく、四十五カ村だけで砂除けにかかって貰いたい」

半左衛門は嚙《か》んで含めるように言った。命令は絶対であるから、人は出た。しかし働きぶりはよくなかった。

(今までの工事には銭を出した。それも、おれたちを使わずに、足柄上郡や駿東郡の者を使った。そして、そいつらの尻拭いをおれたちにただでさせようという。なんとまあ勝手なことをする代官だろう)

百姓たちは半左衛門のやり方を憎んだ。工事は思うようにすすまなかった。

永田茂左衛門が小田原藩の真田六右衛門にかけ合いに行った。六右衛門は江戸の殿様に申し上げてはみるが、まず扶役を出すことは無理であろうと前置きして、

「いかに、ことが緊急と言えども御政道を変えることはできないでしょう」

と言った。彼のいう政道とは、酒匂川河川工事は伊奈半左衛門が幕府から責任を持って預かっているのだから、小田原藩として応援する必要はないという意味であった。

六月十七日になったが、大口堤と岩流瀬堤の砂は予定の三分の一も取り除くことはできなかった。

金手村の名主伊右衛門と倅《せがれ》の喜兵衛が工事場を見に来た。

「こんなことじゃあだめだ。愚図愚図しているうちに豪雨が来れば堤はひとたまりもなく破れてしまうぞ」

伊右衛門はそう言って帰るとその翌日、彼の村の者五百人を引き連れて応援に来た。

「よく来てくれた。たのむぞ伊右衛門……」

半左衛門は名主伊右衛門に幾重にも感謝の言葉をかけた。

金手村の百姓五百人の出動は、工事の雰囲気《ふんいき》をがらりと変えた。一所懸命にやらないと、われわれの田圃《たんぼ》は水浸しになるぞという心構えが他の百姓たちを動かした。

だが、金手村伊右衛門の出場《でば》はいささか遅すぎた。二十一日の午後になって大雷雨になった。水桶の底がすっぽり抜けたような雨が降った。集中豪雨であった。酒匂川の上流山岳地帯で降った雨はたちまち酒匂川に溢《あふ》れた。

その夜、半左衛門は大口堤の近くの岸村名主幾右衛門宅に泊っていた。彼は豪雨の中を家来たちと共に大口堤に向った。夜半を過ぎていた。

電光が川筋を真昼間のように明るくした。奔流は大口堤を眼がけて押し寄せていた。その水勢に大口堤が堪えられるとは思われなかった。

「殿様、ここは危険でございます」

家来が言ったが、半左衛門は動かなかった。もはや、なにをすることもできなかった。神に祈ることさえ無駄のようだった。

強雨が半左衛門を打った。横なぐりの風が合羽をめくった。眼もくらむような電光と共に大音響がした。瞬間半左衛門は身体がしびれて気が遠くなった。

「殿様、しっかりなさいませ殿様」

荻原覚右衛門の声で気を取り直した。付近にいた家来たちのうち何人かが倒れた様子だった。

「大丈夫だ。他の者を介抱してやれ」

半左衛門は叫んだ。提灯《ちょうちん》の火は消えていた。なにも見えなかった。暗闇の中で声だけが聞えた。

電光が大地を照射すると、倒れている三人の姿が見えた。それぞれが同僚の肩に担がれようとしていた。

次の電光の明るさの中で半左衛門は、水の牙《きば》が大口堤を越えるのを見た。

「殿様、危のうございます」

半左衛門は家来たちの絶叫を聞いた。

二宮尊徳全集、酒匂川大口堤沿革史によると、

宝永五年六月廿二日満水にて、大口堤、岩流瀬堤、押切《おしきれ》申候。

と明記してある。この氾濫《はんらん》により酒匂川下流の足柄平野は水浸しになり、田、畑はすべて泥砂の中に埋もれた。山焼けの被害よりも恐ろしい、大水害が起きたのであった。

災害地の秋

伊奈半左衛門は出府した。

幕府から出府せよという命令があったのである。半左衛門はあとのことを家来たちにたのんで、数人の供を連れて江戸馬喰町の関東郡代役邸に入った。

江戸に呼び寄せられたのは、酒匂川氾濫の責任を問われるためで、ことによったら役替えになるかもしれないと思った。

役替えになってもいいと思った。咎《とが》めを受けてもいいが申し開きだけはして置くつもりだった。それらの資料は揃っていた。

江戸に着いたが幕府からの呼出しはなかった。しばらく役邸にひかえておれという通達だった。謹慎ではなく待機であった。幕閣内で、処置について吟味中だなと半左衛門は思っていた。

呼び出されたのは大目付折井淡路守正辰の役宅であった。大目付は諸大名の動きを見張っている、監察機関であった。大目付が、関東郡代をなにかの理由があって取調べることはおかしくはないが、そのようなことは、伊奈家にとって一度もないことである。だいいち取調べを受けるような落度はないと半左衛門は思っていた。

半左衛門は人を先方にやって、なんのための呼出しであるかを内偵させた。相手が半左衛門を一方的に罪人扱いにするつもりなら、出頭はせず、腹を切ろうと思った。伊奈家という名誉ある家柄に疵《きず》はつけたくなかった。たとえ折井正辰が岳父《がくふ》であっても、公式のことには私情は通じないことは分っていた。

(非公式に訊《たず》ねたいことがある)

と折井正辰から改めて通知があった。公式ではなく非公式ならば記録には残らないし、言いたいことはなんでも言える筈であった。半左衛門は折井の役宅に出向いた。

そこには意外な人物がいた。勘定奉行荻原重秀であった。

「このたびは大儀であった。いろいろと災害地のことに尽力されていることは逐一聞き知っておる。なにぶんにも富士の山焼けの後始末は一年や二年ではできないこと、急がずにゆっくりやるつもりでなければ息が切れるぞ」

そう言ったのは荻原重秀だった。

半左衛門は荻原重秀に向って言いたいことが山のようにあった。駿東郡の支配を命ぜられた半左衛門に無断で須走村だけへ復興金を与えたこと、酒匂川工事の入札のこと。

半左衛門はそれらの怒りをこらえた顔で一言言った。

「酒匂川の大口堤が破壊して大水害を起したことについてはまずもって、工事奉行として深くお詫びを申し上げます。さりながら……」

半左衛門はそこで顔を上げた。さりながらと言った言葉の語尾がはね上った。半左衛門はその勢いで荻原重秀を睨《ね》めつけた。上役であっても許しては置けないぞという眼の色であった。

「ひとこと申し上げたいことがありまする」

半左衛門は声を高くして言った。

「半左衛門、そちが言おうとしていることはおよそ分っている。入札のことだろう。そのことは、淡路守（折井正辰）殿にも一応了解を得てやったことだし、美濃守（柳沢吉保）様のお耳にも入れてあることだ。勘定奉行の独断ではない。幕府の経済は目下危機に瀕している。いろいろと新しい政策をしているが、世の移り変りについては行けぬ。世の中は駈け足で走っている。その後を幕府が追っているような状態だ。金が要ることばかりだ。富士の山焼け救恤金として集めた金はそっくり、その目的のために使いたいが、そうは行かない事情がある。日本全般のことを考えて我慢して貰いたい」

荻原重秀はそのように前置きして、突然話を変えた。

「半左衛門殿、近ごろ江戸市中に起った豆腐騒動を御存じか」

「豆腐騒動……さようなことは聞いたことがございません」

そうだろう。ではその話をしてやろうと、荻原重秀は、十日ほど前に、江戸中の豆腐屋が町奉行所に呼び出されて、豆腐の値段をむやみに上げてはならぬ、今年になって、二度の値上りはなんとしても許しがたいから、この度の値上りはまかりならぬと言い渡した話をした。

「ところが、十日経っても豆腐屋は値段を元どおりにする気配はない」

重秀は話し続けた。

町奉行所は非常に怒って再び豆腐屋を呼んで叱ったところ、豆腐屋は値下げをしろと言われても値下げするわけには行きませぬ、もし値下げをどうしてもせよと仰せられるならば諸色《しょしき》の物価の値段を元どおりにしていただかねば困りますと言った。

町奉行所は念のために大豆と苦塩《にがり》の値段を調べさせたところ、大豆は今年の春、一両一石の相場だったのが現在は一両で一石二斗買える。つまり原料は値下りしていた。苦塩の方も値段には変化がない。それなのになぜ豆腐の値が上るかというと、江戸という大都市の消費物価がすべてが値上りしているからだった。特に人件費は大幅に上っていた。豆腐の値を云々《うんぬん》する場合、その原料だけではなく、この江戸に生活する庶民としての諸物価全般について考えねばならない事態になっていた。

「半左衛門殿、この話の真の意味が分るかな。これは、現在江戸を中心として、日本全国に大きな経済変動が起きていることを示す例である。これを乗切るためには幕府には或る程度の金の準備がなければならぬ。幕府のふところが肥って、幕府の金で経済変動を調整できるようになれば、世の中は安定するのだ」

荻原重秀はどうだ分ったかというような顔をした。

「近江守（荻原重秀）殿、話をすり替えては困ります。富士の山焼けによって餓死に瀕している民を救うことと、日本の経済変動とは直接関係はないでしょう。いま助けてやらねば彼等は死んでしまうのです」

半左衛門は怒りを含んだ声を放った。

半左衛門は顔を逆撫《さかな》でされたような気持で代官邸に帰った。酒匂川の治水に失敗したことについての下調べと、亡所となった駿東郡に米を送ったことについて、はげしい質問を受けるものと思っていたのが、豆腐の値上りの話などした後で荻原重秀は、

「とにかく御苦労であった。半左衛門殿の功績についてはやがてお上からしかるべき沙汰があろう」

と言った。その言い方もへんだし、別れる時に半左衛門が、

「駿東郡五十九カ村へのお救け米は、向う一年だけではなく、ここ二、三年は続けねばならないと思います。このことをお含み置き下さるように」

というと、

「来年のことを言うと鬼が笑うという。兎《と》に角《かく》一年で始末できるように考えて貰えぬかな」

と荻原重秀は暗にその後の米の扶持には反対の意向を示した。

伊奈半左衛門は馬喰町の邸内で久々に足を延ばして寝た。

眼を覚ますと、正室のお縁の方が枕元に坐っていて、静かな眼で笑いかけた。

「父が待っておりまする」

「なに淡路守殿が……」

半左衛門は飛び起きた。

「舟の中でございます」

半左衛門は邸の前の河岸に待っている舟に乗った。その中に折井正辰はいた。余人を排しての密談であった。

「きのうは近江守殿の弁舌で、すっかり煙に巻かれていたな」

正辰は笑った。

「いったい、近江守殿はなにを考えておられるのでしょうか、私にはとんと見当がつきませぬ」

「近江守殿は幕中第一の切れ者だ。天才とはあのような人のことをいうのだろう。先の先まで見える人だ。世間では悪口を言う人が多いが、彼が勘定奉行をやっているからこそ、どうやら幕府は面目を失わずにおられるのだ。しかし近江守殿も、保身術についての考え方は全くもって鼻持ちがならぬ。美濃守（柳沢吉保）様の勢いが間もなくすたれると見ると、それに代るべき要人に阿諛《あゆ》するあたりは俗人としか見えない。彼はそうすることがかえって墓穴を掘ることだと分ってはいないのだ」

正辰の声は低かった。

「美濃守様の勢いがすたれるとはどういうことでしょうか」

「美濃守様はこのごろ健康がすぐれない。つい最近致仕《ちし》（退職）を申し出《で》た。家宣様の代になれば大老の職を退くことはまず間違いないことである」

折井正辰はそうなった時の幕閣内の力関係について語ったあとで一段と声をひそめて言った。なんと言ったのかよく聞き取れなかった。

「四角四面に生きるばかりが能ではない」

折井正辰は言った。もっと融通性を具えた生き方をしろという岳父に半左衛門はむっとした。

「いまさら生き方について教えを願うとは思いもよりませんでした」

皮肉であった。人にはそれぞれ生き方がある。岳父の折井正辰がそのような考え方に変って来たのならそれもいいだろう。しかし自分は、持って生れた性格を変えたいとは思わない。半左衛門はそのようにはっきりと言いたかったが、それでは喧嘩《けんか》になるから黙っていた。半左衛門の顔を見て折井正辰は、生き方についての話はそれ以上しなかった。折井正辰は話を変えた。

「ところで酒匂川のあと始末であるがどうなされるつもりだ」

「どうもこうもないでしょう、夏期には手をつけられませぬが、秋から冬にかけて流された堤を再び築き直さねばならないでしょう。問題は金です。幕府が金を出し渋るようなことがあれば、何回補修したとて同じ結果になるでしょう」

その金のことだが、と折井正辰は言った。

「近江守殿はその金を出すつもりはなさそうだ」

「では酒匂川はそのままにして置くより他に手はないでしょう」

「お手伝いという手がある」

折井正辰は、そこで意味ありげな笑い方をした。

「幕府の最後の手段はこのお手伝いだ。お手伝いを命ぜられていやだと言える大名は一人もいない御時世だからな」

お手伝いとは工事いっさいを大名にさせることである。河川工事ばかりではなく、増営、改築、架橋、道作り等、金のかかることはなんでも大名にやらせた。そのお手伝いを命ぜられた藩は多額の出費をしなければならないので、お手伝いのがれに、要路の者に金品を贈ったり、藩の財政が窮乏しているように見せかけるために、凶作でもないのにそれらしく偽装したり、御用商人と申し合せて、手元不如意のような体裁をつくろった藩もあった。

しかし、各藩の内情は幕府の隠密によって、二重、三重に調査されているから、狙《ねら》われた藩はまずこのお手伝いから逃れることはできなかった。二重、三重の調査というのは、老中、大目付、時によると他藩の隠密による内偵を言うのである。太平の世になればなるほど、表は華やかでも裏では陰険なかけ引きがなされていた。

「どうした。お手伝いには不服そうだな」

折井正辰が言った。

「諸藩にお手伝いをさせないがために、禄高百石について二両ずつの富士の山焼け救恤金を取り上げたのではないでしょうか、その金を使わず、お手伝いを命ずるということは、幕府が公然と嘘をついたことになります」

半左衛門は正当な理屈を言った。

「いや、酒匂川をはじめ、相模の諸河川のお手伝いは飽くまでも河川を対象としたものであって、山焼けとは関係がない」

折井正辰は苦しい言い方をした。なんと言おうと酒匂川の氾濫は上流から焼け砂が流れて来て起った富士の山焼けの二次的災害であることには間違いがなかった。幕府が表面上をいかにつくろおうとしたところで、余りにも明らかな事実であった。

「そのお手伝いの大名はおおよそ決った。お手伝いは大名たちにさせるが、工事奉行は、半左衛門殿にやって貰うことになるから一応、内定したところを知らせて置こう」

折井正辰はふところから紙を取り出した。それに、ずらりと大名の名が書いてあった。

池田　綱政（備前岡山藩主）
土井　利和（越前大野藩主）
小笠原忠雄（豊前小倉藩主）

細川　利昌（肥後高瀬藩主）
池田　仲央（鳥取新田藩主）
藤堂　高敏（伊勢津藩主）

の名前があった。

「どうかな、この顔ぶれでは」

正辰が言った。どうかと言われても、半左衛門としてはいいとも悪いとも言えなかった。それらの諸侯の内情を知らないからであった。

「以前に藤堂家は利根川治水工事のお手伝いをなされたことがありますが、他の藩が河川工事に心得があるかどうかは分りませぬ」

半左衛門は言った。

「河川工事に心得があってもなくても、そんなことはどうでもよい。お手伝いの大名たちは工事費用を出せばそれでいいのだ。工事奉行には伊奈半左衛門がおる」

正辰はそういうと、その書類をふところに引込めて、

「お手伝いのお達しがあるのはこの秋となろう。それまでに、割当などよくよく下準備をして置くことだ。今度こそは堤が破れないようにしっかりしたものを作って貰いたい。加賀守（大久保忠増）殿に対することもあろうからな」

正辰はそこでまた話を変えた。

「そうそう、加賀守殿が、そこもとの災害地復旧に対する努力をたいへん高く評価されておられる。そのうちなんらかの御沙汰があるやもしれない。当てにしないで待ってておられるがよい」

話はそれで終った。最後のひとことが言いたくて正辰は半左衛門を呼び出したようであった。

（大目付の折井正辰までが）

と半左衛門は、時勢によって節操を変えようとする上層武士階級に怒りを覚えた。柳沢吉保を中心として固まっていた武田派の荻原重秀も折井正辰も、三河譜代派の老中大久保忠増の鼻息を窺っていることはもはやまぎれもないことであった。

宝永五年六月二十八日、伊奈半左衛門は殿中芙蓉の間において、酒匂川の工事について、その功績を公認され、下賜品として金二枚、時服三、羽織が与えられた。

その式に立会ったのは老中大久保忠増であった。型通りの下賜品授与の式が終ったあとで忠増は半左衛門を間近に呼んで言った。

「酒匂川の河功に尽瘁《じんすい》したばかりではなく、駿東郡の災害地の奥深くまで足を延ばし、また飢民を助けるための米を求めて、駿府まででかけたる由、まことに殊勝な心掛けである」

まずは堅苦しい讃め方をしたあとで、

「余は亡所となった駿東郡五十九カ村の潜在領主である。いずれは駿東郡が昔どおりに復興して、小田原藩に戻ることを待っている。今は余の手を放れたと言っても、領民に対する気持においてはいささかも変りがあるものではない。だからこのたびのそこもとの処置を心から喜んでいる」

半左衛門は、心の中で、なにを言っておるかこの嘘つきめと叫んでいた。半左衛門が病気で寝ている間に、勘定奉行の中山時春と河野勘右衛門を派遣して亡所の宣告をして置きながら、今になってぬけぬけとその処置を心から喜んでいるなどとよく言えたものだと思った。

「いろいろ、不審のこともあり、心に添わないこともあろうが、長い目で見ることだな」

と忠増は黙っている半左衛門に言った。

半左衛門は、舟の中で折井正辰が言ったひとことをその時思い出した。

〈この年の三月の中ごろ、美濃守(柳沢吉保)様が、立ちくらみに会って、三日ほど養生なされたあと致仕を強く申し出られた時点で幕閣内の風向きは変った〉

立ちくらみは中風の前兆である。吉保はその兆候が起るとさっさと致仕を願い出た。彼らしい合理的なやり方であった。ぼろを出さないうちに退いた方がいいと見て取ったのである。

それにしても幕閣内の風向きが変ったから、堤の破れるような工事をした酒匂川河功に褒美《ほうび》を出し、幕府が亡所と定めた駿東郡五十九カ村に幕府の処置に逆らって米を送った処置をとがめずに讃めるとは、余りに一貫性のないやり方だった。半左衛門は怒りをこらえている自分の顔から血が引いて行くのを感じた。

「お讃めをいただいてありがとうございます。駿東郡五十九カ村を救うための米は向う一カ年間はお認めいただきましたが、あの降砂地帯が復興するのには一年や二年ではどうにもなりませぬ。少なくとも向う五カ年間扶持米を与えるような処置を取りたいと思いますので、なにとぞお許しのほど願います」

半左衛門は直接談判に出た。老中の実力者で、柳沢吉保に代ろうとしている勢力の中心ならば、ここでよし引受けたと言って貰いたかった。しかし忠増は不可解な微笑を浮べただけでそれに対してはひとことも答えなかった。

徳川実紀、宝永五年六月二十八日の日記によると、

相州河功により。勘定奉行荻原近江守重秀は時服四。関東郡代伊奈半左衛門忠順は金二枚。時服三。羽織給ふ。

とある。六月二十二日に大口堤、岩流瀬堤が破れ、足柄平野の穀倉地帯が水びたしになったのになぜ関係者が褒美を貰ったのか、全くおかしなことであった。この時点では伊奈半左衛門は河川工事の失敗を追及されてはいなかったことだけは確かである。

或いは、幕府がこの河川工事に金を渋った結果がこの二次災害を招いたという事実を糊塗《こと》するための政策的な褒賞であったのかもしれない。

伊奈半左衛門は赤芝山の陣屋に十日ほどいてから江戸に帰り、七月の下旬には再び酒匂陣屋に戻った。

水害のあとはそのままになっていた。どうにも手がつけられない状態であった。水害地の百姓たちは天災としてはあきらめ切れず、すべてを新支配の伊奈半左衛門のせいにしているようであった。

半左衛門がいつものとおり、酒匂の陣屋を馬に乗って出て、奔流に流された田畑を見廻っている時、子供が伊奈半左衛門の馬に石を投げた。

幸い石は当らなかった。家来が驚いて小児をとらえて、

「なぜ、代官様に石を投げたのか」

と訊くと子供は、

「代官が悪いからうちの田圃は流された。おれの家も流された。父も母も妹も弟も溺《おぼ》れて死んだ」

と言って泣いた。田、家、人の順序に不幸を述べたのは、その当時、命よりも田が大切であることをその子供でさえも知っていたのである。

「いまどこに住んでいるか」

と半左衛門は馬から降りて子供に聞いた。

「伯父さんの家だが、伯父さんの田圃も流されて食うものがない」

とまた泣いた。

半左衛門は子供をそのまま許してやった。家来が、せめて、その伯父を呼んで厳重に注意しましょうと言ったがやめさせた。

稔《みの》りのない秋が来た。降砂と水害でほとんど生きる力を失った農民をはげまして、農地復旧につかせることはなかなか困難なことであった。

半左衛門は水害地の農民を救うことに手を尽した。幕府には再三再四下付金を請求した。それに対して音沙汰はなく、勘定奉行から水害によって流された堤の復旧費の見積りを出せという通達があっただけだった。

お手伝いの件についての正式発表はまだなかった。

宝永五年も暮に近づいていた。伊奈半左衛門はしばらくぶりで支配地全般を巡視した。特に彼が期待していたのは足柄上郡の山間部二十五カ村と駿東郡五十九カ村のその後の復興ぶりであった。

半左衛門は駿東郡五十九カ村に対して一人一日米一合ずつ向う一カ年間の扶持米を約束したが、足柄上郡山間部二十五カ村に対しても、その降砂の量によって、駿東郡と同様な扶持米と復興金を与えた。

砂除けの成果は半左衛門が期待していたよりもはるかに少なかった。場所と人によって差異はあるが、被害前の耕地面積と、被害後の耕地面積を比較すると十対一という比率を出している村はいい方で、三尺以上も砂が降ったところでは、二十対一という村もあった。働き手の男たちが、他所へ稼ぎに出ていて、大部分が老人や女子供であるから作業がはかどらないのは当然なことだった。

「せめて、一人当り一日米三合を向う二カ年ほど下されれば、村の若い者は帰って来て、砂除けもはかどりましょうが」

と嘆く名主もいた。一人一日一合の米を扶持するのも、容易なことではなかったのに、一人一日三合などという米を与えることは不可能に近い。半左衛門はそうは思ったが、それを口には出せなかった。

砂除けが終った耕地には麦がもう芽を出していた。

深沢村の名主喜左衛門のところに立寄ると、佐太郎が真先に出て来て半左衛門を迎えた。

「村の者はみんな精を出しておるかな」

半左衛門は佐太郎に訊いた。

「精を出していますが仕事はいっこうにはかどりませぬ。砂除けよりも、春と夏は木の芽、草の芽、秋になると木の実取り、茸《きのこ》取りでその日を過す日が多うございます。その木の実取りや茸狩りもなかなか容易ではございませぬ」

降砂地の山の木々はその年は実りが少なかった。茸はできない。従って、災害地の者は、降砂がない他村の山へ出掛けるのだが、ここでは山林の所有権や入会《いりあい》権の問題で、中には災害地の者が入り込むのを拒絶するところもあった。

「米一人一日一合では生きては行けませぬ。せめて木の実と思ってもそれが拾えぬとなったら、もうおしまいです。お上の力でなんとかならないものでしょうか」

半左衛門は、彼の支配地内のことならなんとかできたが、支配が違っている隣接地に対してはどうにも処置のしようがなかった。半左衛門は中山出雲守時春が、駿東郡五十九カ村を亡所とした時の、通達を生かした。亡所となったところの人民はどこへでも行けるという権利を行使することにした。半左衛門は、五十九カ村の村民に鑑札を与えた。

（この者はこの度亡所となった駿東郡の者であるから、いずくの土地なりとも立入りを許されたるものなり）

隣接地の支配者との紛糾は覚悟の上だった。

駿東郡五十九カ村の人民がどうやら餓死者だけは出さずにすみそうだという見込みは立った。問題は来春二月以後のことであった。危機が来るとすれば、一日一人一合のお救け米がなくなった後のことである。

半左衛門が酒匂に帰ると、江戸から、六千二百余両の金が送られて来ていた。かねて請求していた金の五分の一にも当らなかった。その金をどう使うかが問題だった。水害地の農民、降砂地の農民どちらにも分けてやりたい金であった。

「今年は、これ限りとのことでございます」

金を受取った勘定役の須藤和田右衛門が言った。つまり、災害地復旧金は、今年はこれで打ち切りということであった。

「今年はこれだけだが来年はまた、別途支給を考えるというのだろう」

と半左衛門は言ってはみたが、それが、自分でも驚くほどの空虚なものに聞えた。日本財政経済史料によると富士の山焼け救恤金の幕府の公式収支は次のとおりになっている。

富士山の山焼け見舞金として集めた金

一、金四拾八万八千七百七拾両余
　銀壱貫八百七拾目余

これは宝永四年、砂が積った村々を御救けするために、私領百石につき金弐両ずつ醵出させたものを、御金蔵へ納めた分である。同年、御金蔵より払い出した分は次のとおりである。

一、金六千弐百弐拾五両余

これは伊奈半左衛門へ渡したもので、武蔵《むさし》、相模《さがみ》、駿河《するが》の焼砂の降り積った村々を救けるために下し置かれたものである。

一、金千八百五拾両余

これは駿東郡、須走村焼失につき下し置かれたものである。

一、金五万四千四百八拾両余

これは相模国の村々の砂除けと川浚い、そのほか、もろもろの入用金である。

右の通り書き留めて置きます。

以上。

これによると入金四十八万八千七百七十両のうち、宝永五年度において使用した金の総額は六万二千五百五十五両となるわけで、あとに四十二万六千二百十五両が残ってい る筈である。

幕府が山焼け救恤金を集めて置きながら、実際は如何に出し渋ったかが分る。

新井白石は「折たく柴の記」の中に、

去年の春、武、相、駿三州の地の灰砂を除くべき役を諸国に探して、百石の地より金二両を徴し、およそ四十万両を集めたうち、十六万両をその用に当てた。

と書いている。おそらく白石は、宝永五年に使用した、六万二千五百五十五両の他に翌宝永六年に使った分、それから、一カ年間、災害地の農民に与えた扶持米を合計して、十六万両という数字を出したのだろう。

宝永年間における豆腐値上り問題については、大石慎三郎著「経済史的にみた元禄の意義」（歴史読本昭和四十六年十二月号）を参考とした。

はしか政変

宝永四年（一七〇七年）の暮から宝永五年の春にかけては江戸中に悪性の風邪が流行したが、宝永五年の暮から宝永六年の春にかけては、江戸中に悪性の麻疹《はしか》が流行した。十二月八日、西の丸にいる大納言家宣が麻疹にかかった。将軍綱吉の継嗣家宣が麻疹になったのだから幕府は非常に心配して医師の数を増やして、看病に全力を尽した。麻疹は高熱と共に全身に発疹して、そのまま、死ぬものが多かった。幼児がこれにかかる者が多く、三人のうち一人は死んだ。壮年でこの病にかかる者は少なく、老人が意外に多かった。この年の流行病の一つの特徴であった。

徳川実紀によると家宣が発病と同時に熊谷玄与直輝、丹羽玄孝元真、村岡玄超辰之、成田宗庵直高、杉浦玄徳、瀬尾昌宅諄範、千田玄知格翁の七人の医者が奥医となり、法《ほう》眼《げん》に叙されたと記録されている。

また、西の丸の大納言殿が麻疹に悩んでおられるから、御三家はじめ、万石以上は申すにおよばず、万石以下の大名も西の丸に出仕して、御気分《おけしき》を伺うようにせよと指令している。酒湯《さけゆ》の式（全快祝い）が行なわれるまでは毎日使者を出して御気分を伺うようにと、触れているところをみると、家宣の麻疹は、病状を発表した時点では、かなり悪かったように思われる。

大納言家宣が病気だと聞くと、各大名、小名、旗本などおよそ名のある者は、西の丸に御見舞の品物を揃えてさし出した。

その人の動きが一日中絶え間がなかった。また各大名は、御見舞品の内容をおごったり、奇をこらしたりした。西の丸家のお側衆に袖の下を使って、他の大名がどんな贈物をしたのか下調べまでする者があった。

家宣の病が全快のあかつきにおける、その献上品の効力を期待しての行為であった。西の丸への御見舞競争の話は、お側衆の口を通じて、将軍綱吉の耳に入った。

「おろかなことを」

と綱吉は一口洩らした。次の将軍と予定されている人におべっかを使って置けばよいことがあるだろうという、大名たちの考え方をおろかだと言ったのである。

綱吉は、柳沢吉保を呼んで、この話の真実をたしかめたあと、

「大納言の側用人は誰であるか」

と問うた。

「間部《まなべ》越前守詮房《あきふさ》にございます」

吉保は将軍綱吉が、家宣の側用人間部詮房の名を知らない筈はないのになぜそんなことを言ったのかと不審に思った。吉保はその場はそのまま下ったが、ずっとそのことを考え続けていた。西の丸へ見舞客が殺到しているという噂と、将軍綱吉の下問とが、吉保の頭の中で一つになったのは下城してからだった。

吉保は邸に帰ると抱え儒者の荻生徂徠を呼んで、西の丸への贈り物競争の話をしたあと将軍綱吉が家宣の側用人は誰であるかを訊ねたが、間部詮房のことを知り切っての上の下問であるので気になったと話した。吉保はすぐ話題を変えて、学問上のことについて、徂徠に二、三質問して、半刻あまりの時間をつぶすと、疲れたと言って奥へ引込んだ。

荻生徂徠はすぐ新井白石を訪ねた。荻生徂徠と新井白石とは同じ儒者仲間として交際があった。

荻生徂徠は吉保から聞いた話をそのまま、伝えたあとで、世間話を二、三して帰って行った。新井白石はすべてを知った。吉保が荻生徂徠の口を通して言わんとしていることがよく分った。

新井白石は翌朝西の丸に登城すると、間部詮房に向って、見舞品の無制限受領をはげしく責め立てた。

「家宣様はやがて将軍家となられるお人、その側用人が、賄賂《まいない》に類するような贈り物を貰って黙っているとはなにごとです。そんなことでは、家宣様が将軍家となられた時のことが思いやられます」

病気見舞にかこつけての贈り物など突き返すべきであると言った。

間部詮房は新井白石の言を入れて、見舞品にことよせての常識外な贈り物や身分不相応な贈り物はいっさい返却した。

間部詮房はこれだけではなかった。この贈り物を受理した小出有仍《ありより》と井上正長の二人の御側衆の責任を家宣の前で責めた。二人は御役御免の上、それぞれ三千石を没収された。

間部詮房のこの直截的な処置は多くの大名たちの肝を冷やした。家宣の側用人間部詮房の名が天下に聞えた。贈り物の処置も水際立って鮮やかだったが、この事件で甲府以来の家宣の御側衆二人が追放されたことは、来たるべき世代における間部詮房の地位が約束されたことでもあった。

間部詮房は武蔵国忍の生れで、父は能役者の衣裳係であった。貞享元年（一六八四年）詮房十九歳のとき甲府綱豊（家宣）に召し出されて小姓となって以来、とんとん拍子に出世して、宝永元年（一七〇四年）綱豊が将軍継嗣として西の丸入りした時には五千石の俸禄取りになっていた。宝永三年には若年寄格一万石となり、宝永四年には二万石の大身になっていた。時に詮房四十二歳であった。

間部詮房の処置は即日、吉保の耳に入った。吉保は、綱吉にそのとおり言上した。

「さようか、間部詮房とはなかなか末たのもしい男だのう」

綱吉の言葉は、その日のうちに、荻生徂徠、新井白石の口を経て間部詮房のところに届いていた。

西の丸大納言家宣の麻疹は十二月二十日には快癒《かいゆ》した。酒湯の式が行なわれた。家宣の病気が治って間もなく、十二月の二十二日、若君大五郎が出生した。

将軍綱吉はこの報を受けると非常に喜んで、

「西の丸では佳《よ》いことばかりが続くのう」

と言われた。佳いことばかりというのは病気平癒と若君出生のことである。

将軍綱吉が、どうも頭が重いからと言って朝会（朝の謁見）に顔を見せなくなったのは十二月二十七日だった。二十八日になると熱が出た。全身に発疹を見たのは二十九日であった。綱吉の容態はよくなかった。奥医者が集まっていろいろと相談した。この流行病には手当のしようがなかった。自力恢復《かいふく》を待つしかないが、黙って見ているわけにも行かずに、いろいろと薬を与えた。

宝永六年になった。元旦の朝会には大納言家宣が出た。拝賀の礼は家宣が将軍綱吉に代って受けた。

一月四日、やや快方に向いたというので、家宣が綱吉の病床を訪れたが、綱吉は眠っていた。

七日になって、将軍の病気快癒の祈願が伊勢神宮において行なわれた。江戸の主なる寺社でも祈禱《きとう》が行なわれた。

見舞は万石以上の者という布令が出た。見舞に来た大名は老中たちに会って見舞の口上を述べた。

八日になって、当直の番士、番医の数が増加されたが、この日から容態は好転して、熱は下り、発疹も引き出した。食欲が出たことがなによりだった。

九日になって医師団は将軍の麻疹は癒《い》えたと発表した。

御三家を初めとして諸大名からお祝いの品が続々と送りこまれた。鯛《たい》、酒の類が多かった。大納言からは酒湯の式のためと言って三種二荷の酒が贈られた。柳沢吉保は絹一種千疋《せんびき》を献上した。九日の夜には将軍の病気平癒のお祝いの宴があった。この会には護持院や護国寺の僧まで、病気平癒の祈願をした功で招待を受けた。

十日の朝、いよいよ酒湯の式が行なわれた。綱吉は久しぶりで湯につかって御機嫌であった。医者には長湯をしてはならないと言われたが、付き添いの者が、よくあたたまらないと湯から上って風邪を引くというので、綱吉は酒湯に首までつかってじっとしていた。

湯から出た綱吉は、気持が悪いと言った。湯から出たばかりなのに顔面が蒼白《そうはく》だった。家来たちに担がれるようにして寝所に入った時には口がきけなかった。

柳沢吉保が急を聞いて駈けつけた時には臨終間近であった。綱吉はなにかひとこと言いたいような眼ざしを吉保に投げた。それが最期であった。時に宝永六年一月十日卯《う》の刻（午前六時）、綱吉の年齢六十四であった。遺言はなかった。

徳川実紀によると、綱吉危篤の報を聞くと、西の丸の家宣は輿《こし》に敷物を置く暇もおしんで本城へ急いだということである。家宣が来た時には、既に綱吉は死んでいた。

家宣は、その綱吉の枕もとで柳沢吉保と、長い時間、生類憐みの令解除について話し合った。徳川実紀をそのまま引用すると、

御牀前《ごしやうぜん》に松平美濃守吉保をめされ、御密語数刻にをよべり。


遺体のそばで数刻語り合ったというと、十時間も話したことになる。その日、一日を密語に終らせたということになる。いささか誇張に過ぎるようであるが、かなり長い時間、話し合ったのは事実であろう。

柳沢吉保にしてみれば生類憐みの令が悪法であることは百も承知だった。しかし、それを将軍綱吉に諫言《かんげん》できないままに二十年近くも過したのにはいろいろとわけがあった。綱吉は将軍の権限をなんとかして天下に見せたかった。将軍は飾り物ではないという実を見せたかった。それがたまたま生類憐みの令となって表現されたのである。これだけはなんとしても止めないぞ、しかし、それ以外の政治のことは臣下に任せよう。これが綱吉の腹の中であった。

家宣は、激しい口調で生類憐みの令は即刻止めるべきであり、そのことを故人の前で

報告せよと吉保に迫った。

　綱吉の死んだその瞬間、家宣は絶対の権力者になっていた。家宣はその権力を綱吉の遺骸《いがい》の前でためしたかった。

「この令のために、罪に落ちたる者は数万にもおよぶと聞いておる。この罪のために獄につながれている者、遠島へ流された者も多いと聞いている。美濃守も、そのことは承知であろう」

「よく存じております。生類憐みの令はなるべく近いうちに解いた方がよいと存じます。しかし、いまここでそのことを亡き上様に申し上げよとは、それはむごいことではございませぬか」

　吉保は涙をためて言った。

「後生大事に守り通して来たそちの責任はまぬかれないところだ。自らの過ちを、亡き上様の前で詫び、生類憐みの令を解くことを御報告申し上げるのだ」

　吉保はついに負けた。負けざるを得なかった。吉保は綱吉の遺体ににじり寄った。綱吉は眠りについたばかりのような安らかな顔をしていた。その顔を見ると、また涙が溢れて吉保にはなにも言えなかった。

　家宣が吉保を押しのけるようにして前に出て言った。

「家宣、万民の苦しみを見るにしのびず。よって、生類憐みの令を解き奉る」

　その大音声《だいおんじょう》は隣室に控えている重臣たちの耳にも達した。

綱吉の死が突然だったので、巷間《こうかん》には、毒殺説がまことしやかに流布された。大名の中にはそれを本気で信ずる者さえあった。しかし綱吉の死は毒殺ではなかった。病後の処置を誤ったから死なないでもいい命を落したのである。酒湯の式などというばかげたことをしたからであった。

綱吉は多くの問題を残して死んだ。綱吉の生前の遺言によって、上野の東叡山《とうえいざん》に葬ることに決定すると、増上寺の僧徒が幕府に強訴《ごうそ》するという一幕があった。

葬儀の準備が着々と進められて行った。この葬儀のお供についても、西の丸の家宣の許可をいちいち伺うようになった。

西の丸城はめまぐるしく人が出入るようになり、間部詮房はお城に泊りこみで事務を処理していた。

一月十三日、綱吉が死んでから三日目に、綱吉の勘気を受けて閉門中だった仙石左衛門政義が許された。家宣が内政に手を染めた最初だった。

十四日、家宣は西の丸に、本城の老中職、若年寄、各奉行など重役を呼びよせて、

「前代（綱吉のこと）は、すべてのことを柳沢吉保と相談して、ことを処していたが、今後は、将軍自らが各重役の意見を直接聞いてことを処する」

と言明した。

この日が柳沢政権終焉《しゅうえん》の日のごとくに見えた。各重役は固唾《かたず》を飲んで聞いていた。多

くは不安だった。柳沢政権の一味と目されて、職を失うことをおそれた。

十七日には、将軍綱吉の御側用人松平右京大夫《うきょうのだいぶ》輝貞、松平伊賀守忠周が職を解かれて、雁《かり》の間詰となった。

柳沢吉保はこれを聞いて致仕を申し出たが許されなかった。吉保は、家宣を次期将軍に推薦した最有力者である。家宣としても吉保の処遇には心を使った。ここで、吉保を致仕させ、柳沢政権を一気にくつがえそうとしてもできない状態にあったからである。家宣は時を稼ぐつもりになった。間部詮房の進言によるものだった。その間部詮房の陰には御抱え儒者新井白石という智恵袋がついていた。

「ことを急いではなりませぬ。まずできることから先に手をつけることです」

詮房は、新井白石のこの言を入れた。十八日には、宝永の大銭の鋳造が禁止された。

新井白石は荻原重秀を徹底的に憎悪した。幕府の財政不如意の原因、物価の高騰等すべて勘定奉行、荻原重秀の政策の誤りに起因すると考えた。そのうちでも新井白石が特に怒っていたのは、新金貨の鋳造によって、金貨の価値を落したことと、宝永の大銭の鋳造であった。新井白石は儒者である。儒者の考えを以て、新しい経済変動に対処するのはもともと無理があった。だが、白石は間部詮房にすすめて、宝永大銭の廃止に強引に踏み切ったのである。

綱吉の葬送は一月二十二日と決った。

柳沢吉保は落髪して葬送の列に従うと申し出たが、家宣は許さなかった。慣例を残してはならないという気持からだった。

葬送の列は延々と続いた。

この日、生類憐みの令が解除された。

一月二十八日、綱吉の埋葬式が上野の山で行なわれた。

二月三日から家宣のことを上様と呼ぶようにとの達しがあった。将軍家宣誕生である。

二月二十二日、前代の近習衆及びその関係者百五十余名、すべて閑職にしりぞけられた。

上野の山の法要は連日のように続いた。その読経の声の合間合間に、浮ぶ人と沈む人の運命が分けられて行った。西の丸を訪れる者は日増しに多くなった。近習衆を狙う自薦他薦の侍どもが渦を巻いていた。

二月三十日、大赦令が発布された。前代に罪を受けて閉門又は逼塞《ひっそく》を命ぜられていた千石以上の侍で赦《ゆる》された者九十二人。それ以下の者で罪を赦された者は三千七百三十七人あった。

赤穂浪士の子供たちはすべて赦された。

三月一日、西の丸へ贈り物をする者が多くなったので、今後そのような品々はいっさい受付けないことを間部詮房の名において公示された。

三月二日、役者が帯刀することを禁じられた。酒税を免除したのもこの日である。小鳥、鰻《うなぎ》、どじょう等の商いが禁止されていたのが自由になった。着々と新政治が巷《ちまた》に行き渡って行った。

三月十二日、綱吉の御側衆、松平右京大夫輝貞、松平伊賀守忠周は、宅地の三分の二と、その宅地内にあった別殿が公収された。同日、柳沢吉保の道三河岸《どうさんがし》の別邸、常盤橋《ときわばし》の邸宅、そして京都加茂川の別邸と宅地が召し上げられた。

吉保は、幕府からこの通知に接した時、少しも動じなかった。

「どうぞいつにても御査収下されるように、それらの邸や庭はよく掃除をしてございます」

と言った。予《あらかじ》めこのことあるを知ってのことであった。

綱吉の死とその後のあわただしい移り変りとともに柳沢吉保の庇護のもとに勢力を得ていた者は次々と左遷されて行った。

だが、柳沢政権の二本柱と言われた、勘定奉行荻原重秀、大目付折井正辰は職を解かれてはいなかった。老中筆頭土屋相模守政直も依然としてその職にあった。

この変転期において大久保忠増を中心とする三河譜代派の動きは、まことにお粗末であった。柳沢政権に取って変ろうとしていた彼等の面前に立ちふさがったものは甲府からやって来た、間部詮房という切れ者と、それにぴったりと寄り添っている儒者、新井白石であった。

三河譜代派は家宣側近派のひと睨《にら》みにあって、手も足も出なかった。彼等は飼い猫のように、黙ってうずくまるか、進んで西の丸へ伺候して新興勢力、間部詮房の前にひれ伏すかどちらかであった。

新井白石は清廉潔白な儒者であったが、性格的には一癖も二癖もあり、自説を主張してやまない気性の激しい人であった。

新井白石が「折たく柴の記」に当時の老中を批判したものがあるのでその大意を紹介する。

老中たちは世に言うところの大名の子であって、先祖は武功があったかもしれないが、その末になって来ると、ただ先祖が偉かったことを自慢するしか能はなく、学問もないし、世のなかのこととなるとなにひとつとして知らない。

これだけのことが書ける男だから、新井白石はなかなかの人物であったに違いない。「折たく柴の記」が世に出たのはずっと後のことであるが、書いたのはその当時である。家宣の代になって、間部詮房の懐ろ刀として登場した時既に、「幕閣無能論」を折にふれ公言してはばからなかった。白石の言はすべて論理的であり、なによりも私利私欲をなくしての純粋さが、新政権を担当しようとする間部詮房を動かした。

間部詮房は、なにごとによらず、まず新井白石の言を聞いてから実行に移すことにした。

将軍家宣が本城に移り住む日は迫っていた。旧勢力はすべて追い出され、それまで大奥に住んでいた女達はすべて去った。

移転を前にして家宣は本城をくまなく見て廻った。最初は機嫌がよかったが、大奥に入ってから口をきかなくなった。間部詮房は、その原因がなんであるかを悟った。家宣は、大奥の隅々にまで、こびりついている綱吉の体臭を感じた。初めのうちはそれほど気にはならなかったが、大奥を見廻っている間、ふと覗《のぞ》いた空部屋の床の間に、辛夷《こぶし》の花が活《い》けてあるのを見てから急に無口になったのである。前代の綱吉は白い花を好んだ。四季それぞれ咲く花のうち、白い花を特に選んで活けさせたと聞いていた。

その空部屋はおそらく綱吉の側室が住んでいたものであろう。去るに当って、綱吉の好きだった白い花を活けたのはいかにも女らしい心使いだったが、家宣にはその白い花が、新将軍に対する面当てに思われた。

家宣は西の丸に帰ると間部詮房に言った。

「大奥を改築しよう。痛みようは特にひどいように思う」

それは半ば命令であった。大奥は建物としてはそれほど古びてはいなかった。手入れもちょいちょいしていた。改築しようと家宣がいうのは、今後彼の実際上の家となるところを、新しくして欲しいという希望であった。綱吉の体臭のする大奥に妻妾たちを入れるのは嫌だというのである。

間部詮房は、

「うけたまわってございます」

とその場では言ったが、言わざるを得なかったが、これを実行するのはたいへんなことだと思った。

間部詮房は新井白石を呼んで相談した。

「幕府の財政逼迫のことは上下別なく周知のこと、ここで大奥改築に多額の金を使ったとなると世の批判はまぬがれないだろう。しかし、このことを上様にどうやってお諫《いさ》めいたしたらよいか、考えに窮してしまった」

詮房は率直に言った。

新井白石はしばらく考えてから言った。

「新将軍はいままでの悪政を改め、万民のための政治をやろうと思っておられる。その新将軍が新しい政治に臨む前にまず身の廻りをさっぱりしようとなされるお心もよく分る。問題はその改築費、おおよそどのくらいかかるかお調べになられましたか」

「秘かに調べさせたところ、現在の大奥を取りこわして新築するとすれば、二十万両はかかる。内部だけの改造をするとしても十万両はかかるとのこと」

新井白石はその額にかなり驚いたようだったが、

「上様の御意志はどうでしょうか、どうしても改築なされるお気持なれば、この際臣下として従うより他に道はないと思います。但し、その金があってのこと。金がなければやろうとしてもできない相談でしょう。諸国大名にお手伝いさせるというのは、将軍になられたばかりだから適当ではないと存じます」

「上様の御意志もさることながら、奥の御簾中様《ごれんちゅう》はじめ御女中たちがこぞって改築を希望している。上様が旧大奥をお見廻りになったあと、奥の御女中たちが見て廻り、あんな、臭い御殿には引越せない。だいたい日当りがよくない。改築しないと生れたばかりの大五郎君のお身体に悪いと申している。たとえ上様をお諫め申し上げても、御簾中様の口を封ずることはできない」

これには新井白石も答えようがなかった。古来、大奥ほど厄介な存在はなかった。大奥に逆らって成功した例はなかった。大奥には手を出せないところだけに、さすがの新井白石も言葉につまった。

新井白石はしばらく瞑目《めいもく》して考えたあとで口を開いた。

「大奥改築はやらねばなりますまい。ものごとの出だしにつかえるとあとあとがよくない。たとえ、大奥改築をやめたところで、女たちの恨みはなんらかの形で現われて来るでしょう。改築はおやりなされ」

「問題はその改築費……」

間部詮房は第二の難関にぶっつかったような顔をした。幕府の金櫃《かねびつ》を預かっている者は荻原重秀である。荻原重秀の評判が如何に悪くとも、現在のところ、幕府の財政をまかなって行ける実力者は彼以外にはいなかった。大奥の改築をするにはまずもって、勘定奉行荻原重秀の了解を得なければならなかった。

「近江守（荻原重秀）殿の考えはどうでしょうか」

新井白石は間部詮房の困り切った顔を見て言った。

「さよう。最大の難関はそこにある」

二人は顔を見合せた。

間部詮房と荻原重秀との会見はその翌日になされた。新井白石が同席した。

間部詮房は大奥改築のことを率直に述べた。重秀が反対したら口を出そうと、白石がそばで手ぐすねひいて待っていた。

「それは当然しなければならないことでしょう、前の大奥には前の女の臭いがこびりついておる。御簾中様たちが、それに堪えられる筈はございません」

重秀は張り合いがないほどあっさりと改築を承知した。予想外のことであった。

「しかし金はかかる。内部改築だけでも十万両はかかる。すっかり模様替えとなると二十万両はかかる予定だが」

詮房はその金はあるのかという眼で重秀を見た。

「金はございます。金の用意はしてございます」

その答え方もあまりにも調子がよすぎて、詮房には、重秀に、なにか、からかわれているようにさえ思われた。

「幕府の財政は危機に瀕しておると聞いておりますが、それだけの金の蓄えがあるとは知りませんでした」

黙っていた白石が我慢できずに口を開いた。

「蓄えではない。用意してある金だ」

重秀は白石にたたきつけるように言った。詮房に対する言葉や態度とは比較にならないほど高姿勢だった。

「用意してある金というと、使う目的がある金だというふうに聞えまするが、その金はなんのために使うものか話してはいただけませぬか」

白石は突込んで質問をした。重秀はすぐ眼を彼のうしろに控えている勘定方の役人にやった。一人が帳面を持って膝行《しっこう》して来て、それを荻原重秀の前に置いた。

重秀はその帳簿の向きを変えて白石の前においた。

「富士の山焼け救恤金《きゆうじゆつきん》収支控え」

と達筆で書いてある。白石はその末尾を見た。四十二万両以上の金が御金蔵に残っていることになっていた。

「これは富士の山焼けの救恤金でしょう、これを大奥改築にふりむけようというのは、いささか筋違いのような気がします。他に金はないのでしょうか」

白石はむっとしたような顔で言った。

荻原は勘定方に眼くばせをした。五人の勘定方吟味役が、それぞれ部厚い書類を持ってずらりと新井白石の前に坐って、幕府の財政の内容について話を始めた。どの部門においても帳尻は赤字があった。

「このような収支決算になったのは勘定奉行の怠慢ではないかとも思われます。なぜ諸経費を切りつめなかったのでしょうか」

白石は居丈高になって言ったが、重秀は顔色一つ動かさずに、うしろに控えている家来に、

「次のものを」

と言った。五人の勘定吟味役に代って、六人の役人が帳面を持って膝行して来た。

「内容をお改め願いたい。勘定奉行としては、幕府の諸費節約のために、あらかじめ予算を立ててやっておるが結果は勘定方の意見はほとんど入れられず、上様のおいつけという一言でその年の予算は決っている。その経過はことこまかに記録に取ってあります」

新井白石は言われるままに帳面を取り上げた。重秀の言うとおりであった。勘定奉行がいくら頑張っても、最後は権力によっておし切られていた。その権力の頂上にいるものは綱吉であった。つまり、幕閣に連なる者が、最後には上様のお声ということにして金を持って行ったのである。

「つまりは、美濃守(柳沢吉保)殿の責任にしようとなされるのか」

白石が怒ると眉間《みけん》に青筋が立った。

「とんでもないこと。これは世の移り変りによるものであって、誰の力でも防ぎ止めることはできないことです」

その言葉で、それまで前にいた役人がいっせいに退って、その後に、また六人の役人

が坐った。

「諸国諸色値段お調べ帳」と表紙に書いた部厚い書類綴りであった。

諸色値段とは諸物価のことである。白石がその一冊に眼を通したあとで重秀は言った。

「御覧のように諸色値段の高騰は既に、先々代様のころよりの風潮となっている。世の中が安定して来るとこうなるのは当然である。ところが幕府は従来のように米の石高本位制を変えない。米の収穫量はほぼ決り、その価格もあまり動かないにもかかわらず、米以外の物価は上る。その原因の根本を突こうとしないのだ」

白石はその重秀の言葉に思わずたじろいだ。相手は手ごわいぞと思った。頭脳明晳《めいせき》な白石だから、重秀の経済論に耳を傾けたのである。すぐ反駁《はんばく》はしなかった。ここで重秀とやり合えば必ず言い負かされると思ったからである。

白石は方向を変えた。

「では大奥改築には、その富士の山焼けの救恤金を使う以外に方法はないのだと言われるのですね」

白石は間部詮房の顔を見た。ここら当りでひとこと言って貰いたいと思った。

「上様のお声次第で、どのようにも金は使える。勘定奉行がなんら異存を言う筋合いのものではない」

重秀は結論を言った。

「近江守殿、いろいろと苦労をお掛け申すがよろしくお願いします」

詮房が軽く頭を下げた。

徳川実紀宝永六年四月朔日《さくじつ》の日記に、

留守居役米津周防守、守田賢、大奥修理の事を命ぜらる。

と簡単に記述してある。幕府としてもあまり大きな声で吹聴《ふいちょう》したくない工事であったからであろう。

餓人調べ

宝永六年（一七〇九年）の二月いっぱいで、駿東郡五十九カ村と足柄上郡の深砂地帯二十五カ村への、一人一日米一合の扶持米は停止された。

このようにしたくはないから、伊奈半左衛門は何度となく、幕府の要路の者に当ったが、

「それどころではないわい」

というのが多くの人の答えであった。家宣の政治が軌道に乗るに従って次々と要職にある者は交替するだろう。自分だって何時役替えになるか分らない。それどころではないというのは、そのへんの事情を言っているのであった。

半左衛門は勘定奉行の荻原重秀にすがった。山焼け救恤金は勘定奉行が押えているのだから、なんとかして吐き出させたかった。駿府の米蔵にばかり頼ってはおられないか

ら、半左衛門の支配する関東四十万石のうちから、お救け米を沼津へ送ることの許可を得ようと思ったが、

「半左衛門殿の苦衷はよく分る。しかし、政権が、間部詮房殿の手元に移った今では、しばらくの間、手も足も出ないのだ」

重秀は、いつになく気の弱いことを言った。大目付の折井正辰もまたほぼ同じようなことを言った。

「前代様の在世中に、罪があって閉門、逼塞《ひっそく》を命ぜられた武士たちが、ろくな取調べもなく次々と許されている。これは即ち、その処置を取った、大目付が悪かったことを当てつけられているようなものである。いま拙者は致仕を考えているところだ」

取りつく島はなかった。

既に柳沢吉保は致仕寸前である。頼みには行けない。

半左衛門は老中大久保忠増に会って、お救け米のことを新将軍に取りついで貰いたいと願った。

「上様は政務につかれたばっかりだ。改革しなければならないことが山ほどあると言っておられるのに、そんなこまかいことを申し上げるわけには行かない」

半左衛門はその言葉にすぐ反発した。

「そんなこまかいことと仰せられたが、駿東郡はもともと大久保様の御領地ですぞ、たとえ、亡所となっても、領民がいるかぎりは救わねばならないでしょう」

「そのとおりだ。しかし、今のところはどうにもならないのだ。ほんとうにどうにもしようがないのだ」

大久保忠増の言うのは嘘ではなさそうだった。

半左衛門は万策尽きた。あとは間部詮房に直談判という手があるが、そんなことは迂闊《うかつ》にはできない。悪いことは更に続いた。山焼け救恤金が幕府の一般会計に組み入れられたという報であった。それまで、その金は別途処理されていたのが、一般会計に繰入れられたことは、富士の山焼け救恤金としての性格が変えられたことになる。大奥の改修費に十七万両が計上されたと聞いたのは、そのすぐ後であった。

半左衛門は柳沢吉保が引きこもっている六義園《りくぎえん》を訪ねた。

ここは将軍綱吉が、足繁く訪れたところであったが、家宣の代になると訪れる人は急に少なくなり、ときたま訪問客があってもなにか遠慮勝ちに早々と退出して行った。使用人の数も減らされて、門こそ閉ざされてはいないが、なにごとにつけても物静かで、柳沢一門には永久に喪の明ける日が来ないようであった。

柳沢吉保は、綱吉が存命中に致仕を申し出ていた。家宣の代になっても、何度か致仕を申し出たが、許されずにそのままになっていた。致仕は時間の問題だった。

柳沢吉保は快く半左衛門に会った。

「富士の山焼けのことについては、たいそうな苦労をさせたな」

といたわりの言葉をかけられると、半左衛門は眼頭が熱くなる思いだった。半左衛門

は経過を詳しく述べた。そして最後に、

「万策尽きましてございます。このままだと駿東郡五十九カ村と足柄上郡二十五カ村の百姓はことごとく餓死するより致し方がないところまで参りました」

半左衛門は両膝に手を置いたまま頭を垂れた。

「恐ろしいことになりそうだな」

吉保は言った。恐ろしいことという意味が広くも狭くも取れたが、半左衛門は黙っていた。言うべきことはすべて言ってしまった。あとは吉保の言葉を待っているだけだった。吉保ほどの人間だから、何かきっといい方法を見出してくれるだろう。

吉保は恐ろしいことになりそうだと言ったまま考えこんでしまった。なにをどう考えているやら、吉保の眼は庭の泉水に向けられたまま動かなかった。ときどき、ううんとか、ううとかいうような声が吉保の唇から洩れた。

「道はただ一つ」

と吉保が言った。

「間部詮房殿にたよるしか手はないだろう。それにはまず新井白石に会って、彼の心を動かさねばなるまい。ところが、その新井白石という男はなかなか一筋縄では行かぬ人物らしい」

吉保は間部詮房には殿をつけたが、新井白石は呼捨てにした。

「さて、それで……」

吉保はまた沈黙した。泉水へやっている眼が築地へ向けられただけで、あとはさきほどと同じだった。

半左衛門は、吉保が落ち着いていればいるほど、いらいらして来る。そのあせりの色が顔に出ないように押えつけようとすると、額から油汗がにじみ出るのが自分ではっきり分った。

「荻生徂徠を呼んでみようかな」

吉保は身体の向きを変えて言った。

半左衛門は、荻生徂徠の名こそ知っていたが、会ったことはない。なぜ吉保が、徂徠を呼んでみようと言ったのか分らなかった。

「本日はちょうど徂徠が来ておる。伊奈殿にとっては好運と言うべきでしょうな」

吉保は笑顔を見せた。そう言われると半左衛門には尚更わからなくなる。

「徂徠も儒者、白石も儒者……」

と吉保が言った。そのあとなにか言ったが言葉がもつれて分らなかった。吉保が立ちくらみをしばしば起すとか、中風の気味があるという噂は嘘ではないことを半左衛門はこの時になってやっと知った。吉保が、言葉を拾うようにしゃべったり、はなはだしく長考したりするのは、彼自身の健康上、わざとそのようにしているのだと思えば吉保の現在の心境も窺知《きち》できた。吉保は政治から去ろうとしていた。弱りかけた自分の身を持ちこたえるのが精いっぱいの彼に多くを求めても無駄だった。

綱吉の死と共に吉保も死んだのだ。そう思えばあきらめもつくけれど、その人の身の変転のすみやかさが、なにか異常で、ものさびしく思われてならなかった。

「ながいこと御邪魔いたしました。言いたいことばかり申し上げ、お耳を煩《わずら》わして、申しわけなく思っております。どうぞお許し下さい」

半左衛門は吉保に言った。帰りがけの挨拶だった。

「徂徠には会いとうないのかな」

吉保の大きな眼が光ったような気がした。

「会った方がいいだろう。決して、損になるようなことはない」

吉保の眼は自信を持っていた。

「はっ、荻生殿さえ、さしつかえなければ拙者に異存はございません」

「ではよいな」

吉保は次の部屋に控えている者に、荻生徂徠を呼んで来るように言った。

荻生徂徠は間も無く現われた。襖《ふすま》を開けて入ったところで、吉保に一礼したが、同じ部屋にいる半左衛門は無視した。

関東郡代伊奈半左衛門だと吉保が紹介すると、型どおりの挨拶を四角四面にやってのけたあとで、いったいなんの用で、この私を呼んだのかというふうな眼を吉保に向けたあたりは、なかなか尋常一様の人間には思われなかった。

「伊奈殿がそちに相談したいことがあるのだそうだ」

吉保が言った。話は吉保の手元から、ぽんと徂徠の手元へ持って行かれた。半左衛門にとっては思いもかけぬ成り行きになった。

「話とはなんでございましょうか。うけたまわりましょう」

徂徠は、半左衛門の方に向きを変えて言った。うけたまわりましょうと言った時、徂徠はやや胸を張ったようである。相手は四十万石を支配する関東郡代であることなど、いっこうに意識せず、対等な立場で物を言おうとしている徂徠の姿勢がはっきりしていた。

眉間の間に深く刻みこまれた縦皺も、彼の強い性格を表わしているようであった。

「実は、富士の山焼け以来の、被災民救助についてのことですが」

「一部始終をお話し下さい。まず聞かないとどうにもなりませぬ」

徂徠は口を八の字に結んだ。

尊大にかまえている儒者に対して、半左衛門はいささか心の中で抵抗していた。儒者としての学問は尊重しよう。しかし、その学問がこの際どれだけ役立つのだろうか。そういう反発もあった。しかし、半左衛門はそれらの感情はいっさい押えた。吉保の前である。吉保にもう一度同じことを言うつもりで、淡々としゃべった。二度目だから話を要約してしゃべることができた。そう長くはかからなかった。

「それで、伊奈殿はなにを拙者に求めようとしているのですか」

徂徠は聞き終って言った。

「餓死に瀕している民を救う道を教えていただきたいのです」

「それは簡単です。米と銭を与えてやればいいでしょう」

徂徠は、顔色一つ動かさずにそう言って、その言葉の無責任さをとがめるように向けて来る半左衛門の眼をとらえて、その先を続けた。

「その米と銭の出どころを終局的に押えている者は現在のところは、間部詮房殿、そして、間部詮房殿の急所を握っているのは新井白石である。まずは新井白石に話をつけることだと存じます」

「それをお願いできるでしょうか」

「拙者が、その件で新井白石との仲介に立てと言われるのでしたら、おことわり申します。但《ただ》し、伊奈殿と新井白石とが話し合えるような機会を作るように斡旋《あっせん》しろということならばお引受けいたしましょう」

徂徠ははっきり言った。

「できるだけ早く会えるようにしていただきたいのですが、よろしいでしょうか」

「お望みとならば明日にでもことを運びましょう」

「もう一つお願いがあります」

半左衛門は徂徠の眼に挑戦《ちょうせん》するように言った。

「新井白石殿には会ったことはございませぬ。どのような方であり、どのように話を持って行けば成功するか、そのへんのところのことをお教え願いたい」

徂徠の顔に、ふんと鼻先で、せせら笑ったような表情が浮んだ。

「新井白石という男は一口に言って、ひねくれ者です。この荻生徂徠がそうであるように、だいたい儒者などという者は、多かれ少なかれ、ひねくれ者です。そのひねくれの程度が特に強いのが白石です。ああいう男と話をする時は、観念的なものの言い方をしてはなりませぬ。たとえば、今、伊奈殿が、富士山麓の村々が窮乏している様子を話されたが、この話をこのとおり白石の前でしたとしたら、彼は一言、そんな話は勘定奉行のところへ持って行くがよいとそっぽを向いてしまうに違いないでしょう」

徂徠は、そこで、このへんのところが、おわかりいただけるかなと、半左衛門に訊いた。

「分りませぬ。では、白石殿に取り合って貰うには、どのような話し方をしたらよいでしょうか」

「儒学というものは、もともと実践に基礎を置く学問である。宗教のように観念的なものではない。事実があってこそそこに価値観が現われると考えている。これについては白石も拙者も同じである。伊奈殿が、駿東郡五十九カ村の窮状を白石に認めさせるためには、彼の前に、その実数値を突きつけることです。これこのとおり、全村、何名中、何人が餓死し、何人が餓死に瀕しているという記録を突きつけて、もしその記録に対して不審を持つならば、再調査をしてみろと言ってやることです。白石はその数字に必ず飛びついて、ああだこうだと質問する。そうなればあとは伊奈殿の思うがままを述べればいいでしょう」

おわかりになりましたかと徂徠は言った。半左衛門は眼の前が明るくなったような気がした。

「よく分りました。それでは、その資料を作製するまで、しばらく、御猶予をお願いしたい」

半左衛門が言った。

「さっきは、ずいぶんと急いでおられるようだったが、今度は待てと言われるのですか、いいでしょう。もともと話はそっちから出たことですから」

徂徠は苦笑した。

話が終ると、徂徠は口を固くつぐんで正面を向いた。吉保が口を開いた。

「伊奈殿、徂徠は、なにごとにつけてもずけずけとものを言う男だから、気にさわられたこともあろうが拙者に免じて許して貰いたい。徂徠の口は荒いが心の中は暖かい。徂徠にくらべて新井白石がどのようなことを貴殿に言うか聞きたいものだが、そこまでしゃばることもできないから、ひかえていよう。今後のことで徂徠と会う必要があったなら、直接に交渉するのがよいだろう。その方がなにかにつけて便利だろうからな」

吉保は疲れたようであった。半左衛門はそれ以上、長居することはできなかった。柳沢邸を出ると、日射しがまぶしかった。江戸の春の盛りは過ぎていた。

伊奈半左衛門は酒匂の陣屋にいる家老の永田茂左衛門のところへ早馬をやって、駿東郡五十九カ村と足柄上郡二十五カ村の人口調査を行なって直ぐ報告するように命じた。内容についても指示した。

別に各村に対して砂除け見積り書を至急提出するように命じた。この書式についても指示した。

酒匂の陣屋からは各村へ人が飛んで、人口調査と、砂除け見積り書を至急出すように督促した。

代官手代たちは各村の名主たちを廻って書類の提出を急がせた。

「殿様は江戸に出てお扶持米給与のことと、砂除け金御下賜のことで幕府とかけ合っておられる。書類が一日でも早くできればそれだけお救い米の来る日は早くなるのだ」

人口調査は、一日で終った。砂除け見積りは、各村とも、それぞれ自主的にやっていたから、これを書類として書き上げるには二日もあれば充分だった。書類は、馬で江戸へ運ばれ、馬喰町の伊奈半左衛門の役邸に届いた。

半左衛門は、その書類の一枚一枚に眼を通した。新井白石にこの書類を見せた場合、揚げ足を取られるようなことをされたくなかったからである。

準備はできた。あとは新井白石との対決であった。半左衛門は荻生徂徠のところへ行って万事用意が整ったことを報告した。

「日はいつなりともかまわぬと言われるのですね」

徂徠は念を押した。

「おまかせいたします」

「では向うの都合を訊いて近日中に会見できるようにいたしましょう」

徂徠は半左衛門を待機させて置いて、新井白石のところへでかけた。

「ちかごろ、おかしな噂を訊くが、新井殿は聞いておられるかな」

「噂などいちいち気にしてはおれぬわい」

白石は、そう言ったものの噂の内容が気になるとみえて、それはなにかと徂徠に訊いた。

「ほかでもない。貴殿のことだ」

「なに拙者のこと」

白石は徂徠の手にまんまと乗った。

「富士の山焼け救恤金は大奥の普請に廻してしまったので、富士山麓の駿東郡五十九カ村では餓死者が出ているそうだ。今年の二月までは毎日一人一合のお救い米が出ていたのが、家宣様の代になるとぴたりと止められた。止めたのは新井白石であるという噂だ」

徂徠は白石の顔をじろじろ睨《ね》め廻しながら言った。白石の顔に動揺が起った。

「世に言う、火のないところに煙は立たないとな」

徂徠が更にひと押しすると、白石は、

「誰にたのまれたのだ。いったいなにが言いたいのだ」

と開き直った。

「頼まれたのではない。拙者が自ら進んで引き受けたのだ。新井白石に必ず会わせてやると言い切ってしまったのだ。それだけの価値があることだと思ったからだ」

徂徠が言った。

「どっちにしても同じようなものだ。荻生徂徠を動かしたのは、前代綱吉公の亡霊かそれとも柳沢残存政権の生霊《いきりょう》か、その何れかであろう」

新井白石はせせら笑うように言った。

「その何れでもない。相手は関東郡代伊奈半左衛門だ。稀に見る徳行の士だ。いまどきあのような正しい考え方を持っている代官は少ない。ぜひ会って、話を聞いてやってくれないか」

「いやだと言ったら」

「いやだと言えるわけがない。拙者は貴殿に、大きな貸しがある。その貸しは返して貰わないとなるまい」

貸しと言われた時、新井白石の顔に当惑の色が浮んだ。将軍綱吉存命のころ、西の丸の家宣のところへ、贈り物競争があった。綱吉がその噂を耳にして、間部詮房のやり方を批判した。徂徠はこの話を吉保から聞き、白石に通じ、白石から詮房へ進言して禍根を断った。

「確かに借りがある。それを返すために、伊奈半左衛門に会ってやろう。ところで伊奈半左衛門はいったいこのおれになにを頼みたいのだ」

「富士山麓の被災地へ米と銭を与えてやってほしいということだ」

「それは勘定奉行の荻原重秀の所管ではないか、拙者が口を出すこともあるまい」

「その重秀が、当てにならないから、貴殿に乗出して貰いたいと言っているのだ。これ以上のことは言わせるな」

「会って、伊奈半左衛門の話を聞いてやるが、結果がどうなるかは分らない。或いは会わなかった方がよかったということになるかもしれない」

「そこらあたりは貴殿の考えどおりにやられたらいいだろう、拙者の知ったことではない」

徂徠は、白石と半左衛門が会見すべき場所と時刻について一案を出した。

「場所は芝光明寺、時刻は明後日の未《ひつじ》の刻（午後二時）ではどうか」

会見の場に寺を選んだのは、どちらにも片よらないという徂徠の気持から出たものであった。白石は、承知した。

徂徠が退去すると、白石はすぐ家来を呼んで、伊奈家の家系について調査するように命じた。白石自身は、伊奈半左衛門のこれまでの業績を調べた。

「これは、なかなかの大物だわい」

白石は伊奈半左衛門についてのすべての調査が終った時点で言った。先祖の功名手柄だけに依存している世襲大名や旗本を軽蔑《けいべつ》している新井白石が、大物だわいと言ったのは、伊奈半左衛門が他の大名などに見られない、はっきりした業績を持っていたからである。武士の家柄でありながら、測量術に長じ、算学に秀でているということも新井白石の興味を牽《ひ》いた。

新井白石と伊奈半左衛門とは余人を交えず会談した。単独会見と言っても、双方が必要な家来だけは同道していた。

芝光明寺の庭の緑は雨に打たれて光っていた。どうやら梅雨に入ったようであった。半左衛門は去年の梅雨期に押し流されたままになっている大口堤と岩流瀬堤のことをふと思い浮べた。その後始末もあった。あれもしなければならない、これもしなければと、肩にかかった荷は重くなるばかりである。

半左衛門は、新井白石という人物を、荻生徂徠のような人間だと思っていた。考え方も人相も徂徠とそっくりだろうと想像していたが、実際会って見るとまるで違っていた。新井白石は、おだやかな顔をしていた。どこかの大名か旗本の大身のように落ち着きがあった。しかし、一礼していざ対談になると、白石の眼は急に輝きはじめ、こまかいことでも見逃すまいとするかのように半左衛門の顔を凝視していた。

半左衛門はそれまでの経過をあらまし述べた。白石はそれに対していちいち相槌《あいづち》を打った。どうやら白石はこの会談が開かれる以前に山焼けとその被災地に対する幕府の処置を調べて置いたように思われた。

（それならばかえって好都合だ）

半左衛門の話に力が入った。ひととおりいままでの経過説明が終ったあとで、半左衛門は、現地から取り寄せた人口調査の書類を、白石の前に出して言った。

「これはごく最近のものです。どうか御覧下さい」

白石はその綴りの一冊を取り上げて前に置いた。表紙に困窮者調べのことと書いてある。白石は表紙を繰った。

萩原村名主　次左衛門

組頭　新之丞

人数　三百七十三人

内訳

百四十二人　他所へ罷出《まかりいで》候者又は餓死人

二十四人　吟味の上余人

弐百七人　飢人

新橋村名主　常右衛門

組頭　勘右衛門

人数　五百三十七人

内訳
百九十二人　他所へ罷出候者又は餓死人
五十三人　吟味の上余人
弐百九十二人　飢人

【注】この文書は伴野京治著「宝永噴火と北駿の文書」より引用したものである。尚余人というのは困窮者でない者、自活できる者の意である。

白石はいちいちそれに眼を通して行った。白石の顔が、やや青くなったように見えた。感ずるところがあったのだと半左衛門は思った。白石がものを言わぬかぎり半左衛門は黙っていた。雨が激しくなったようである。風も出た。

白石は眼を上げて半左衛門になにか言おうとした。なんと言ったらいいか言葉を探しているふうだった。

「これは降砂の深さを示した絵図です。ただいま御覧になった萩原村、新橋村は、ここです」

絵図には駿東郡各村の降砂量が色分けしてあった。

「萩原村、新橋村は、被災地諸村の中では、どちらかというと、降砂の量が少ない方のようにお見受けいたします。少ないところで尚且つ、人口の約半分が失われているということはたいへんなことだと思います。ところが、他所へ罷出候者又は餓死人という注釈は、はなはだ漠《ばく》としておりまするが、どのように解したらよいでしょうか」

白石の第一の質問であった。

「他所へ罷出候者というのは、多様な意味を持っています。出稼ぎに行っている者、村を出たまま行方の知れぬ者、村を出て、他所へ行く途中で餓死した者、村の中で餓死した者等であって、その詳細が分らないのでそのようにまとめたのです。村を離れた者の多くは、村への送金はなりがたく、ようやく自分だけ生きているのが現状です。多くは音信不通です」

白石は頷いた。何度か頷いたあとで言った。

「農民が土地を離れた場合はこのようになるものだということを見せつけられた思いです。恐ろしいことだと存じます。して、伊奈殿はいかにして、この災害地の農民を救おうと考えておられるか、それをうけたまわりましょう」

その白石の質問に対して半左衛門ははっきりと答えた。

「駿東郡五十九カ村は幕府によって亡所と決定されています。この決定が五十九カ村を救う上の最大な支障となっています。しかし、亡所と決定した後で、幕府の方針がいささか変り、今年の二月までの約一カ年間、被災地農民一人に対して一日米一合のお救い米を与えられた事実は、亡所の決定を幕府は自らが訂正したものと認めてよいと思います。あとは、やるかやらぬか、実行だけが残っています。被災地の農民を救うには、彼等に食を与えながら、自力開発させる以外に道はないと思います」

「自力開発とは……」

「自らの土地の砂を自らの力によって取り除いて行く力を与えてやることです。どうやら自活できるようになるまでには、何年かかろうとも、幕府は彼等に食を与えてやらねばならないでしょう」

「ほんとうの意味の自力開発ではなくて他力開発のように聞えますが違いますでしょうか」

白石は半左衛門の言質《げんち》をとらえた。

「さよう、厳密にいうと貴殿の言われるとおりです。だが、幕府の援助が一人一日米一合というような微力なものであるならば、他の力を借りたとは言えないでしょう。これはほどこしに過ぎません。しかし、彼等にしてはその微力な援助こそ、精神的な糧になるのです。まだ見棄てられてはいないと思うから自力開発の力が出るのです」

半左衛門は白石の前に各村から提出された砂除け見積り書を出した。見積り書は、三尺ほどの書類の山を五つも作っていた。

白石はその一つを取って開いた。実に詳細に亘る見積り書であった。田、畑の別、田も上田、中田、下田に分類してあった。田畑の砂除けだけではなく、砂を捨てる場所の整備、川の砂浚いから用水池、用水溝の砂除けまでこまかく見積ってあった。

白石は田のところだけを拾い読みして行った。どの村でも、田の総面積の約一割程度しか砂除けはしてなかった。

白石の眼の動くところを半左衛門の眼もともに動いた。

「お分りでしょうか。一人一日一合の米を与えられた百姓たちが精いっぱい働いて開いた田はせいぜい一割にしかなりません。もし仮に一人一日一合の扶持米を続けて与えられたとしても、復興するには十年かかるでしょう。もし、その最低の扶持米も与えられないとするならば、彼等のほとんどは餓死してしまうでしょう」

半左衛門は一年間の成果を基にして、扶持米下付の必要性を説き、扶持米を出すのが適当でなければ、開発奨励金の形で農民たちに金を与えるべきことを説いた。

「各村の見積り合計を見ると、ほとんどが三千両を越えているようですが、五十九カ村合計ではどのくらいになるのでしょうか」

その質問には、それまで黙っていた、代官手代の荻原覚右衛門が、

「合わせて十七万二千百五十三両になります」

と答えた。

白石の頭に大奥改造費の十七万両の金額が浮んだ。きらびやかに飾り立て、美食を口にして、その日その日を送っている女たちと、餓死寸前の農民との対照が彼の頭の中でなされていた。

「一度にそれだけの金は期待してはいません、しかし、その三分の一、五分の一、それでも無理なら十分の一でもいいから、被災地へお廻しくださるよう、お口添え願えないでしょうか」

半左衛門は結論を言った。

「よく分りました。伊奈殿の言うことはすべて正当のことだと存じます。幕府としても真剣に考えねばならないことだと思います。この新井白石、たしかにうけたまわりました。早速、間部詮房殿にお話し申し上げる所存にございます」

白石は逃げ口上を用いず、はっきりと間部詮房に進言することを約束したのである。

伴野京治著「宝永噴火と北駿の文書」(以後伴野京治資料集)の中、宝永六年四月の増田村文書によると、当時の砂除けの状態は次のようになっていた。

田　拾町七反九畝六歩　砂の厚さ三尺一寸
内訳、三反九畝六歩　開発地　八反五畝　砂捨地
残り九町五反五畝歩　降砂地

増田村の場合、自力開発は一割どころか四分にも達していなかった。

新井白石は間部詮房に伊奈半左衛門と会談した結果を報告した。

「将軍家宣様の代になって災害地に餓死者がふえたということは由々しきこと、なんとか救いの手をさし延べてやらねばなるまいと思います。御覧察くださいませ」

白石は結論を言った。問題は、その金である。山焼け救恤金の用途が大奥改築費とし

て流用されることに決った今となって、被災地を救う金はどこから出したらよいだろうか。そういうことになると、幕府の御金蔵を握っている荻原重秀の知恵を借りねばならなかった。白石は重秀が嫌いだった。重秀のやり方に反対して、いち早く大銭の鋳造を禁止するように、将軍の口を通して言わしめたのも、白石だった。しかし、その嫌いな荻原重秀に、大奥改築費の捻出《ねんしゅつ》という弱い点を押えられていた。したがって、重秀にあまり強いことは言えなかった。

「兎に角、荻原重秀を呼んで話してみようではないか、そうしないとらちがあかない」

間部詮房が言った。

勘定奉行、荻原重秀は、富士山麓被災地の農民の窮状について、新井白石の話を聞くと、

「無い袖はふれませせぬ」

とはっきり言った。

「では、三万に近い農民が餓死してもいいというのでしょうか」

白石が突込んだ。

「餓死させてはなりませぬ、そんなことをすれば、上様の御名にかかわることになります。半左衛門のいうとおり、最低限の援助はしてやらねばならないでしょう」

「だが、無い袖は振れぬと言われたではございませぬか」

「そのとおり、無い袖は振れませぬが、取り敢えず、二、三万両の金はなんとかやりく

りできるかもしれません。しかし、これはかなりむずかしいことです」

「そこをなんとかして貰えぬかな」

間部詮房が言った。

「やり繰りについてはいっさいおまかせいただけますか」

重秀はつけ入るような眼を詮房に向けた。

「いっさいをまかす。勘定奉行におまかせいたす」

間部詮房が、そう言い切ったとき、詮房と重秀の距離は急にせばまっていた。新井白石が重秀をいくら嫌っても、荻原重秀の存在なくしては、なに一つとしてやれなくなっている事実を、新井白石も詮房も痛いほどその場で知らされた。

（こんなことをしていると荻原重秀に居直られてしまうぞ）

新井白石も、間部詮房もそう心の中で思ってはいても、どうにもしようがなかった。

荻原重秀はその場で、金三万両を富士山麓窮民救助の費用として支出することを約束した。

駿府への口添え書

宝永六年（一七〇九年）は梅雨が例年よりも十日も早く明けて、それから連日天気が続いた。旱害《かんがい》の兆候があちこちに出ていた。

駿東郡五十九カ村の百姓は暑熱の中にあえいでいた。庭先の砂を除けて作った野菜畑の菜葉を食べてようやく生きている者がいた。多くは、栄養失調のために、身体中がむくんで、異常に腹がとび出していた。足が樽《たる》のようにむくんで、二、三歩行っては、荒い息を洩《も》らした。やがて、身体のむくみが引き、急激に痩《や》せ始めると、死はたちまちやって来た。

餓死は普通の死に方ではなかった。病気で死んだのではない。正常な身体でありながら食べ物が与えられずに死んで行くのだから、最期の最期まで意識は明瞭《めいりよう》だった。

伊奈半左衛門は、酒匂《さかわ》から箱根を越えて、駿東郡に入り被災地を巡視しながら、足柄上郡、足柄下郡を経て、酒匂に戻る予定を立てた。一年ぶりの支配地巡視であった。半左衛門は、行く先々の村で名主や組頭の訴えを聞いた。訴えではなく、恨みや、あきらめの言葉もあった。一年前に比較して被災地の状況は更に悪化していた。

「一人一日一合のお救い米は、どれだけ、われわれ百姓どもを力づけたか計りしれないものがありました。わたしたちは、あのお救い米のお陰で、わずかながら砂除けをしましたが、今年の三月からお救い米が来なくなると、力を落して死ぬ者が続出してまいりました」

名主たちは口々に言った。ぜひともお救い米をくださるようお願いしたいと頭を下げた。

「去年のように一人一日一合を洩れなく与えることはむずかしいが、ほんとうに困窮している者に対して、近いうち、お救い米をくだされることになった。また田畑の開発資金も、額こそ充分ではないが下賜されることになったぞ」

と半左衛門が言ってやると、

「お話はまことにありがたいことですが、話だけでは腹はふくれません。まずその米をわれわれの前に見せてから、そのようなお話をしてくださいませ、われわれは役人様の言うことは、どちらがほんとうなのか、かいもく見当もつきません」

そういう名主の顔はこの前来たとき見た顔だったが、この前よりも、ずっと荒《すさ》んだ顔をしていた。半左衛門になにか含むところでもあるらしかった。半左衛門は、どちらが

ほんとうか分らないという言葉に疑問を持って、それを問いただすと、

「つい三日ほど前に、勘定奉行の中山出雲守時春様が河野勘右衛門様を同道なされて、この地に参りました」

と言った。

「なに出雲守殿が来られたとな」

半左衛門ははっとした。宝永五年の春先のことが思い浮んだ。中山出雲守と河野勘右衛門はこの地の支配代官伊奈半左衛門より一足先に来て、幕府の命として、駿東郡五十九カ村に対して、亡所の宣告をしたのだ。

中山出雲守時春と河野勘右衛門の二人が、またまた、伊奈半左衛門の巡視に先だって、この地に現われたことはなにか重大な意味がありそうだった。

「出雲守殿は公事《くじ》方の勘定奉行であるから、この地の窮状の調査に参られたであろう。それで……」

中山出雲守は、なにを言い、なにをして行ったのかと半左衛門は名主たちに聞いた。そこに集まっている名主たちは顔を見合せただけでなにも言わなかった。

「どうした、言えぬのか」

半左衛門は深沢村名主喜左衛門に向って言った。

「いまさら申し上げてもどうにもならぬことと思って黙っておりました。さきほども、誰かが申し上げたように、われわれはお上を信ずることさえできなくなりました」

喜左衛門が言った。

「それだけではわからぬ、はっきり申せ、出雲守殿はどうせよと言ったのか」

「どうせよとも仰せられませんでした。出雲守様と河野勘右衛門様は、さきほど、酒匂の御会所に提出いたしました、窮民調べと、開発見積り書を持ってまいれと言われ、その内容について、きびしいお取り調べをなされました」

「いちいち気にかけることはないだろう。それで、お救い米や開発奨励金がいただければそれでいいではないか」

「不届きという言葉がしばしば発せられました。昨年初めに亡所と決定されたところの者が、開発をするなどとは幕府の方針に逆らうものだとも仰せられました」

「幕府の方針に逆らうと申されたのか」

「はい、亡所となったところの民は、そこに住むことさえ、いけないことだ、そこのところを、幕府は大目に見てやっているのに、このたびはお上に対していろいろと苦情を訴えるなどけしからぬことだとも言っておりました」

半左衛門は二の句がつげなかった。なぜ、中山時春と河野勘右衛門が現われてそんなことを言って歩いたのか、その理由はよく分らないが、幕府の上層部において、この被災地に対する処置に関して、意見を異にする者が出て来たことだけは確かだと考えられた。

（富士山麓の被災地救済に当って、勘定奉行荻原重秀と、側用人間部詮房の両人の呼吸

が合ったことに対する、他の勢力の牽制策《けんせいさく》ではなかろうか）

他の勢力と言えば、三河譜代派である。大久保忠増を頂点とする三河譜代派が、柳沢残存派の台頭を拒否するための実力行使と見るのが正しいのではなかろうか。伊奈半左衛門は、まさに餓死せんとしている人民を政争の具に使おうとしている、幕府上層の支配階級に腹を立てた。

「出雲守殿がなんと言おうとも、この地を治めているのは、この伊奈半左衛門である。半左衛門は、この地と人民を見棄てるようなことは絶対にしないぞ、近いうちに必ず、お救い米と、開発資金は与えられるようになる。この半左衛門の言を信用してくれ」

半左衛門は叫んだ。その叫び声がなにか空しく反響して来るようだった。

その夜、半左衛門は、中山出雲守時春と河野勘右衛門が現地を視察したこととその言動を詳しく書いて、その書状を早馬で新井白石のところへ送った。

中山出雲守時春が、窮状調べと、開発見積り書を持って、この地へやって来たことは、半左衛門から、新井白石の手を通じて幕府へ提出された書類が、勝手方（お蔵方）勘定奉行の荻原重秀のところから公事方（訴訟方）勘定奉行の中山時春のところに公式文書として廻って行ったことを意味していた。

こうなれば公事方が、その書類の正当性を認めないかぎり、金の支出はむずかしかった。柳沢吉保の勢力が衰えたから、いままでのように重秀の自由にならなくなったのだ。中山時春の背後にいる者は、この幕府の政治的機構を利用して、柳沢残存派の追放と、間部側近政治の牽制を同時に企てたものにちがいない。半左衛門はそのように推測した。その見当は的中していた。

伊奈半左衛門から早馬で送られて来た書状を受取った新井白石は、直ちに西の丸へ伺候して、この書状を間部詮房に見せた。

「うるさいことだな」

と詮房は言った。正面切って、ここで旧勢力と争うのはうるさいことだと言ったのである。この問題を表沙汰にして争うのはうるさいことだと言ったのである。

(そんな面倒なことをせず、なんとかうまく片づける方法はないか)

それを白石に下問したのである。

「さようでございます。ここのところは、双方の面目が立つようになされてはいかがでしょうか」

双方とは柳沢残存派と、三河譜代派のことを言ったのである。

「それがよいな、今はそうして置いた方がいい、がむしゃらに進むだけが能ではない」

間部詮房は不敵な笑いを洩らした。

新井白石は大久保家の家老、真田六右衛門を間接的に知っていた。六右衛門の一族の者に新井白石の門下生がいた。

白石と六右衛門とは一刻あまり話し合った。最後は笑い合って別れた。

白石は、その結果を間部詮房に伝え、詮房は将軍家宣になにやら言上した。

翌々日、老中大久保忠増は、将軍家宣のところへ政務を報告に行ったついでに、駿東郡五十九カ村のことに触れた。

「駿東郡五十九カ村はさきに幕府により亡所と決定されたところでございますが、およそ三万の農民は、行くところもなく餓死寸前の状態でおります。彼等に食を与え、砂除けの奨励金を与えたならば、さぞかし、上様の徳政に感泣することでございましょう」

大久保忠増は丸暗記して来た言葉をずらりと述べた。

「よきように取り計らえ」

家宣は、もうこの言葉に馴《な》れていた。事前に、このことは間部詮房から家宣の耳に入れられていた。

大久保忠増は、面目をほどこした。旧領の駿東郡五十九カ村を救うきっかけをつけたことで鼻高々であった。三河譜代派の頭目と見なされている大久保忠増の面目は立ち、そして、柳沢残存派の勘定奉行、荻原重秀が、富士山麓の窮民を救うために三万両を支出したいという動議も通った。

この時点では、残存柳沢派も三河譜代派も恨みっこなしの引き分けになった。新井白石のたくみな政治工作の成果であった。

三万両下賜の通達状を持った使者が酒匂にとんだ。しかし、そのころ、半左衛門は、駿東郡の焼け砂地を歩いていた。

用沢村名主伊右衛門の家に落ちついた半左衛門は、一年経っても、ほとんど以前と違っていない焼け砂の大地を見詰めたまま、溜め息をついた。

「米はここしばらく食べたことがございません」

半左衛門の家来が一行の滞在中の食糧として、米をさし出すのを見て名主伊右衛門が感慨深そうに言った。

その宵、食事の時、去年の春、この家に泊った時、給仕に出て来た娘が、半左衛門の前に坐った。半左衛門は、空腹のために、腹が鳴ったのを恥じて赤い顔をした一年前のことを思い出した。

「そうだ。去年は、粥《かゆ》を貰って食べたが、いまはなにを食べているか」

と訊くと娘は、

「木の芽や草などを、遠くの山に行って取って来て食べております」

と小声で答えた。

「木の芽や草を、この名主の家でもか」

「は、はい、名主様のところは野草の他に麦が少々入っていますが、私の生家では木の芽や草の葉ばかり食べています。草の根も食べています」

娘が答えた。

「そちは、この家の娘ではなかったのか」

「はい、名主様の養女ということになっておりますが、実は名も無き水呑百姓の娘でございます」

いくら水呑百姓でも名前がない筈はなかった。それを名も無き水呑百姓の娘だと言った。その娘が、半左衛門には、あわれに思えてならなかった。品のいい、美しい娘であった。眼が澄んでいた。

「代官様、お願いがございます」

半左衛門が食事を終った時娘が言った。いきなりお願いと言われたので半左衛門は驚いたが、ほんとうに驚いたのは半左衛門よりもお願いがございますと言った当人であった。言おう言おうとしながらもためらっていた言葉がひょいと飛び出してしまったので、娘は身の置きどころをなくしてしまったように青い顔をしてふるえていた。

「なんだな、お願いというのは」

半左衛門は、わざと娘から眼をそらして訊いてやった。

「村の者にたのまれたのです。申しわけございません」

「なにをたのまれたのか言ってみるがよい。できることならしてやろう」

「代官様の添え状を貰ってくれとみんなにせがまれました。そんなことはできないといくらことわってもみんなは、たのむだけたのんでくれというのです」

最後の方は涙声になった。

「ゆっくりと話しなさい。なんの添え状か知らないが次第によっては書いてもやろう」

半左衛門のやさしい声に娘は、顔を上げて話しだした。

用沢村は降砂の被害が多い方で、その深さが四尺から、ところによっては五尺五寸にもなるところがあった。容易に砂除けなどできるものではなかった。亡所となってからは若い男から先に村を出て行って、現在は、もとの人口の半分以下になっていた。餓死者も多かった。若い男ばかりでなくこのごろは身売りをする女もでて来た。身売りをしたところで、その一家が必ず助かるというものでもないのに、そうせざるを得なくなって行く、先づまりの日々が悲しいと娘は泣いた。

「村を出て行った男の人も女の人も、行った先では苦労ばっかりしているそうです。借金で身柄がしばられてしまって、村へ帰ろうにも帰れなくなった人もいるそうです。この月の終りごろに駿府へこの村の人が五人ほど行くことになりました。私もその一人ですが、私にはなにか間に立つ人が信用置けないのです。固い務め口だなどと言って、実際は、身売りしたと同様なことを強いられている女もあるということです。死にたくても死ねないでいるという話も聞きました。それで代官様にお願い申し上げるのです」

娘はその先まで言わなかった。

「駿府に出て行きたいが、しっかりした働き口を探せるよう口添え書を欲しいというのだな」

「虫のいいお願いでございますが、私はどんなに働かされてもかまいませんが、身を売ることだけはいやなのでございます」

「名はなんというのだ」

「おことと申します」

「どうしても村を出なければならないのか」

「はい、しょうがございません」

その言葉は半左衛門にとって代官不信任状をたたきつけられたようなものであった。しょうがございませんというのは、ひとたび亡所と決定されてからは、たとえ一人一日一合の米を与えられたところで、これから先、生き永らえるものでもなし、いまここで少々の米や金を貰ったところで、死にかけた者が生き返るものではないと言っているように聞えた。

「おこと、そちはこの家に奉公しているのだろう」

「はい、名主様には長いこと御厄介になりましたが、これ以上おすがりするわけには行かなくなりました。この家にもお米は一粒もなくなりました」

そうか、半左衛門は考えこんだ。いくら努力しても、代官としてやれることには限度があった。現在の被災地の人口をそのままに据《す》え置くには、それだけの食と職を恒久的に与えねばならない。それを保障するものが今のところなにものもない以上、離散を防ぐ処置はなかった。幕府が亡所と決めた以上、お救い米や開発奨励金は、他所へ行けない者を対象として考えてゆくしかなかった。

その夜、半左衛門は駿府町奉行水野小左衛門あて書状をしたためた。

〈被災地の復興がはかばかしくないので、農民たちが盛んに他所へ流れ出て行くので困っております。幕府が亡所の処置を取っている手前もあり、それを止めさせることはできません。御地にも引き続き被災地の百姓どもが入りこんでいる様子ですが、前々どおり、いたわってくださるようお願いします。この書状を持参した者どもは、降砂被害の特に多かった用沢村の者たちです。たまたま、用沢村へ巡視に来て、駿府へ行くよしを聞き、行先を訊ねたるところ、間に立つ者に不審の点もあるので、直接駿府町奉行殿へ口添えの手紙を書きました。生れた土地を捨てて行かねばならない者たちの心情があわれになって、ついこの手紙を書いている次第です。お笑い下され。尚、おことと申す女は、用沢村名主伊右衛門のところに養女としていた者にて、面識もあり、心立てもよい女ゆえ、特に務め口について御配慮をお願いしたい。このようなことをするのは、まことに異例なことであり、心苦しいことではあるが、この一事にて、当地の事情お分りいただければ幸いと存じます〉

半左衛門は書状を書き終ってから、しばらく考えた末、駿府代官能勢権兵衛あてにも別に書状をしたためた。この方は口添え書ではなく、被災地の農民が駿府に行きたいというので、駿府町奉行の水野小左衛門あての口添え書を持たせてやった。

〈ことによると、駿府代官にも御迷惑をかけることがあるかもしれないが、その節はよろしくお願い申上げる〉

という内容のものであった。

駿府へ流転して行く百姓の務め先について、代官が、町奉行あての口添え書を持たせてやるなどということは異例であった。当時としては考えられないことであった。しかし半左衛門は、敢えて慣習を破ってそれを書いた。その手紙の効果を狙ったのである。駿府町奉行は、その手紙を受け取れば、直ちに、被災地の農民を食い物にしている悪質な桂庵《けいあん》（雇い人を媒介する業者、口入れ屋、周旋屋）や女衒《ぜげん》（女を売買する業者）の取り締りに乗り出すだろう。これまでに駿府に流れこんでいた被災地農民の実情も再調査されるに違いない。

駿府町奉行がこれを始めれば、駿府に隣接している各地の為政者もこのことに気がついて手を打つだろうと考えたからである。

駿府代官あてに書状を出したのも同じような目的であった。事実、沼津は駿府代官の支配するところであった。沼津は駿東郡の隣だから流亡民の数は特に多かった。

半左衛門は翌朝、用沢村名主伊右衛門を呼んで、その二通の書状をおことに持たせてやるように言った。伊右衛門は顔色を変えた。おことがとんでもないことをしてくれたと思ったようである。

「今回限りだ。おことをよく知っているから口添え書を書いたのだ。このようなことはもうあり得ないと思って貰いたい」

おことには、半左衛門がこの家を出てから後で渡して貰いたいとたのんだ。

被災地巡視の半左衛門の一行が、用沢村を出発した日の午後、酒匂陣屋からの使者が足柄上郡の方からやって来た。三万両の金が、被災地救済のために下付されたという通知であった。

半左衛門は吉久保村の名主の庭でその通知を読んだ。三万両の内訳はなかった。お救い米と、開発奨励金との区分けは、現地に一任するという趣旨が書いてあった。

「これで、しばらくの間、困窮者に食を与えることができるし、また砂除け開発もできる」

と半左衛門は喜びを口にした。家来にも話し、そこにいた付近の名主たちにも喜びを伝えた。

その朗報はたちまち付近の村々に伝えられて行った。

半左衛門の一行が小山《おやま》にさしかかった時、路傍に半死人がいた。飢えて死んで行く人だった。

半死人は眼を開いて半左衛門の一行を見送りながら、

「三万両の分け前をいまくだされ、いまくだされ」

と叫んでいた。声にはならなかった。半左衛門の家来がようやく聞き取って、半左衛門にその言葉を伝えた。半左衛門は馬につけて来た、米一袋を半死人に与えた。半死人はその米袋を抱いて成仏した。

伴野京治資料集の中に用沢村勝又惣蔵文書として開発奨励金の記録がある。現代語に訳して載せる。

宝永六年中に受け取った砂除け金の明細
一、砂除け金七両一分九百三十二文
　但し、収穫量一石に相当する田畑の段別に対して九十五文の開発手当金
このたび、右のとおり、砂除け御手当金を下し置かれましたので有難く頂戴いたしました。これからは一所懸命に砂除けをいたします。もし、不精者がいて、田畑の開発をおこたるようなことをしたときは、どのようなおとがめを受けてもかまいません。この件について村中の百姓が連判して申上げます。
宝永六年十二月二十二日
　棚頭村二十四人連判

この棚頭村は総段別三十三町四畝二十一歩の砂除け見積り金として合計二千六百五十四両余を要求していた。これに対して七両余が与えられたのである。雀《すずめ》の涙ほどの奨励金であった。

この文書によって、推測するに、被災地に対して、開発奨励金が一村平均十両ずつ与えられたとしても、五十九カ村で五百九十両にしかならない。十七万両の開発要求見積り額に対してあまりにも少な過ぎる額であったが、これを有難く頂戴して、一所懸命開発にはげみますと言わねばならない、農民の気持は察するにあまりあるものがある。

伊奈半左衛門は開発手当金を与えて砂除けを奨励しようとしたが、なにはともあれ、

餓えた人たちを救わねばならない必要にせまられた。幕府からの三万両の多くは、米の代金として、飢民に与えられたもののようである。

駿東郡には、この年の扶持米に関する、はっきりした資料はないが、足柄上郡酒田村文書（相州足柄上郡金井島村名主好兵衛文書、贈位欽仰録）によると、宝永年間には六回に分けて、一日一人一合ずつの割合で下付されている。六回分を合計すると、約百日分になる。

おそらく、駿東郡においても、これと同等又はこれ以上の支給があったと想像される。半左衛門の努力によって、宝永六年もどうやら、かろうじて生きることだけは可能になった。しかし、その条件は前年に比較してずっと悪くなっていた。一人一日一合の米の給付も一年を通じてではなかった。開発手当金を貰ったものの、腹が減っていては力仕事はできなかった。それでも、精神的な効果はあった。幕府が自分たちのことをまだ心にかけていてくれるということは彼等にやろうという気を出させた。少しずつ、開発は進んで行った。

（下巻へ続く）

この文庫は一九八〇年五月に文春文庫から
刊行された『怒る富士』の新装版です。

文春文庫

怒《いか》る富《ふ》士《じ》 上

定価はカバーに表示してあります

2007年9月10日 新装版第1刷
2023年7月25日 第8刷

著者 新《にっ》田《た》次《じ》郎《ろう》
発行者 大沼貴之
発行所 株式会社 文藝春秋

東京都千代田区紀尾井町 3-23 〒102-8008
TEL 03・3265・1211㈹
文藝春秋ホームページ http://www.bunshun.co.jp

落丁、乱丁本は、お手数ですが小社製作部宛お送り下さい。送料小社負担でお取替致します。

印刷製本・凸版印刷

Printed in Japan
ISBN978-4-16-711236-3